沒朋友，只有山

WRITING FROM MANUS PRISON

NO FRIEND BUT THE MOUNTAINS

馬努斯島獄中札記

Behrouz Boochani
貝魯斯・布加尼

李珮華 譯

獻給鳥兒
珍妮·蓋伯瑞斯（Janet Galbraith）

各界好評

貝魯斯．布加尼創作出一部無法簡化而論、融合藝術與批判理論的驚人之作。儘管如此，其本質上可說是對於布加尼所謂馬努斯監獄理論更詳盡的批判性研究與闡述。布加尼藉由對君尊體系（借用並加以延伸的概念）的爬梳分析，為我們提供新的角度去認識澳洲的作為與澳洲本身。

作者採用獨特的敘事形式，從批判分析到深度描寫，乃至詩歌與反烏托邦超現實主義，優美而精準的文字融合了來自世界各地，尤其庫德族文化的文學傳統。概念與知識性文字的表達清晰，說明這也是譯者歐米德．托費希安莫大的文學翻譯成就。

除了批判性思考與新知識的生產，布加尼亦深刻描繪在馬努斯島認識的人。他的命名手法，例如藍眼男孩、首相先生、妓女梅薩姆、大牛等人物，以及名為似洋甘菊的花朵的地方，使本書呈現獨具說服力的刻劃。書中亦極為生動地描寫遭到全面控制的憤怒：永無止盡的排隊、食物供應不足、電信通訊限制、發電機故障以及災難般的廁所。

整體而言，這無疑是艱鉅而重要的成就。《沒朋友，只有山》是文學上超凡卓群的成功。

——維多利亞總督文學獎非小說類評審意見

一部寫作於拘禁期間，優美而撼動人心的作品。庫德族流亡者貝魯斯・布加尼在馬努斯島拘留超過六年，本書不啻為一封慷慨激昂的信，寫給那些將他定義為代號MEG45、認定他不過是一串數字的人。本書闡明了書寫生命的重要性，以及人類述說自身故事的普世需要。

我們瞭解布加尼，不是因為知道他的人生故事，而是透過他求生的堅韌意志、他對旁人的觀察，以及他對於他稱作馬努斯監獄的地方，其心理與權力結構的精闢分析。他的一生經歷與所學，盡皆體現於本書之中。

布加尼對於馬努斯島上的生活，提供了唯有內部人才能得知的細膩描述，道出種種殘酷、貶低、屈辱、無時無刻的監視等令人震驚的細節。他在奇異的花朵和馬努斯島的月亮中發現美，在盡可能的獨處時光尋得心靈慰藉。

這個扣人心弦的故事依循地下出版的傳統，以波斯文寫作，再透過一連串簡訊傳送給譯者兼合作夥伴歐米德・托費希安。協力合作造就本書的誕生，也彰顯翻譯工作的創新、實驗與創造力。

作者的筆調既富詩意，亦如史詩般恢宏，並且深植於波斯文化與信仰傳統。本書的重要性毋庸置疑，其完成方式及驚人的見證行動尤顯可貴，在在證明寫作的抵抗可以具有挽救生命的力量。

——新威爾斯州立圖書館全國傳記文學獎評審意見

庫德族伊朗記者布加尼欲尋求庇護，卻遭澳洲政府非法監禁於偏遠的馬努斯島六年。本書描述了島上令人震撼、慘無人道的生活，夢囈般的詩句、犀利的政治以及心理洞察的驚人交融。我不記得近來讀過其他作品這般將我深深攫住，它帶我貼近那些尋求庇護卻遭定罪、殘忍對待的人們，直探他們承受的一切野蠻的核心。

——《The Apology》作者伊芙．恩斯勒（Eve Ensler），《紐約時報》書評

從被迫害者角度描繪歷史事件的第一人稱敘事，往往能深刻震撼人心。這些故事充滿顛覆性，其豐富的意象潛進讀者的意識，在過去缺乏共感之處創造出同理心，並可能永遠改變記錄歷史、理解歷史的方式。布加尼的書挑戰讀者承認：我們正活在一個（集中）營的時代。

——《紐約時報》雜誌

貝魯斯．布加尼的《沒朋友，只有山》，將永遠名列那些迫於苦難並以無比勇氣書寫的文學經典。所有關心這個時代的人，都該閱讀這本獨一無二的書。《沒朋友，只有山》提醒我們，無論彼此有多大差異，無論膚色、信仰、出生或稱之為家的地方多麼不同，我們都有文字和語言，有文學這個共通點。我向布加尼的勇氣致敬，他秉持寫作的熱情與對文字的信念，將理想化為知識的工具，開啟一扇通往意想不到的新世界的門，繼而挑戰暴政，尋求正義。

——珍妮佛．克萊門（Jennifer Clement），《Gun Love》作者、國際筆會主席

貝魯斯．布加尼儘管處境凶險，仍將親身經歷（而這經歷尚未結束）記錄下來成功出版，書中記載的內容肯定會令他的監禁者咬牙切齒……《沒朋友，只有山》述說布加尼在馬努斯島前四年的生活，直到監獄營被迫關閉、遭囚難民移置島上他處為止，讀來教人完全沉浸其中。他亦針對難民營背後的體制提出同樣引人深思的分析；該體制是澳洲政府實施的，但某種程度上又似是自治，因其同時掌控了監禁者與被監禁者……本書動人地記錄了一段澈底改變生命的經歷，其對於內在自我造成的影響，作家仍在努力探索。

——諾貝爾文學獎得主 J. M. 柯慈，《紐約書評》

《沒朋友，只有山》絕對足以與世界最知名的獄中敘事以及見證種族屠殺、奴隸制、國家壓迫等時代血淚的書寫相提並論。本書令人聯想到多部文學上血脈相承的作品：《安妮日記》勾勒出一名年輕女孩在大屠殺喪命前的生命樣貌；《少女的生活記事》描繪美國逃亡黑奴雅各布的生活；索忍尼辛的《伊凡．傑尼索維奇的一天》呈現蘇聯勞動集中營中日復一日的壓迫；《麥爾坎X自傳》記述一個人如何度過監獄歲月，而後崛起為美國最著名的黑人穆斯林激進運動者；以及金恩博士在《伯明罕獄中來信》中對於任意監禁與種族隔離的嚴詞譴責……值此時刻，移民在已發展國家引發日益高漲的偏執恐懼，而貝魯斯．布加尼適時提醒，世界上六千八百五十萬流離失所的難民與我們並無不同。明天，我們可能就是他們。

——《The Illegal》作者勞倫斯．希爾（Lawrence Hill），《環球郵報》

一名被澳洲政府拘留、無國可歸的庫德族庇護尋求者，竟於週四贏得澳洲獎額最高的文學獎。但他無法出席典禮領獎。記者兼電影導演貝魯斯．布加尼以著作《沒朋友，只有山》獲得2019年維多利亞文學獎，他已在巴布亞紐幾內亞的馬努斯島拘禁超過五年……原依規定，僅有澳洲公民或永久居民具參賽資格，但因評審認為，布加尼的故事屬於澳洲的故事，讓主辦單位為布加尼破例。代表維多利亞州主辦文學獎的惠勒中心主任麥可．威廉說：「我們從更宏觀的文學角度考量本書的評價，據此作出決定。」「這是一部非凡的文學作品，對於澳洲的出版與歷史皆有無可抹滅的重要貢獻。」

——《紐約時報》

布加尼將本書以簡訊形式傳送給朋友歐米德．托費希安，後者再將波斯語譯為英文。本書出版前，布加尼用手機祕密拍攝了電影《望眼欲穿的難民營》。他為澳洲及國際媒體撰寫大量報導文章，如今擁有雪梨大學非駐校學人的聘任資格。倘若換作不同時空，這些專業認可早就意味著布加尼必能進入澳洲社會且備受禮遇，更不用說他還獲得多個文學獎項。然而，澳洲比美國更早幾年興起的極端反移民趨勢，使文化價值與國家權力之間出現明顯的斷裂。在一個人僅是需要國際庇護便淪為罪犯的時代，即便這個社會對他極盡讚揚，他亦不能生活其中。

——瑪莎．葛森（Masha Gessen），《紐約客》

澳洲最高獎額文學獎的得主未能出席頒獎典禮。他並非刻意缺席。週四晚間，貝魯斯．布加尼的首本著作同時囊括維多利亞總督文學獎獎金兩萬五千澳元的非小說獎以及獎金十萬澳元的維多利亞文學獎，但他無法獲准進入澳洲。這位庫德族伊朗作家欲尋求庇護，卻在巴布亞紐幾內亞的馬努斯島煉獄關押近六年，先是困於澳洲離岸拘留中心的鐵網之內，後來移至島上其他地點。如今，他透過簡訊寫成的《沒朋友，只有山》，獲得拒其入境並予以監禁的國家政府頒獎肯定。

——《衛報》

戰爭、犯罪、饑荒和內亂導致尋求庇護者人數急遽升高，布加尼令人坐立難安的回憶錄帶領讀者看見殘酷的現實，並揭示了監禁者和被監禁者都有的內心傷口。

——《前言書評》，星級書評

《沒朋友，只有山》儘管寫作條件極為艱困，仍生動有力地描繪出難民經歷的絕望、殘酷與痛苦，經由透澈的觀察、適切的口吻，將一切娓娓道來。

——菲力普．普曼（Philip Pullman），《黑暗元素》作者這是非小說的最高境界，當前最迫切需要的作品。布加尼在《沒朋友，只有山》中展現哲學家的智慧、倖存者的堅韌、說故事大師的技藝，記錄西方世界因應難民危機的一頁可恥歷史。了不起的成就。

——卡瑪．艾爾．索雷里（Kamal Al-Solaylee），《Brown》、《Intolerable》獲獎作者

這是從殘酷與苦難之中綻放出的絕美之花。布加尼是詩人、哲學家、優秀的作家，所有關心人權與文學的人都該讀他的書。

——瑪格蕾特．麥克米蘭（Margaret MacMillan），《Paris 1919》、《The War That Ended Peace》作者

才讀幾分鐘，我便潸然淚下。布加尼令人震撼且痛徹心扉的故事，道出現代流亡者歷經的各種侮辱。真實得彷彿觸手可及，富於感官意象，且根植於人的血肉之軀——每翻一頁便感到刺痛，但實在欲罷不能。本書痛訴這個時代最駭人的集體失敗，應當成為學校教材。

——迪娜．奈葉麗（Dina Nayeri），《The Ungrateful Refugee》作者

《沒朋友，只有山》沉痛道出這個世界對於難民苦難的漠不關心。貝魯斯．布加尼以時而知性、時而詩意的動人文字喚起良知，帶領讀者歷經一段撕心裂肺、充滿恐懼的求生之路，持續挑戰人類耐力的極限。他

逃離伊朗的迫害地獄，穿越險惡的驚濤駭浪，最後迎來的卻是馬努斯島監獄，另一個活生生的地獄。他的故事教人無法忘懷，且強烈控訴了我們的殘酷：那些不得不拋棄家園、冒生命危險尋求更好生存機會的人，卻遭受不人道的對待。本書獨一無二地示範了文化表述抵抗不公義的力量。

——帕亞姆．阿卡海凡（Payam Akhavan），國際人權律師、《In Search of a Better World》作者

《沒朋友，只有山》是我讀過的最重要的書之一。誠實，精湛，令人揪心，其中描述的人類苦難本可避免，然而世界上絕大多數人卻視而不見。貝魯斯．布加尼的文字大聲呼喊，試圖喚醒我們的人性，敦促我們採取行動。因為在此等恐怖之前，哭泣根本無濟於事。布加尼與其他人因澳洲政府在馬努斯島承受的折磨和殘酷對待令人作嘔。那些為難民造成痛苦、扼殺其每一分尊嚴的人，必須被追究責任。我誠摯邀請世界所有民主國家向馬努斯島的監禁難民伸出援手，為他們提供安全、自由與一個未來。

——瑪麗娜．內馬特（Marina Nemat），《德黑蘭的囚徒》作者

本書是一項巨大的成就——時而殘暴，時而荒謬，時而令人心碎，最重要的是，它深刻叩問了這世界對人的不平等待遇。我從沒讀過這樣的書，雖然極其殘酷，仍不失幽默且富詩意。

——伊麗莎白．雷內蒂（Elizabeth Renzetti），《Shrewd》作者

本書的存在即是人類不屈不撓精神的奇蹟；而其竟能如此優美細膩，則屬文學的奇蹟。倘若《沒朋友，只有山》只是貝魯斯．布加尼作為難民在馬努斯島遭到非法拘留的事件記錄，那會是關鍵的歷史文件。然而本書的成就超越了報導。布加尼以他的抒情與幽默悍然反抗，亦對企圖將他擊潰的制度提出精闢見解，這些足以使他與索忍尼辛、提安哥的世界經典並肩，他們的書寫見證了靈魂超越囚禁的勝利。

——喬丹．坦納希爾（Jordan Tannahill），獲獎劇作家、《Liminal》作者

貝魯斯．布加尼優美的回憶錄《沒朋友，只有山》既驚心動魄，亦感人肺腑；字裡行間充滿憂慮和希望，見證了人類的尊嚴與惻隱之心。這部作品將躋身偉大的監獄抵抗書寫經典。去讀它，然後被它改變！

——史蒂芬．普萊斯（Steven Price），《By Gaslight》作者

本書能夠存在堪稱奇蹟。布加尼在澳洲惡名昭彰的離岸移民拘留區馬努斯島，透過 WhatsApp 訊息寫成整本書。惡劣的寫作條件不應減損其堅實有力的分析價值。本書不僅為遭到賤斥的難民賦予聲音，更對於庇護制度如何恰恰以違反人類生存條件的方式建立，提出極為重要的說明。

——《The Judicial Imagination》作者琳西．史東布里奇（Lyndsey Stonebridge），《新政治家》

震撼人心的故事……讓我既羞愧且憤怒。貝魯斯的文筆抒情而詩意，所描述的恐怖卻令人難以置信。

——麥爾斯富蘭克林文學獎得主《The Eye of the Sheep》作者索菲．拉格納（Sofie Laguna）

這是揉合詩人的抒情、小說家的文學技巧，對人類行為的敏銳觀察，而從內心迫切發出的吟唱、呼喊與悲嘆，並深刻剖析了殘酷不公的監禁背後無情的政治運作。

——亞諾．澤柏（Arnold Zable），獲獎著作《Jewels and Ashes》、《Cafe Scheherazade》作者

《沒朋友，只有山》是傑出的報導文學……然而很重要且明確的一點是，它讀來宛如小說一般。布加尼退後一步，擔任自己小說的敘事者……全書雖充滿小說沉著的敘事口吻，卻抗拒小說傳統。如同瑞薩德．卡普欽斯基（Ryszard Kapuściński）的印象派風格，或珍納．馬爾肯（Janet Malcolm）的寫作中極為突出的記者心理刻劃，《沒朋友，只有山》將報導文學擴展到新的境界，融合散文式的思考、波斯詩歌、現代主義小說及庫德民俗傳說多種元素，成為一種複合的見證行動……近十年，澳洲政治在領導權角力之下嚴重分裂，但凡與澳洲最切身的議題，無論是原住民事務、難民政治或氣候變遷，皆未達成有意義的進展，完全停滯不前。在這樣的年代，貝魯斯．布加尼的證言將他自己推舉到一個矛盾的位置：在這個他從未踏入的國家，他可能代表了最重要的政治聲音。

——《泰晤士報文學增刊》

令人驚豔……極富想像力與衝擊性地融合敘事、詩、報導、理論、沉思錄等多種體裁，創造出驚人的集合體，譯者的協助亦功不可沒。書中記錄了一個政府如何有系統且毫無意義地羞辱無國籍流亡者的尊嚴。其最具說服力的部分或許在於布加尼也描繪了自己，呈現一名心思敏銳的男人被禁錮在充滿無意義、無窮盡痛苦的地方，這一點令人聯想到古斯塔夫．赫林（Gustav Herling）的《A World Apart》。

——《書單》

本書的第一手報導強而有力地揭露政府如何設置施行國家暴力的場域，並加諸於尋求自由者身上。

——《圖書館期刊》

令人錐心刺骨的故事……《沒朋友，只有山》是貝魯斯．布加尼與多位譯者、作家、知識分子與藝術家緊密合作，投入巨大心血，努力不懈獲致的非凡成果。本書道出澳洲離岸拘留政策的幕後真相，也加入國際上源遠流長且為數眾多的抵抗書寫行列；在監禁之中、面臨酷刑與磨難之時，他們以寫作抵抗。本書憑借其豐沛的詩意及言語的力量，或許也昭示了本世紀最重要的澳洲文學作品。

——美國書評網

讀者彷彿也置身於馬努斯島的日常恐怖中：無聊、沮喪、暴力、偏執與飢餓；瑣碎的官僚制度欺壓與全面性的醜惡；各種悲劇與摧毀靈魂的絕望。本書的出現是一項幾乎無從想像的艱鉅任務……將深深烙印於讀者腦海。

——《先驅太陽報》

從容來回於散文與詩歌之間，且兩者都同樣撼動人心。

——《澳洲金融評論報》

閱讀布加尼的書，勢必無法迴避離岸拘留制度此一暴力現實的巨大衝擊。布加尼的挑戰，則是如何讓我們將目光從憐憫對象難民身上移開、轉向自身，深刻面對這個衝擊，認識到我們作為集體的一分子也涉入這個施暴制度，全體因此聲譽受損。本書的詩性語言創造了適當的空間，讓讀者得以思索發生在馬努斯島的暴力與更廣泛的否認文化、歷史健忘之間的關聯。由此角度來看，閱讀本書意味著必須解構自己，重新思考我們是誰。

——《內線消息》

為了理解我們國家所作所為的本質，從總理以降每一位澳洲人都該閱讀貝魯斯．布加尼這本既強烈而抒情、富有敏銳心理洞察、融合散文與詩的傑作，《沒朋友，只有山》。答案盡在書中……布加尼是一位敏銳纖細、正義感強烈的人，雖然他的道德批判有時很嚴厲。但他願意向我們袒露自己的靈魂，也充分顯示他的勇敢。布加尼告訴我們，馬努斯「就是澳洲本身」。理查．費納根（Richard Flanagan）說得很對，《沒朋友，只有山》是一本澳洲的書，且可能是多年以來最重要的一本。我想相信（但恐怕很難）國家能從書中汲取教訓，感到羞恥，並真正採取行動。

——《雪梨先驅早報》

膽小者須有心理準備，過去我們往往只透過政治而非個人視角瞭解這個議題，本書揭露的處境將強烈衝擊人心。

——《GQ》（澳洲版）

本書描述了人類對人類施加的殘酷暴行，讀來宛如出自歐威爾或卡夫卡的作品，教人震撼難忘，譯者托費希安恰如其分地稱之為恐怖超現實主義。從布加尼的寫作可以明顯看出他富有學養與哲思，全書從容來回於散文與詩歌之間，且兩者都同樣撼動人心。

——《澳洲金融評論報》

貝魯斯．布加尼的書不但詩意動人，亦強力批判。他描述的難民監獄經驗展現了深刻的見識與才智。

——《昆士蘭書評人》

澳洲政府極力抹殺尋求庇護者的真實面目與聲音，然而布加尼悍然反抗且成功戰勝。而這是何等不凡的聲音：詩意但不浮濫，尖銳仍富同情，憂傷卻不自溺，甚至在憤怒與絕望中也能反躬自省……這很可能是二十年來澳洲出版最重要的書之一；這段期間，我們的難民政策逐漸成形，我們的心卻也在過程中變得麻木不仁、殘酷無情。

——《週六報》

極為重要的歷史文件。

——《週末澳洲人報》

二〇一八年澳洲最重要的書。

——《坎培拉時報》

目錄

作者、英文譯者簡介

作者

貝魯斯・布加尼（Behrouz Boochani）副教授為伊朗庫德族作家、記者、學者、文化倡議者、導演、庫德語雜誌《*Werya*》撰述作家。畢業於德黑蘭的塔比亞特莫艾倫大學與塔比亞特莫達勒斯大學，擁有政治學、政治地理學暨地緣政治學碩士學位。現為新南威爾斯大學社會科學院副教授、雪梨大學雪梨亞太移民中心（SAMPIC）非駐校訪問學者、國際筆會榮譽會員，曾榮獲二〇一七年國際特赦組織澳洲分會媒體獎、離散論壇社會正義獎、二〇一八年自由維多利亞空椅子獎、波利特科夫絲卡亞新聞獎（Anna Politkovskaya Award for journalism）。獲聘任為新南威爾斯大學人文暨社會科學院兼任副教授及倫敦大學伯貝克法學院客座教授。

他定期為《衛報》撰稿，文章撰述亦刊載於《週六報》、《赫芬頓郵報》、《新馬蒂達》（*New Matilda*）、《金融時報》、《雪梨晨鋒報》等媒體。與薩維斯塔尼（Arash Kamali Sarvestani）共同執導二〇一七年的長片《望眼欲穿的難民營》（暫譯，*Chauka, Please Tell Us the Time*），並與劇作家莎哈米薩妲（Nazanin Sahamizadeh）合作舞臺劇《馬努斯》（*Manus*）此外亦擔任藝術家艾弗莎（Hoda Afshar）之錄像裝置《滯》（暫譯，*Remain*）及系列肖像照作品的聯合監製。著作《沒朋友，只有山：馬努斯島獄中札記》於二〇一九年維多利亞總理文學獎同時獲頒小說及非小說雙料大獎，亦榮獲新威爾斯總理文學獎特別獎、澳洲書業獎年度最佳非小說及澳洲國家傳記獎。本書入圍英國史丹福旅行文學獎年度最佳旅行書（Stanford Dolman Travel Book of the Year）及義大利坦尚尼文學獎（Tiziano Terzani Prize）決選名單，已在全球二十餘國出版，即將改編為電影。

二〇一三至二〇一七年，他作為政治犯被澳洲政府監禁於位在巴布亞紐幾內亞的馬努斯島區域離岸受理中心（Manus Island Regional Offshore Processing Centre），二〇一七年遭到強制轉移，繼續在東洛倫高難民中轉中心（East Lorengau Refugee Transit Centre）的三座新建監獄之一關押，後於二〇一九年十一月成功逃亡至紐西蘭，現居紐西蘭基督城。

英譯者簡介

歐米德．托費希安（Omid Tofighian）為獲獎講師、研究者、社群倡議者，致力於將哲學融入其關注的公民媒體、流行文化、流離、歧視等議題。荷蘭萊頓大學哲學博士、澳洲雪梨大學哲學與宗教學雙學位優秀學士畢業，旅居足跡遍歷多國：曾於澳洲多所大學授課，在阿拉伯聯合大公國的阿布達比大學任教，以訪問學者身分赴比利時魯汶大學，在荷蘭取得博士學位，其間多次短暫赴伊朗進行研究，後至埃及開羅的美國大學擔任助理教授。現為新南威爾斯大學藝術媒體學院兼任講師、雪梨大學哲學系榮譽研究員、倡議行動「我的課程為什麼這麼白？」大洋洲區負責人。他投入社群藝術與文化計畫，與難民、移民及年輕族群合作，撰寫過多本書籍章節並發表多篇期刊論文，著有《柏拉圖對話錄中的神話與哲學》（*Myth and Philosophy in Platonic Dialogues*, Palgrave, 2016），翻譯貝魯斯・布加尼的《沒朋友，只有山：馬努斯島獄中札記》屢獲殊榮，並擔任期刊《阿爾發城》「難民與電影」專刊（'Refugee Filmmaking', *Alphaville: Journal of Film and Screen Media*, 2019）之共同編輯。

序

《沒朋友，只有山》絕對可以在世界監獄文學史上占有一席之地，與王爾德的《深淵書簡》、葛蘭西的《獄中札記》、帕金（Ray Parkin）的《走入死亡》（*Into the Smother*）、索因卡的《此人已死》及金恩博士的〈伯明罕獄中書〉齊名。本書由年輕庫德族詩人貝魯斯・布加尼在承受長期的脅迫、折磨與苦難中以波斯語寫成，光是書的存在本身，即是勇敢與堅韌創造力的奇蹟。布加尼並非以紙筆或電腦寫作，而是藉由手機打字，以成千上萬則簡訊的形式偷偷傳出馬努斯島。

要理解布加尼的成就，首先必須認識其創造條件的艱難，這是幾乎不可能的實現。我們的政府無所不用其極，剝奪了尋求庇護者的人性，隱匿他們的名字和故事。在諾魯共和國和馬努斯島，他們活在一座殘酷動物園裡，生命的意義蕩然無存。

這些被囚者均未經起訴、定罪、判刑便遭到監禁。此種卡夫卡式的命運往往能殘酷地摧毀一切希望，而這正是澳洲獄警企圖達成的效果。

因此，二十三歲的奧米德・馬蘇馬里（Omid Masoumali）為了抗議而自焚，將對自由的呼喊化為燒焦的血肉。二十一歲的荷丹・雅辛（Hodan Yasin）同樣引火自焚時發出淒厲尖叫。這就是我們澳洲的現狀。

一名在諾魯被強姦的女性發出請求遭到漠視。

一名女孩縫起自己的嘴巴。

一名兒童難民在手心縫上一顆心但不明所以。

布加尼採取了不同的反抗形式。因為獄警無法摧毀的事物之一就是他對文字的信仰：文字的美，文字的必要性、可能性及解放的力量。

因此，布加尼在監禁過程中邁入澳洲新聞界，開啟非凡的報導生涯，他透過推特、簡訊、視訊電話、電話、電子郵件等形式報導在馬努斯島發生的事。此舉公然挑釁了澳洲政府，因為澳洲政府始終竭盡全力防堵難民的消息外洩，不斷試圖阻止記者進入馬努斯島和諾魯共和國，處心積慮到甚至一度立法制定嚴酷的《澳洲邊境部隊法》（*Australian Border Force Act*）第四十二節，該法允許將任何見證兒童受毆打或性侵以及其他強姦、虐待情事的醫生、社工處以兩年監禁。

他的文字被世界各地的人閱讀，他發出的不平之鳴跨越重重海洋，並且凌駕大批受雇政宣打手的漫罵。這位被監禁的難民僅憑借真相及手中的電話，提醒全世界看清澳洲的重大罪行。

如今布加尼寫出一本奇異而駭人的書，書中記錄了年輕的他因澳洲政府的難民政策在馬努斯島監禁長達五年的命運。而我們的兩個主要政黨都曾公開在這些政策上競相展現殘酷。

閱讀本書對任何一名澳洲人來說都是艱難的。我們向來以正直、善良、慷慨和公平自豪，這些特質在布加尼的敘述中不見蹤影，反而充斥著飢餓、骯髒、毆打、自殺與謀殺。

他所描述澳洲警官在馬努斯島的行徑，令我痛苦地想起我父親對於日本軍官在戰俘營中所作所為的描述。在戰俘營，我父親與其他澳洲同胞遭受了巨大的苦難。

時至今日，犯下同樣罪行的卻是我們，我們究竟怎麼了？

本書所述的現實亟需面對與正視，必須有人為這些罪行負責。因為若不這麼做，歷史的教訓明確告訴我們，有一天，馬努斯島和諾魯的不公不義必然會以更大、更慘烈的規模在澳洲重演。

有人必須負責，該入獄受刑的是他們，而不是本書所見證令人髮指的慘況中那些承受巨大痛苦的無辜者。

然而，本書不僅僅是一份指控。對於這位年輕詩人來說，這是一場深刻的勝利，他證明文字依然有著舉足輕重的力量。澳洲囚禁了他的身體，但是他的靈魂仍是自由人的靈魂。他的書寫如今已成為我們的書寫，這是無從改變的事實，我們的歷史必須從此對他的故事負責。

但願有朝一日我能歡迎布加尼來到澳洲，我相信他在書中已充分展現自己的身分：一位作家，一位偉大的澳洲作家。

理查・費納根（Richard Flanagan），二〇一八年

英文譯者的故事：一扇開向群山的窗

歐米德：「我讀了你最近的文章……我非常欣賞你的作品。」

貝魯斯：「感謝讚美……我只希望快點從這場噩夢醒來。」

翻譯貝魯斯的書，這個經驗本身就充滿多重敘事（narratives），其中有些可追溯至我們最初交流之前，甚至早於馬努斯監獄建造之時。過去幾年，尤其在遇見貝魯斯之後，我開始意識到敘事對於活出更好的人生扮演了如何關鍵的角色，而本書的翻譯過程證實並拓展了我對說故事（storytelling）的看法及經驗。這篇譯者故事將探究許多形塑本書面貌的經歷與對話，並呈現我們對於敘事與生命的共同願景。

§

我剛到馬努斯島幾小時就趕赴洛倫高（Lorengau）鎮的中央巴士站，那是我們第一次見面。貝魯斯整天什麼都沒吃，早餐午餐都只抽菸，沒進食。我下車跟他打招呼時，他還在手機通話中。那天稍早，我得知難民哈米德．沙姆希立普（Hamid Shamshiripour）的遺體剛在一所學校附近的樹叢中尋獲，遺體留下被毆打的痕跡，脖子套著繩索。事實上，我從機場過來的路上正好經過一群馬努斯當地人和員警。[1]這件事疑雲重重，許多難民依然聲稱他是被殺害的。貝魯斯是許多澳洲及國際記者的第一聯絡窗口，當時他已經接受了一整天的採訪。我的初次造訪理應是為了進行本書的翻譯，但在馬努斯島，唯有酷刑折磨才有按照計畫進行的待遇。

截至本書出版前，已知至少有十七人因在馬努斯島、諾魯共和國和聖誕島海上拘留而喪生：

穆罕默德．沙瓦（Mohammed Sarwar，諾魯，二〇〇二）

法蒂瑪．伊法妮（Fatima Irfani，聖誕島，二〇〇三）

薩伊德．卡西姆．阿布達拉（Saeed Qasem Abdalla，聖誕島，二〇一三）

雷札．巴拉蒂（Reza Barati，馬努斯，二〇一四）

薩耶德．伊布拉欣．胡辛（Sayed Ibrahim Hussein，諾魯，二〇一四）

哈米德．卡札伊（Hamid Khazaei，馬努斯，二〇一四）

法札爾．謝加尼（Fazal Chegani，聖誕島，二〇一五）

1　詳見貝魯斯撰寫，我翻譯的報導：〈迂迴曲折的沙姆希立普之死：不值在馬努斯島消逝的生命〉（The Tortuous Demise of Hamed Shamshiripour, Who Didn't Deserve to Die on Manus Island），《赫芬頓郵報》，二〇一七年八月十四日。

歐米德・馬蘇馬里（Omid Masoumali，諾魯，二〇一六）
拉基卜・汗（Rakib Khan，諾魯，二〇一六）
卡米爾・胡森（Kamil Hussain，馬努斯，二〇一六）
費薩・伊沙・阿密德（Faysal Ishak Ahmed，馬努斯，二〇一六）
哈米德・沙姆希立普（Hamed Shamshiripour，馬努斯，二〇一七）
拉吉夫・拉堅德蘭（Rajeev Rajendran，馬努斯，二〇一七）
穆罕默德・賈漢吉爾（Mohammad Jahangir，諾魯，二〇一七）
薩林姆・嘉寧（Salim Kyawning，馬努斯，二〇一八）
法里波茲・卡勒米（Fariborz Karami，諾魯，二〇一八）
薩耶德・米維斯・羅漢尼（Sayed Mirwais Rohani，馬努斯，二〇一九）

§

我在讀到貝魯斯的作品之前就對他的寫作手法頗為熟悉，當時我甚至還未曾聽聞這位監禁於馬努斯監獄的多產作家。我的父親於二〇一五年五月驟然離世，大約是初次與貝魯斯聯繫的八個月前。他也出身於伊朗一個歷史上長期遭受迫害的族群，大半生都在流亡中度過；他在伊斯蘭革命時期離開伊朗，此後再也沒有返回。他名叫馬努切赫（Manoutchehr），這是《列王紀》（*Shāhnāmeh*）裡一位傳說中的波斯君王的名字，貝魯斯的名字也見於這部史詩。我在為父親的喪禮及隨後的追悼會撰寫悼詞時，嘗試將神話、傳說與詩歌重塑並融入其中，尤其是與父親同名的人物生命最後幾天的故事。除了菲多希（Ferdowsi）的《列王紀》，我亦援引奧瑪伽音（Omar Khayyām）與塔荷蕾（tāhirih Qurratu'l-'Ayn）的詩歌讚頌父親的一生，這些詩人與哲學家也在自身環境中飽受拒斥與壓迫。對我和我的至親而言，父親的緬懷儀式後來變為一場文學與文化的讚頌慶典，其中還有離散國外的好友演出及致詞。因此，當貝魯斯與我終於有機會在馬努斯島坐下討論書的風格與細節，包括翻譯方法時，我們很快便意識到彼此對於故事敘事、哲學、記憶與表演的看法取徑極為相似，這真是不可思議的發現。對我來說，翻譯貝魯斯的書有如先前為馬努切赫舉辦的紀念慶典的延續。

有機會翻譯貝魯斯的書也是意料之外的幸事。接獲這項任務之前，我花了六個月的時間翻譯他的一系列新聞報導，其間我們便開始討論其他合作的可能性。他很早便提過在寫書，但未深入討論，因為我們當時完全專注於新聞報導的翻譯，絞盡腦汁商討挑戰難民拘留制度的策略。然而一旦注意力轉移到書上，翻譯便成為我倆關係中固定的創造性與智識性存在，大部分的交流都圍繞著這個計畫打轉，同時也促成許多幸運而啟發人心的際遇及發現。

整項翻譯工作是我分別於雪梨、開羅和馬努斯島的時候進行的。翻譯方法與角度在不同階段各有發展與變化。每章的主題取決於獄中及澳洲邊境政治的具體事件和內部權力關係變動。因此，文字技巧、風格、聲音皆隨著敘事背景和當下時刻有所變化。某些情況下，事件的發生與寫作甚至是同時進行的。

翻譯背後的故事對本書而言扮演著架構性敘事的角色，亦即，複雜的翻譯過程作為副文本（paratext）為本書的主要故事提供了架構。框架與鑲嵌其中的敘事之間的關係源於伊朗（包含庫德族）傳統與當代敘事實踐中常見的獨特敘事技巧。我將提出框架敘事的幾個例子，簡單闡述關鍵的主題、概念與議題，並藉此說明：第一，翻譯如何涉及文學實驗；第二，作者、譯者、顧問、摯友間的通力合作如何醞釀、發展出一種共同的哲學活動（shared philosophicalactivity）。

合作與諮詢

貝魯斯：「撰寫新聞報導時，為了考量不同的讀者，必須使用簡單的語彙和基本概念……報導文章的目標讀者是一般大眾，所以無法隨心所欲深入探究。而這就是問題所在。我無法表述並分析這個地方如酷刑般折磨的程度。但我認為多年後最終會開啟一個探討馬努斯監獄現象的批判性空間……這個計畫將能吸引各個人文及社會科學領域的投入，並創造出新的哲學語言。我提供關於這個地方的資訊，如此一來必要的研究便可隨之展開。

舉例來說，可以用傅柯式的理論架構來檢視馬努斯監獄，運用他對監獄、精神病院與心理學的哲學性批判……或者，也可汲取齊澤克或葛蘭西對於霸權與抵抗的著名反思與論述。

歐米德：「每次我與穆內絲和薩加德碰面，都會以你的書為基礎開啟許多批判思考與討論……其中有太多的可能性。」

貝魯斯：「這個地方真的需要投入大量的腦力激盪……它需要一個團隊來進行嚴謹的學術研究……需要大學的參與。

目前，我正與伊朗的朋友合作研究馬努斯監獄的主題……目標是在一篇學術論文中發表我們的研究，理想中會以共同撰述的形式呈現。」

我和貝魯斯最初是透過臉書對話，後來漸漸轉移到 WhatsApp 傳訊息聯絡。因為馬努斯島的連線很差，我們只能互相發送簡訊或語音留言，無法直接即時對話。貝魯斯整本書的寫作（以及所有報導撰寫、一部電影的合作執導）都是透過簡訊完成。有時他會直接將寫好的內容用 WhatsApp 傳給我。但通常他會將較長的段落先寄給穆內絲．曼蘇比（Moones Mansoubi），她是一名難民權益倡議者，也是貝魯斯的另一名翻譯，負責將簡訊整理成 PDF 格式。穆內絲整理好後，再將完整章節的 PDF 以電子郵件寄給我。有時，貝魯斯之後又會用簡訊傳來新的文字，通常放在章節最後。每一章的全部草稿看起來都像是一則全無分段的超長簡訊。正是這一特點為文學實驗和共同哲學活動創造了一個充分激發思考的獨特空間。

翻譯過程是一次深刻的學習經驗，並有助於我們就馬努斯島上的難民監禁及許多相關議題發展分析討論。翻譯工作於二〇一六年十二月展開，此後的過程受到拘留中心眾多災難事件以及倒退的澳洲政策和社會政治言論嚴重影響。

貝魯斯的寫作及我的翻譯進度由於難民營強制關閉（二〇一七年十月三十一日）後為期三週的全面封困而嚴重受阻，同時我們也迫切需要先報導針對拒絕轉移者[2]的殘酷懲罰。貝魯斯採用融合文學語言與新聞報導的手法，描繪當局對飢渴、失眠、疾病、情感及心理壓力的策略性運用如何形同酷刑工具，這一點不但反映了全書取徑，此種風格與視野也幫助他建構並定調了那篇充滿詩意的宣言〈來自馬努斯島的一封信〉（由我翻譯，發表於二〇一七年十二月九日的《週六報》〔*The Saturday Paper*〕）。

本篇譯者記事的目的之一在於分享一些幕後故事，藉以進一步說明形塑翻譯過程的各種因素及其進行方式。貝魯斯靈活運用眾多創造性與思考性的策略來克服可怕的壓迫及無可預料的攻擊，這屬於他個人非凡的奮鬥。而他參與的集體努力則可構成另一部分的幕後故事。這方面必須特別向幾位人士致謝，這些倡議人士持續不斷的奧援是翻譯過程中不可或缺的力量。

珍妮・蓋伯瑞斯（Janet Galbraith）

珍妮：「今早醒來時，我想起我們之前在通信中圍繞著詩的討論，這樣詩意的對話持續了好多年。我非常感激能有這種深富創造性的關係。我記得最初是貝魯斯你不想用真名發表作品，我們針對名字、筆名討論了一番。那之前我們經常談論鳥類，現在有時也會……於是我們決定用白頸鷺（Pacific Heron）這個名字。你記得嗎？我們用這個名字是因為白頸鷺是一種往返飛行於馬努斯島和澳洲之間的鳥類。我們都見過這種鳥。當時我和現在一樣住在維多利亞中部，但不同鎮。三不五時，會有一隻白頸鷺獨自飛來，在我住的房子外面的小池塘逗留好幾天。」

本書即是獻給珍妮・蓋布瑞斯。她協調主持「穿越圍牆寫作」（Writing Through Fences）[3] 創作小組，這是一個與被監禁難民（或曾被拘留的難民）合作的組織，致力於擴展、支持他們的寫作及藝術創作。珍妮從貝魯斯在馬努斯島投入寫作初期就不遺餘力地支持貝魯斯（二〇一四年，珍妮是最早與貝魯斯討論他的寫作及處境的人之一）。她還與穆內絲合作翻譯了其中一章，以〈成為MEG45〉

2｜貝魯斯在封困期間的日記摘錄見《衛報》文章〈今宛如地獄」：貝魯斯・貝加尼的日記揭露澳洲可恥的難民拘留現狀〉（"This is hell out here": How Behrouz Boochani's diaries expose Australa's refugee shame），刊於二〇一七年十二月四日，由穆內絲・曼蘇比及本人翻譯。

3｜詳見網站：www.writingthroughfences.org.

（Becoming MEG45）為篇名，發表於《瑪斯卡拉文學評論》（Mascara Literary Review），這篇文字在與 Picador 出版社成功簽約的過程中居功厥偉。

亞諾．澤柏（Arnold Zable）

亞諾：「你說離開伊朗四年之後，覺得自己是一個沒有國家的人，你不屬於任何國家。現在呢？你認為自己歸屬何處？你如何看待周遭世界？在看不見的邊界之間移動、跨越是怎樣的感覺？」

貝魯斯：「邊界究竟是什麼呢？……我的一生被『邊界』（border）這個概念深深牽動。」

作家亞諾．澤柏也是從貝魯斯的寫作與抵抗行動初期就參與合作。亞諾和珍妮向國際筆會介紹貝魯斯的作品，成功將他的案例確立為亟需國際關注的議題。自二〇一五年開始與貝魯斯合作以來，亞諾撰寫了一篇關於貝魯斯共同執導的電影《望眼欲穿的難民營》（暫譯，*Chauka, Please Tell Us the Time*；與薩維斯塔尼〔Arash Kamali Sarvestani〕共同執導）的評論、主持多場座談會，並採訪貝魯斯供多家重要媒體刊登。他目前在籌備一個新的文學行動，那將會是一項深具發展性的對話交流計畫。亞諾與珍妮一樣，在整個翻譯過程中提供了諸多寶貴意見與鼓勵。

基里莉・喬丹（Kirrily Jordan）

基里莉：「嗨，貝魯斯……我有一個計畫正在創作一件小藝術作品，希望藉此讓更多人關注在馬努斯島和諾魯島發生的事。我在網路上讀到幾首你的詩，不知能否在計畫中引用你的文字呢？」

基里莉・喬丹在貝魯斯的寫作過程也扮演了舉足輕重的角色，她是澳洲國立大學的學者，也是一名藝術家。基里莉在二〇一六年初一場受貝魯斯的詩歌啟發的集體藝術計畫中初次認識貝魯斯。此後，當貝魯斯以英語寫作時，她便經常給予回饋。本書部分章節從波斯語譯成英文後，她在通信中對於翻譯草稿的討論為貝魯斯提供了重要的脈絡，並激發許多想法與建議供後續的翻譯初稿參考。

Picador 出版社

第十章的初稿〈蟋蟀鳴唱，殘酷儀式／馬努斯監獄的傳說地形〉於二〇一七年刊登於《島嶼》（*Island*）雜誌。Picador 出版社的團隊立即察覺到寫作計畫的迫切性及背後傳達的深刻訊息，並在整個過程中持續關注貝魯斯的困境及寫作。許多美學上與結構上的關鍵決策都是編輯團隊參與的結果，與他們的通信獲致了充滿獨創性及想像力的成果。Picador、貝魯斯及翻譯團隊亦衷心感謝難民諮詢與個案服務組織澳洲分部（Refugee Advice & Casework Service [Aust.] Inc）的首席律師莎拉・戴爾（Sarah Dale）。莎拉的公益服務工作協助由法律角度審視本書，提供至關重要的援助。

納傑姆・韋西（Najem Weysi）、法哈德・布加尼（Farhad Boochani）、托瑪斯・阿斯卡里（Toomas Askari）

在馬努斯監獄的這段時間裡，貝魯斯一直與三位伊朗朋友保持聯繫：納傑姆（Najmedeen 的簡稱）・韋西、法哈德・布加尼、托瑪斯・阿斯卡里。納傑姆和貝魯斯從剛入大學就是好友。法哈德和貝魯斯是堂兄弟，從小便很要好。托瑪斯與貝魯斯則是大學朋友。納傑姆、法哈德和托瑪斯是貝魯斯極重要的摯友，貝魯斯在獄中經常透過 WhatsApp 與他們分享寫作，因此他們對本書的影響極為重大。他們的交流回饋以及他們為了理解馬努斯監獄現象所做的嘗試，開闢了一種關於創作中合作的新論述。他們的關係，再加上翻譯過程，也啟發了共同哲學性活動的概念。

穆內絲・曼蘇比（Moones Mansoubi）與薩加德・卡布加尼（Sajad Kabgani）

穆內絲・曼蘇比從二〇一五年開始翻譯貝魯斯的報導文章，並在他致力於描述、分析馬努斯監獄的恐怖狀況時持續提供支援，其不容忽視的貢獻不僅限於這個計畫，必須在此特別致謝。穆內絲在翻譯過程中扮演不可或缺的角色，她從一開始就擔任我的顧問給予協助。她對伊朗文學傳統（包括古典和當代）深厚的素養發揮了無可取代的價值。此外，穆內絲更運用她在國際關係及難民支援服務的訓練背景，使書中許多社會、文化、政治面的細節處理更為細膩。

薩加德．卡布加尼也擔任我的翻譯顧問。他是一名教育哲學與文學的研究者，像穆內絲一樣，他的貢獻大幅提昇了我對原文的理解。我與薩加德的諮詢會議發掘了更多方面的視角，因此成就了更深刻的翻譯。

每一章的翻譯諮詢會議通常持續數週。我會一次翻譯大段內容，並在與翻譯顧問會面時提出特定的單詞和段落深入檢視。會議中，我以英語朗誦，顧問則跟隨我審閱波斯原文，進行評論。每次會議我只與穆內絲或薩加德合作，一次一位，完成一整章。會議通常一週或兩週舉行一次，時間從幾小時到持續大半天都有。從與顧問第一次會面開始，我們的互動就儼然是一場場熱烈的哲學研討會。我們往往花費很長的時間檢視、詮釋、思考段落的意涵，偶爾會聯繫貝魯斯尋求釐清和意見，或是單純分享我們的想法，表達對他的欽佩。本書翻譯是一個不折不扣的多重視角合作計畫。我與穆內絲和薩加德的交流對翻譯影響重大，在此記錄與討論我們的對話片段至關重要，不僅有助於理解翻譯過程的背景脈絡，更證明了他們不可或缺的貢獻。

意義、結構與地方

穆內絲：「如今我發現波斯語—英語、英語—波斯語辭典是多麼不足……且貝魯斯在書中對於字詞的使用是如此複雜獨特——他使用語言的語境極為深邃而富挑戰性，經常顯得怪異但極具創造力。多樣的情境與他的想像力為這些字詞增添了新的、深具原創性的細微歧義。」

歐米德：「如果時間允許，我們可以製作一份字彙表解釋其中的關鍵字與片語。」

穆內絲：「這會是很棒的後續計畫。然而這本書的工作讓我意識到，我們迫切需要啟動一個全面性、跨學科領域的辭典計畫。我認為貝魯斯的書擴展了一些字詞的涵義——他增加了新的意義層次。」

找到合適的英語字詞和句型結構必須考慮眾多因素。波斯文學作品主要由長而複雜的句子構成，其中包含許多不同種類的連續子句。主詞在句子的開頭，動詞則通常位於句尾，中間隔著一連串各種各樣的附屬子句。翻譯時若試圖保持原句結構的完整性，譯出的英文便難以閱讀。綿長而繁複的句子在波斯語中效果很好，因為可以襯托出該語言詩意的共鳴和流動的韻律。我決定在譯文中採用不同方式拆解句子，並相應地重複關鍵詞語。有時，我將這種技巧結合排比、頭韻、連續同義詞的使用；有時，我只是將長句拆分成一連串短句，或把短句分為僅含單詞的句子；有時我會較有創意地使用標點符號，如此能更簡單地傳達觀點，並創造一種持續的節奏感。

矛盾和並列是貝魯斯最顯著的敘事特徵，因此創造了大量拆分句子及重組段落的機會。他的風格與文學技巧使我得以在翻譯中嘗試有創意地運用反義詞與矛盾修辭。倒敘法及預敘法引導並強化了文本中蘊含的情感力量、訊息、哲學探索及驚奇感。貝魯斯將這些元素融入他的文學書寫策略，並結合庫德族的民俗傳說、抵抗行動、波斯文學、神聖敘事傳統、地方歷史、自然象徵、儀式和典禮。書中的哲學與文化特徵並不僅限於伊朗和庫德族，也包含許多其他來源，特別是馬努斯的思維與文化。貝魯斯亦吸收了西方文學的影響（例如，他當時在讀卡夫卡的《審判》、卡繆的《異鄉人》、貝克特的《莫洛伊》、《馬龍之死》和《無以名狀》）。察覺這些技巧與影響，並運用多樣化的文學工具在英語譯文中有策略地改造重塑，確保原作中體現的詩意與獨特文學風格不會流失。

貝魯斯的作品蘊含豐富的文化、歷史、政治指涉架構和典故。許多相互交織的故事其社會文化背景乃根植於庫德斯坦、伊朗、馬努斯島和馬努斯監獄……還有艱辛的海上航行。我認為捕捉這些特質的最佳方法是將句子片斷化或重構，並將部分風格化為詩句的形式呈現。在我看來，書中最扣人心弦、最教人心潮澎湃的段落往往是從散文陡然轉換成詩句，接著再次轉換回散文的時候。為了忠實呈現波斯語及貝魯斯寫作中的詩意，將散文譯為詩句證明是最適切的選擇。

斟酌選字也取決於對地方的敏感度。地點、情境、敘事場景等元素在每一幕的運作環環相扣，創造令讀者身歷其境的感受。為了不使貝魯斯精心構築的感官力道打折扣，我試圖選用與所寫地點和環境關聯的詞語。因此，名詞、動詞、形容詞與副詞的英語翻譯經常是隱喻性的，且特別指涉該章節及不同段落的地理、物理特性。某些情況下，我較側重抽象、哲學性術語的使用，其他段落則以更直接的寫實主義描摹。一旦翻譯時採取這種以地方為基礎的敘事方式，同一個波斯詞語可因地點、氛圍、人物、物件、事件、建築、環境而衍生不同的翻譯。自然符號、化人（anthropomorphism）與擬人法（personification）的使用闡明了貝魯斯對於跨物種理解的獨特詮釋。事實上，貝魯斯堅信，倘若難民並未與環境與動物建立尊重的關係，監獄的壓迫早已將他們毀滅；大自然與被囚者站在一起對抗這個體系。

殖民性（殖民主義作為永無歇止的過程和普遍結構）

穆內絲：「我正在讀英國的亞美尼亞──伊朗裔歷史學家亞伯拉罕米安（Ervand Abrahamian）的著作《政變》（*The Coup*）。這本書令我聯想到貝魯斯的作品，因為亞伯拉罕米安亦強調針對殖民主義的角色進行更細緻而批判性討論的重要性。」

歐米德：「我認為，除非讀者認識並理解殖民主義對庫德斯坦、伊朗、澳洲和馬努斯島帶來的影響和後果……以及殖民主義和被迫移民之間的關係，否則便無法真正理解貝魯斯的思想和作品深度。」

穆內絲：「亞伯拉罕米安的書有趣在於他研究了 esteʿmār（殖民主義／帝國主義）和 esteṡmār（經濟剝削）這兩個字密不可分的關係。在許多情況下兩者可以作同義詞使用。貝魯斯的許多段敘事與該研究不謀而合，都闡明了兩者之間的關聯，強調支配和控制如何與自然資源的侵略性開採及操控、生態系統的破壞和人體的剝削無不息息相關。

貝魯斯的書是一部去殖民文本，代表一種去殖民化的思考和行為方式。他對於拘留制度的批判精闢犀利，並能洞察拘留制度之下的殖民基礎，為了維持論述呈現的細緻度，我們不得不將部分術語納入文學作品。我將在書末的補充短文中更詳細探討文類的問題，但在此值得一提的是，貝魯斯是刻意混合文學與政治評論，有意識地混用不同學術領域的語言。這與文學顛覆實踐中將不同文類的形式與技巧相互揉雜的精神是一致的。這些元素共同發揮作用，揭露難民監獄實為一項新殖民主義實驗，並將他的文學定位為一種去殖民化的介入行動。

譯文特意在某些地方使用學術語彙，藉以傳達本書的跨學科領域視野。貝魯斯對殖民主義的分析是匯集其受教背景、學術研究和生活經歷的結果——他從歷史上、哲學上理解殖民主義，並發自肺腑親身體會殖民主義。

命名

穆內絲：「貝魯斯（Behrouz）這個名字的意思是好／更好的（beh）日子（rouz）、繁榮或財富，這也是《列王紀》裡的一位將領之名。他的母親為他命名為貝魯斯多少帶著吉祥幸運的期許。她從古典文學中取了這個傳統波斯名，一位戰士的名字，這個名字在他的手足表親間顯得格外突出，因為其他人的名字多半帶有宗教意涵。彷彿她感覺到這個孩子有所不同。」

命名在本書中具有美學上、詮釋上和政治上的作用。對貝魯斯而言，為事物命名是肯定他作為人的存在並建立某種權威感的方式。命名是一種從監獄手中重新奪回權力的手段；藉由命名削除體系的權力，讓主權重歸土地。命名也是貝魯斯的創造性實踐的一部分，同時作為他檢視政治形勢及物質環境的分析工具。

貝魯斯以相當獨樹一格的方式為人物命名。當他提及特定個人時，他會使用幽默的綽號和名詞片語代稱，可能是為了保護身分，可能是為了建構角色特性，或兩者兼而有之。波斯語不使用大寫字母，但英語中有將每個字（包括定冠詞）的首字母大寫形成專有名詞的優勢。於是藉由這種作法，我們得以清楚呈現這些描述或綽號在本書脈絡中是指稱個人的名字，並且反映了人物的個性與特質（生理特徵、性格或氣質）。

本書有一個名為「君尊體系」（The Kyriarchal System）的重要抽象概念。我在書末附文中探討了「君尊結構」（kyriarchy）這個學術概念，其意指以懲罰、征服、壓制為目的，且相互交織、強化與壯大的多重社會體制。貝魯斯將監獄治理的底層意識形態命名為君尊體系，該名稱代表的精神統御著難民拘留中心以及澳洲無處不在的邊境工業集團（border-industrial complex）。波斯原文 *system-e hākem* 也可譯為「壓迫制度」、「統治制度」、「治理制度」（本書將「治理性」用於描述該體制的特定應用）或「最高統治制度」。然而，君尊結構的概念增強了獄中無所不在的折磨與控制措施的程度，並突顯了該名稱的顛覆面向。

貝魯斯還將馬努斯島區域離岸受理中心（Manus Island Regional Offshore Processing Centre）重新命名。全書從頭到尾，貝魯斯都稱拘留中心為「馬努斯監獄」——他以自己的方式為其命名、定義，並進行批判性分析。該中心的每個區域也採用類似名稱重新命名。就概念上而言，貝魯斯擁有這座監獄。

馬努斯監獄和君尊體系兩個專有名詞的結合，支撐了貝魯斯對於拘留制度的結構性及系統性折磨的思索，也充分反映貝魯斯靈活純熟的學術能力。就此意義上，他大量運用學術術語，使其與文學語言和風格交互對話，將能引發多重面向的回應與閱讀。

另一個跨學科啟發的重要例子是章節標題。整個翻譯過程中，我在不同時間與貝魯斯分享關於標題的想法，最後兩人一起對其精煉與擴充。我們決定每章至少要有兩個標題，以強調該章內容的不同面向。乍看之下，每章多個標題之間看似不一致的關係創造了一種困惑與荒謬感。標題本身的不連貫性，以及它們喚起的不合邏輯、不可預測感，實與貝魯斯在書中運用的技巧與主題連貫呼應。「我們的葛席芬妲真美」這個標題對貝魯斯而言別具意義，因其代表該章他認為最重要的段落；「我們的葛席芬妲」這個人物是他所有敘事中最重要的靈感啟發。

意象與寫實

薩加德：「他對狼的隱喻使用極為出色，會持續在腦中縈繞不去……我曾聽說在伊朗，牧羊犬為了保護羊群與狼搏鬥時會瞄準咽喉攻擊。多數情況下，狼比狗要強壯凶猛太多。但有時候，牧羊犬能設法咬住狼的喉嚨，緊緊用牙齒鉗住不放，直到狼再也無法承受壓力；牧羊犬堅持不懈，逼使狼拱手投降。牧羊犬昂首凱旋歸來，完成非凡的自我實現——這個經歷改變了狗，這個遭遇賦予牠力量。牧羊犬發展出一種超越自信的新的自我意識——牠改而認定自己是狼。牧羊人明白這現象的危險性；他澳洲公民／非公民之間的權力差異之外，我也不得不時時意識到，我在翻譯一名被壓迫的庫德族人的作品，但我自己認同的卻是伊朗優勢族群的文化（我所屬的族群是波斯人〔Fars〕，雖然我並非出身一九七九年後支配政治體制的優勢社會宗教群體）。因此，翻譯必須照顧到歷史不公、邊緣化及再現相關的細微差異，並持續徵詢意見。我不得不自問這一連串問題：

我該如何傳達本書寫作的環境條件？

我該如何表達透過簡訊和語音訊息傳送的想法、情感和批判？

我該如何表現貝魯斯用波斯語創造的新形式和技巧？

我該如何表達混合庫德族經歷、被監禁經歷以及更多其他經歷的書寫？

文學如何透過暗示、表示與指向來傳達意義？一名被監禁的庫德族伊朗人講述他在馬努斯監獄的經歷，其中道出什麼樣的殖民故事？一名與家園有著無法分割的紐帶並致力追求解放的庫德族人，一名生長於庫德斯坦的庫德族人，其觀點有何特別之處？提供了何種可用以詮釋意義的符碼？形式與意義之間的關係為何？是否存在以被殖民地與人民為優先的敘事層次？

巨大的責任令人心生畏懼，無窮的可能性亦教人振奮欣喜。

起初，我們發覺難以同時譯出波斯原文中的社會政治性與詩意。貝魯斯的書寫汲取了多種文學傳統養分，技巧上亦反映出詩歌風格。然而，詮釋與翻譯波斯原文遭遇的重重困難也開啟了新的文學實驗可能性。

為了讓英文流露文本的氛圍與特色，我們需要實驗不同的技巧。因此，譯文採用非正統的形式安排故事的呈現，刻意將句子段落打散、片斷化，嘗試挪用融混文類與風格。

共同的哲學活動

貝魯斯：「若要理解書中藝術與思想的交融呈現，則必須先熟悉我與納傑姆、法哈德和托瑪斯的關係。我在寫作過程中持續與他們交流，這些對話對於文本的戲劇特色、知識立場和主題無不有著重大影響。於是乎，本書可視為一齣戲劇表演的劇本，其中融合了神話與民俗傳說，宗教性與世俗性，殖民主義與軍國主義，酷刑與邊界。納傑姆、法哈德和托瑪斯都是知識分子，也是富創造性的思考者。在伊朗，我們會用戲劇的形式表達我們的批判分析；表演之於我們是哲學和倡議行動的一部分。我們演出我們的思索、體現我們的思想……論點即是敘事……理論即是戲劇。納傑姆、法哈德和托瑪斯在各方面都堪稱見多識廣的知識分子。」

本書的創作環境以及作者、譯者、顧問之間的關係形成了一個獨特的哲學探究空間。為了傳達出這種共同參與的哲學活動，實驗是必要的。

二〇一五年穆內絲開始與貝魯斯合作時，被監禁的難民無時無刻受到監視，隨時有手機被沒收的危險。她告訴我獄警會定期突襲搜查手機，入侵的行為相當粗暴，多半發生在凌晨四、五點。獄中總有要搜查手機的風聲，因此難民一直活在恐懼之中。

貝魯斯的第一支手機遭到沒收。往後二、三個月的時間，他親手書寫內容，再借用亞瑞夫．海達里（Aref Heidari）的手機，透過語音訊息傳給穆內絲謄錄出來。亞瑞夫在很多方面都是貝魯斯的親密夥伴和支持者，他在貝魯斯聯合執導的電影《望眼欲穿的難民營》中也有亮相，就是那位吟唱哀傷動人的庫德解放歌曲的人。

貝魯斯後來設法偷渡另一支手機進來。這次他為手機造了一個睡覺時的安全藏放處——他在床墊深處挖了洞，將手機嵌入其中。此後警方再也沒能搜到他的手機，不過手機在二〇一七年遭竊，且在取得另一支手機之前，寫作因此延宕了一段時間。貝魯斯的個人聯絡也曾中斷數週甚至數個月，因為在監獄採取極端維安與監控措施的時期，他不得不長時間藏匿手機。

貝魯斯與納傑姆、法哈德和托瑪斯的關係至為重要。他們給予的評論和批判性提問幫助貝魯斯與他的庫德家園保持連結，激發他血液裡的母語和文化傳統的活力（納傑姆和法哈德是庫德族，托馬斯是波斯人），並強化了貝魯斯還在伊朗時參與知識文化界培養的態度與敏銳見解。他與三個好友持續的交流大為縮減了距離感。他與珍妮和亞諾的通信也同樣為他的寫作加入新的維度與視角。這兩位身在澳洲的作家與貝魯斯的交流賦予他的寫作某種認可感，對於作品中複雜交織的跨文化角度與細節貢獻良多。本書的寫作與翻譯進行時，貝魯斯仍繼續其他寫作、研究、藝術和倡議計畫，因此本書是與新聞報導、調查報告、一部電影、學術發表、抗議演說和人權倡議活動同時孕育生成的。

我持續進行諮詢會議，定期與貝魯斯確認我的哲學解讀。我們的討論也滲入貝魯斯的文本寫作，並回過頭來影響我隨後的翻譯。本書的一個獨特之處在於規劃、寫作和翻譯同時進行（有時故事甚至是在事件發生當下寫就的）。我造訪馬努斯島期間的諮詢與審閱工作釐清了許多詮釋，糾正了不少錯誤，並發展出具文化政治敏感度的觀點。貝魯斯的敘事有多種詮釋方式，然而他的主要目的在於喚起人們關注馬努斯監獄中系統性折磨的現實。本書意在驅使讀者抵抗澳洲拘留制度的殖民心態，並激發人們自省、深入調查，以及直接行動。

這個共同哲學計畫是開放式的，這是一個公開的行動號召。

歐米德·托費希安（Omid Tofighian）

二〇一八年，寫於雪梨、馬努斯島及開羅

免責聲明

本書旨在真實描述作者在隸屬澳洲的馬努斯島區域離岸受理中心的經歷，傳達在該體制中拘留的第一手經驗。本書採取有限度的揭露，尤其是關於同被拘留者的個資。我們認為改變髮色、眼睛顏色、年齡、國籍、姓名……並不足以確保體制內弱勢者的身分獲得充分保護。儘管書中人物的故事細節極為豐富，但沒有任何一位拘留者或難民是根據特定的個人寫成。他們不是化名偽裝的個人；他們的特徵並非事實；他們的身分完全是編造的。他們是複合人物（composite characters），意即，汲取各個事件及多段軼事揉雜拼貼而成的人物，其背後的精神更多是來自寓言的邏輯（logic of allegory），而非報導。逝於馬努斯島的兩位男性：雷札・巴拉蒂（Reza Barati）與哈米德・卡札伊（Hamid Khazaei），由於其相關資訊已屬公開，書中使用真名以示敬意。

一、月光下／焦慮的顏色

月光下
未知的路途
天空是極度焦慮的顏色。

兩輛卡車上載著驚惶不安的乘客，沿著亂石遍布的迂曲迷宮疾駛而下。四周叢林環繞，排氣管一路發出駭人轟鳴。由於車子周身以黑布包覆，我們唯一看得見的只有頂上的星斗。男人女人並肩而坐，孩子懷抱在腿上……我們抬頭仰望，天空是極度焦慮的顏色。偶爾，會有人稍稍挪動在卡車木底板上的位置，好讓疲勞的肌肉恢復血液循環。儘管光是坐著就教人疲憊不堪，我們還得保留體力應付餘下的路途。

整整六小時，我背倚卡車的木板牆，坐著紋風不動，光聽一個傻老頭對蛇頭宣洩滿腹牢騷，從他半顆牙都不剩的嘴裡爆出源源不絕的粗口。我們在印尼漂泊三個月，忍飢受餓，落到此般悲慘境地，但至少現在要離開了，這條路將帶我們穿越叢林，駛向大海。

車內一角，近門口處，有一道用布搭起的臨時隔簾提供遮蔽，要上廁所的孩子可以進去尿在空水瓶裡。幾個神色傲慢的男人進到隔簾後，扔掉裝滿尿液的水瓶，也沒人會注意。沒有一位女性離開過座位，她們肯定也需要去，或許光是想到在布幕後面解手就令她們打退堂鼓。許多女人手裡抱著孩子，心裡思忖渡海會有多艱險。車子顛顛簸簸，駛過路面的坑坑窪窪與突起時，孩子們也跟著上下彈跳，驚恐不安。即使再年幼的孩童也察覺得到危險迫近，從他們放聲尖叫的音調便展露無遺。

卡車轟鳴
排氣管發號施令
恐懼與焦慮
司機命我們坐定。

門邊站著一位皮膚黝黑、外貌飽經風霜的瘦削男人，頻打手勢要大家安靜。但車內到處迴盪著孩童的哭號、母親試圖哄孩子安靜的聲音，以及卡車排氣管可怕的尖厲怒吼。

隱約迫近的恐懼暗影使我們的直覺益發敏銳。一路疾駛途中，有時上空完全為枝葉遮蔽，有時枝椏間透出天色飛掠而過。我不確定走的是哪條路線，但我猜我們要搭的那艘開往澳洲的船，應是停在雅加達附近，印尼南部的某個遙遠海岸。

§

我待在雅加達的卡里巴塔城（Kalibata City）和肯達里島（Kendari Island）時，經常聽到船難的消息。但我總認為，那種不幸的慘劇只會降臨在他人身上。人很難相信自己可能面臨死亡。人想像自身的死亡必不同於他人之死。我無法想像。難道這奔赴海岸的卡車隊，會是死神的信差？

不
絕不會是船上載著孩子的時候
怎麼可能？
我們怎麼可能葬身大海？
我深信自己的死必然不同
應當在更寧靜之處告終。

但我想到近來遭大海吞噬的船隻。

焦慮驟升

那些船不也載著年幼的孩子？

那些溺斃者與我又有何不同？

這樣的時刻會喚醒內在某種形而上的力量，將死亡的現實從念頭裡驅逐。不，**我不能如此輕易向死亡屈服**。我的死注定發生在遙遠的未來，且絕非溺死，或其他類似的厄運。我注定會以一種特別的、出於自我選擇的方式死去。我認定自己的死亡必須包含意志的行使。我在內心、在靈魂的深處下定決心。

死亡必須關乎選擇。

不，我不想死

我不願如此輕易放棄生命

死亡在所難免，我明白

死亡只是生命的一部分

但我不願向死亡的必然性伏首稱臣

尤其距離家鄉萬里迢迢
我不想死在外頭，被水
被無止無盡的水吞沒。

在此之前，我始終以為自己會在出生、成長、一輩子生活的地方終老。你實在無法想像死在一個離家鄉一千多公里遠的地方。那是多麼可怕、多麼悲慘的結局。那是全然的不公，而這不公在我看來純粹是偶然且專斷的。當然，我不認為那會發生在自己身上。

§

一名年輕男子與他的女友**亞澤蒂**[4]搭乘第一輛車，同行的還有我也認識的**藍眼男孩**。他們三人都不得不拋棄在伊朗的人生，懷抱著過去痛苦的記憶。先前卡車到我們待的地方接人時，這兩個男的將行囊拋到卡車後方、跳上車的動作宛如士兵一般。在印尼的整整三個月，無論是找飯店住宿、取得食物，或移動到機場，他們永遠領先其他難民一步，然而極諷刺的是，高效率的行動卻屢屢令他們陷入不利的處境。我們要飛往肯達里時，他們比其他人都先到機場，但是才一抵達，護照就遭警察沒收導致錯過航班，最後在雅加達街頭遊蕩數日，淪落到在暗街小巷乞食。

現在，他們又位居前頭，風馳電掣地帶領一行人劃破強風，伴隨排氣管的隆隆作響，朝大海疾駛而去。我知道藍眼男孩心中有個深埋多年、早在庫德斯坦就種下的恐懼。我們坐困雅加達卡里巴塔城那片大型公寓區時，夜裡會擠在一個個窄仄的陽臺抽菸，一邊聊著對往後路途的想法。他坦承懼怕海洋，因為他的哥哥就葬身於伊拉姆省[5]塞瑪雷河（Seymareh）的湍流中。

……兒時的某個夏日，藍眼男孩跟哥哥去塞瑪雷河，探查前一晚在河水最深處設下的漁網。哥哥深深下潛，宛如沉甸甸的石子直墜河心，身體劃開流水。不料一陣突來的波濤翻騰，頃刻間只見哥哥的手伸出水面向藍眼男孩求援。藍眼男孩還小，力氣不夠抓住哥哥，他只能不斷哭喊，哭了好幾小時，希望哥哥能存活下來。但他沒有。兩天後，族人敲奏傳統的多侯鼓（dhol）向河流傳話，才尋獲哥哥的遺體。多侯鼓聲說服河流歸還沉入水底的屍首，那是一種死亡與大自然之間的音樂關係……

經年的陰霾跟隨藍眼男孩上路。他是那樣極度怕水，今晚卻朝大海加速前進，準備展開浩大的旅程。然而這揮之不去的巨大恐懼終究坐實了這趟不祥之旅……。

卡車持續在密林間奔馳，擾動夜晚的寧靜。大家在木板上坐了好幾小時，臉上盡顯疲態，有一兩人吐了，把先前吃的東西全都嘔進塑膠容器裡。

車內另一角坐了一對帶著嬰兒的斯里蘭卡夫婦。由於車上乘客多是伊朗人、庫德人、伊拉克人，

4｜亞澤蒂（Azadeh）：伊朗女性名，與波斯文的自由（āzādi）一字源於相同字根。

5｜伊拉姆省（Ilam Province），伊朗三十一省中的一省，位於伊朗西部，與伊拉克及部分庫德族區交界。

對於同行者有個斯里蘭卡家庭莫不嘖嘖稱奇，看得目不轉睛。那名斯里蘭卡女子美貌出眾，一對黑眼眸，懷中的嬰孩還在吃母乳。她的伴侶試著安撫母子倆，盡其所能仔細照料。他要妻子知道自己隨時在旁支援，整趟路上似乎都萬般努力令她安心，每當卡車行經崎嶇路面劇烈顛簸，他會按摩她的肩膀或緊緊將她摟住。不過顯而易見的是，女人全神關注的唯有她襁褓中的孩子。

角落的景象
是愛
那樣光輝，純粹。

但她臉色發白，一度嘔吐在丈夫遞過去的容器裡。我對他們的過去一無所知。或許兩人的愛情帶來重重險阻，迫使他們經歷這個可怕的夜晚？他們對孩子的呵護備至，清楚彰顯他們的愛克服了一切。不論何種經歷導致他們逃離家園，無疑也在他們的心靈烙上深深印記。

車上有各種年齡層的孩子，包括即將成年的，也有一家大小同行的。有一個庫德族男人極惹人厭，大嗓門，毫無同理心，全程逼迫大家跟著吸他的二手菸。他帶著憔悴的妻子、一個成年兒子，還有另一個頑劣的小兒子。這傢伙生著母親的外表，遺傳到父親的性格，吵鬧得不得了，全車的人都飽受折騰、被他當笑話，他不耐煩又愛搗亂的言行舉止惹毛所有人，甚至還激怒蛇頭，招來一頓斥責。我暗忖，**這男孩長大後，毫無疑問，一定比他父親沒同理心一百倍。**

卡車速度減緩，我們似乎開到叢林盡頭，抵達海岸了。蛇頭開始激烈揮舞雙手，要每個人保持安靜。

車子停住。

四下寂靜無聲。

就連最吵的小混蛋也明白他得安靜。我們的恐懼有充分理由，因為先前許多次，嘗試偷渡者甚至還來不及登船，就在岸邊遭到逮捕。

沒人發出一丁點聲響。斯里蘭卡嬰兒靜靜依附母親的乳房，只是盯著，沒吃。哪怕最細微的響動或哭泣，都會讓一切前功盡棄。過去三個月在雅加達和肯達里的挨餓流離，成敗全繫於此刻的靜默。

最後階段。

在這海灘。

§

此前，我才在肯達里一家小旅館的地下室，熬過四十天瀕臨餓死的日子。肯達里位處交通樞紐，在歷史上始終受到難民青睞，到這裡便可輕鬆解決後續的行程。然而我抵達時，肯達里已變得像墓地一樣荒涼。

現在的肯達里警備極為森嚴，因此我不得不藏身在旅館的地下室。我的錢花光了，飢餓逐漸侵蝕身心。我都起得很早，然後吞下一塊吐司、一片起司，再喝一杯加糖的滾燙熱茶。這便是我僅能找到的糧食，得靠這些撐過一整天。巡邏員警對我們窮追不捨，展開地毯式搜查。我不能有片刻鬆懈。所有遭到逮捕的人都被丟進監獄，幾天後驅逐出境。那情景我光想像便痛苦萬分，倘若必須回到原點，簡直是被判死刑。

儘管如此，在肯達里的最後幾天，我仍會在早餐後把握機會離開旅館透透氣。那是破曉前空氣潮溼的時分，我確信這座城市還在睡，也不會有好管閒事的警察在我進入叢林小徑現身。

我會穿越一條短短的、鋪整過的小路，一路害怕得直打顫，然後轉進一片木籬笆圍起的靜謐樹林。我猜那是私有土地，待在裡面恐怕就構成犯罪，但從來沒人過來查看。接著映入眼簾的，是豎立在偌大椰子種植園中央的一棟漂亮小屋。那裡總有一名矮個子男人，身邊簇擁著許多隻猛搖尾巴的好奇狗兒。他會對我微笑，友善揮揮手。那親切的笑容帶來一種安全感，支撐我繼續沿著種植園的泥巴路往下走。

路邊有一截倒臥的巨大樹幹，緊鄰波光粼粼的稻田。我會在那樹幹坐著，點一支菸，欣賞周圍的大自然，暫時忘卻混亂的思緒和飢餓。等我抽完菸，太陽約莫開始升起，我便沿著同樣的路徑穿過叢林，回到旅館。途中，矮個子男人會帶著同樣親切的笑容再度向我揮手。往後，小徑旁一棵棵高大挺拔的椰子樹，路的盡頭那一小塊翠綠的稻田，以及我在那裡度過的美好時光，全在心中化為近乎神聖的意象。

過去三個月，我的生活多半充斥著恐懼、緊繃、飢餓與流離失所，但也有坐在種植園的樹幹上那樣短暫至美的時分。此刻，三個月的飄蕩不安來到最後關頭。這令人動彈不得的瞬間，只要小孩一叫出聲，一切努力便全部歸零，回到起點。

§

卡車沿著寂靜的海岸前進了幾公尺，然後引擎關閉。像是獵人一樣在海灘悄悄尋覓，突然靜止不動，靜默無聲。我的情緒到達最緊繃，一切可能在瞬間付之一炬。

我將背包拎在胸前，準備隨時跳車，準備在這片漆黑陌生的海灘被警察追逐，奮力逃跑。就算真的被警察發現，我也不會入獄。我回想過去幾個月來聽到其他流離者的經歷。**警察從不開槍……他們命令你停，你就盡可能跑得越快越好。絕對不要停住不動……**我繫緊了鞋帶。

車子再度移動，前進的距離更長。只要再一點點，我們就可以迎向大海。我緊張得像個孩子，痛苦不堪。我希望那位皮膚黝黑、面貌滄桑的男人命令我們下車。但他在跟司機說話，並且揮手表示安靜。小混蛋一直調皮竊笑，他大概是唯一毫不畏懼的人，對他而言，這不過是一場刺激的遊戲。

斯里蘭卡夫婦摟著彼此的腰，頭相偎相倚坐著，構成一幅令人安心的畫面。

撫慰人心的情景
兩副身體交融；手臂、腰間與頭
全融為一體
他們的羈絆加深
他們在抵抗中相繫
他們頂得住焦慮。

車子發出另一聲更響的尖鳴，接著出發，前進不到一百公尺又停。刺耳的馬達聲大作：卡車有如苦苦追捕獵物的獵人，如今獵物到手，終於大叫歡呼。

那位外貌滄桑的蛇頭命令我們下車。我和**無牙傻瓜**在車尾，不想等著被婦女孩童遲疑的腳步耽擱，便從車的側面一躍而下。大家恢復鬧哄哄的交頭接耳，男人女人的騷動聲、孩子們的尖叫聲劃破了海邊的寧靜。

我們看不見蛇頭的臉，他們走在前面領頭，揮舞著手指示大海的方向，大吼要我們閉嘴。我們是一群夜裡的盜賊，竭盡所能快速通過這段路。

藍眼男孩和**藍眼男孩的朋友**一如往常領先所有人，背包斜背在身側，在岸邊等候。蛇頭催趕我們，浪濤的怒吼掩蓋了其他嘈雜聲。在印尼輾轉多個機場及濱海城鎮，度過膽顫心驚的三個月，我終於第一次看見大海。

我們抵達海洋
狂暴的海浪來回沖刷
彷彿永恆無盡
離岸幾公尺外有一艘小船等候
我們無暇耽擱
必須即刻登船。

二、山與浪／櫟樹與死亡／那河，這海

人類的領土爭奪
總是充滿暴力與流血的惡臭
即使衝突的目標只是小船上
兩天的時間
一人容身的位置。

駕駛室傳出震耳欲聾的喧鬧。男人為了爭搶一席之地殺紅了眼，激烈的衝突到達白熱化。無牙傻瓜和企鵝已在船長椅旁躺下，還騰出一個人的空間。我將背包放在他倆疲倦的身軀中間，往上面一靠。在卡車的硬木底板坐了好幾小時，現在總算能鬆口氣，以相對舒服的姿勢讓痠痛的背部休息。

經過一番在我看來毫無意義的競爭，年輕男人都找到坐的地方。他們占據了船艙全部的地面空間，攜家帶眷的乘客只好被迫去船尾。

藍眼男孩的朋友舒適地待在女友亞澤蒂旁邊，不過他們的位置可能是全船最差的。雖然他比所有人還早登上船，最後卻得跟其他家庭擠在一塊。顯然經過他的推論，亞澤蒂絕不能跟那些色瞇瞇的年輕人一起睡在船艙裡。藍眼男孩獲得了最佳位置，在船長旁邊的一塊舊海綿椅墊上休息。

船艙裡的年輕男人對幾個家庭大聲咒罵，逼迫他們坐到船尾。就連那對斯里蘭卡夫妻也被趕出船艙，這不公平的衝突使他們落得無棲身之處。有好長一段時間，他們只是抱著孩子佇立在那兒，搜尋船尾的空位，其他人都報以無情的回望。

船尾那端，合適的位置都得歷經一番爭搶。每個女人都要承受別人懦弱的吼叫，這是完全不對的。船上每個地方都溼淋淋的令人不適，這樣吵吵鬧鬧能做什麼？一次次的對峙與爭執，斯里蘭卡一家都敗下陣來。

騷亂中，婦女孩童都還在適應艱難不舒服的姿勢，船啟航了。就像一匹懷孕的母馬，小心翼翼地，緩緩跑過大草原般的闃黑水域。

我們往澳洲前進。

我的位置還不錯。我把頭枕在背包上，而且離船長只有一步之遙，可以輕鬆看到羅盤顯示的行駛方向——向南——以及航行的公里數。這給了我錯誤的安心感。

船在小浪中緩慢平穩地行駛，逐漸遠離海岸。所有騷動都停止了，寂靜籠罩著整艘船，只聽見海浪拍打船首的節奏。船長頭頂上方有一盞固定的燈，我借著微弱的燈光，看見疲憊不堪的數十人比肩而眠。穿越叢林的漫長路途，加上卡車持續不斷的顛簸，每個人都精疲力竭。他們成列躺著，各樣疲憊的臉孔交織眼前。

船的空間
不熟悉的波浪
陌生海洋的浪。

§

天色漸亮。遙遠的地平線上一點點地閃現金色陽光。船長助手來回進出機艙，一旁有幾個人圍站。我可以看見藍眼男孩的朋友端坐在船尾。他就像一幅畫，閃耀著青春的自豪。亞澤蒂的頭枕在他腿上，他的目光望向海面的浪濤，以及周圍一張張疲憊的面孔。一位綁馬尾的年輕人坐在船艙裡類似窗框的旁邊，妻子緊挨著他睡，他的目光則看著藍眼男孩的朋友用雙手緊抓船緣。藍眼男孩站在船長旁邊，忙著吃一袋紅蘋果。船尾還有一個肌肉健壯的年輕人醒著，妻子和孩子的頭都靠在他的一隻大臂膀上。

但這些就是僅存身體還能抗拒睡意的男人了。睡眠似乎無法攻陷他們。連空洞的嘴巴總有吐不完廢話的無牙傻瓜，現在也默不作聲，倒頭在企鵝的肚子上呼呼大睡。企鵝鴨掌般的腳甚至舒展得比平常還寬大。那些體格健壯、態度傲慢、登船時對婦孺辱罵最凶的年輕人，如今也睡得不省人事。庫德族一家子也睡癱了，就連那個小混蛋也氣力耗盡，看來彷彿一具沉睡的屍體，儘管臉上還帶著幾分童稚的純真。

超越普通睡眠的睡眠
誘發昏迷，無知無覺
蒼白的臉孔
嘴角垂涎。

睡意使我眼皮沉重。但現下沒有任何新奇、刺激或恐懼讓我維持清醒，只能憑藉本能保持警覺和精神，不允許自己休息。我不能一直關在這裡。我離開駕駛室，從船的這端走到另一端，徘徊在靜止不動的軀體間。眼前一團混亂。一個個身體扭曲交纏。甚至家庭之間正常的身體界限也瓦解了。男人依偎在別人妻子懷裡，孩子躺臥在陌生人的胸腹上，彷彿他們都忘了先前的叫囂辱罵，以及大費周章樹立的性別秩序，因為現在一切都打亂了。海浪的統治破壞了道德框架，即使看似全船最緊密相繫的年輕斯里蘭卡家庭也分崩離析。丈夫躺在隔壁男人的懷抱裡，妻子枕著另一位男人的二頭肌，孩子則是橫臥在另一名女人的大腿上。

天色全亮。我發現船在幾小時內就駛過一大片水域，或者說一個小海灣更恰當，遠到海岸已從視野中消失。只有零星的中大型船隻和漁船散布在這海洋庇護所之上。我們肯定還在印尼海域內，依然靠近海岸。但是海浪越來越大、越來越洶湧，船開始搖晃起來。船長熟練地駕馭起伏的波濤，他的臉晒得黝黑，引導船在一片片巨浪之間穿行，手裡的菸卻始終燃著。船長助手在機艙和駕駛室之間來回往返，他的頭髮已開始灰白，但似乎欣然接受年輕船長的命令，在機艙執行。

船離岸越來越遠，進入遼闊的海域，海浪也變得越來越挑釁。然後，位於小船左舷邊緣的小型馬達，也就是將水抽出機艙的水泵，突然沒了聲音。對於一艘載滿昏睡不醒的乘客的孤船而言，這狀況再糟糕不過。船長助手立刻著手修復陷入休眠的馬達，發揮肌肉的全副速度及力量，一遍又一遍地拉動起動器拉繩。但馬達只是不斷發出呻吟，一再關閉。

一切都結束了。我聽見船長建議掉頭。我無法思考返回海岸的選項，回到那個充滿流離失所的痛苦、飢餓和恐懼的地方。一想到被腐敗的印尼警察逮捕的危險，然後遣返最初逃離的地方，我頓時陷入恐慌。站在船長旁邊的藍眼男孩大吼道：我們只能繼續往前，除此之外別無選擇。我們無路可退。

年輕馬尾男咒罵船長。「我們只有一個選項：繼續原訂航程，不計任何代價！」船長握著船舵，做出模仿割喉的手勢，意思是：完蛋。

雖然他很年輕，卻已南征北討過多片海洋。他試著讓我們瞭解要冒的風險有多大。但就算他的經驗再豐富，也無法說動任何人。

我們心意已決
繼續冒險
彷彿親手燒毀來時的橋梁
僅剩一個選擇
僅有一個方向
前進
前進到浩瀚的海洋。

現在我們這些醒著的男人該接替小水泵的工作了：我們得把水舀出去。船在進水，海水從船身的一個小洞趁隙而入，這是一場分秒必爭的競賽。船長助手拿了兩個小桶子，走向機艙。藍眼男孩站定在通往機艙的階梯上，我到外面靠近舷緣的位置，連成一條三人的輸送線。船長助手舀滿一桶水，傳給藍眼男孩，他再傳給我。呼嘯的浪濤開始從四面八方湧上，即使如此，我們仍保持明快的節奏。

海水從洞口湧入，我們撈起一桶水，傳給下一個人，最後倒出去。前一桶水才剛倒光，後一桶水隨即就到。船長助手的動作飛快，我很快就累壞了，眼前只見一桶桶水、一隻隻晒黑的手臂傳遞桶子，還有藍眼男孩年輕而恐懼的臉龐。

巨浪如山，驚濤起伏。

我們束手無策。機艙正快速灌入海水，現在是半滿，我們不該讓水位升到這麼高。藍眼男孩的朋友和年輕馬尾男在船的另一側，忙著修理故障的水泵。他們試著調整機油、皮帶、曲柄，馬達依然靜默無聲。

這場艱困的生死存亡奮鬥進行之際，其他乘客都在甲板上沉睡。我們舀起一桶桶水，倒入咆哮的海浪中。每當桶子清空，我們便充滿希望，精神昂揚。但真正左右毅力的是水位高度。

船的另一側，藍眼男孩的朋友那邊，水泵成功發動了兩三次，卻都又再關閉。藍眼男孩的朋友和其他人將水泵拆解重組好幾回，全神貫注對付這恐怖小獸身上的細瑣零件。泵浦發出的每一丁點聲響都激起無限希望，每次關閉，又讓海浪無情拍擊船身的猙獰聲重新取得上風。

一切修復努力在一聲尖銳巨響中告終。水泵壞了。我們確定這個胡亂拼湊的泵浦已回天乏術。如今這場對抗海洋的不公平戰爭、我們的生存奮戰，戰線全繫於一處：船底那個分秒持續擴大的洞。

我定睛一看，積水正隨著一桶桶舀出的水減少，就快降到機艙地板高度了。情勢翻轉，士氣大振：我們能將水全部倒回海裡。我們有信心隔天中午前抵達目的地。現在機艙水位降低，我總算能歇口氣，在一片狼藉的船上走動。我想把其他人叫醒，讓他們知道死亡剛剛擦身而過。

§

整個甲板上，人們一個疊著一個睡得不省人事。有幾名矮壯的年輕人離開艙房，俯身靠在船邊。他們的臉在烈日下晒得通紅，我走近才發現，他們渾身都被黃色嘔吐物及海水浸透。我搖晃他們的肩膀，大聲喊叫，直到他們明白海浪製造的危機，以及我們如何在鬼門關前走了一遭。但他們只能發出陣陣呻吟，嘴角吐著泡沫，虛弱到一個完整句子都說不好，完全看不出是啟程時那些騷擾婦孺、傲慢無禮的年輕人。這副模樣，一身肌肉也派不上用場。

攜家帶眷的乘客都蜷曲著身子擠在船尾。我注意到斯里蘭卡一家找回了他們的小嬰兒。

我把一對父母沉重的手臂從小孩胸骨上抬起，移到小孩無力的雙腿上，因為那孩子幾乎要窒息了。我不願在他們熟睡時擾亂神聖的家庭單位，但也不希望孩子在雙親的臂膀下窒息而死。此刻那孩子在父母親的懷抱守護中，彼此緊緊相連。我將這畫面深深嵌進憂傷內心的一角，以後才能不時重溫。

悲劇已然來襲，但船仍以穩定的速度繼續前進，宛如一支和著海浪高低曲調的歌。

一支身軀疲憊的旅隊
彎折的腰，一動不動的沉睡
駛入廣闊海洋的深處
被一道道巨浪席捲
我聞到死亡的氣味。

我在自己形銷骨立的身軀和疲勞不堪的肌肉裡，同時感到一股不可思議的支配感及恐懼。該是返回機艙的時候了。

海水再度入侵，水面迅速高漲。船長助手一人孤身奮戰，反覆裝滿一桶桶水，爬上那段短階梯，再傾全力把水倒回海裡。舀水過程中，有些水濺回甲板，流到躺臥的人身體下面。藍眼男孩的朋友和其他人坐在剛才的位置，神情比之前更茫然。我們精疲力竭，但我想我們感覺到彼此為共同目標團結一心。我們必須找到讓自己保持清醒、繼續拚搏的意志，因為睡著意味死亡。我再次投入舀水行動。現在沒有閒工夫呆坐。

我幾口便狼吞虎嚥吃掉藍眼男孩的一顆蘋果，然後站上階梯。我和藍眼男孩交換位置，但這個小調動沒有為我疲累的肌肉帶來任何幫助。站在階梯上或船邊沒有太大差別，重要的是持續不懈裝水、倒水、傳遞桶子。船長助手裝滿一桶，傳給我。我接過藍眼男孩傳來的桶子，傳到機艙。節奏與加速，控制與速度——移動的手和細把水桶。一整日的奮鬥，對抗一個不斷擴大的破口。

不管我們舀出多少水，水面幾乎沒有降低，現在已高漲及腰。藍眼男孩的朋友和其他人又回到泵浦處，即使明白它再也不可能發動。我們就像從高處墜落的人，手邊有什麼就抓，在奮力逃脫死劫之時不由得相信奇蹟。虔信得襄助。若能聽見水泵再度轟然運轉，那真是奇蹟。

健壯肌肉男用盡全力扳動曲柄。毫無動靜。一片死寂。水泵宛如一具屍體，與甲板上到處躺臥的軀體一樣，不為所動。

惡浪從四面八方襲來，發出駭人巨響。浪幾乎是先前的兩倍，眼看我們可憐的船就快斷成兩半。船身搖晃之劇烈，竟讓船長助手一時失神，將原本要倒出船外的水潑到我們頭上。海水四面包夾猛烈撞擊，機艙內的水越升越高。船長助手的速度實在太快，我們疲憊不堪，跟不上節奏，然後弄掉桶子，恍了神……就在這短暫的手忙腳亂之間，我們落後了。

船長將船舵猛然左轉再右轉，接著對藍眼男孩的朋友揮手，要他找助手來。船長助手去到駕駛室，似乎有新命令下達。那位精瘦老練的水手不知疲倦地奮戰好幾個小時。他的離開在我們隊列留下巨大的缺口，一股洶湧的憂傷與無以名狀的恐懼襲來。似乎才過片刻，海水便信心倍增，攀越機艙外牆，大浪挾著捲土重來的憤怒重擊船體。藍眼男孩的朋友接替船長助手在機艙的位置，但他的力量相形遜色，也忍受不了汽油燃燒味，那味道濃到讓人嗆出眼淚。健壯肌肉男現身機艙，他比藍眼男孩的朋友力氣更大、更靈活，年輕馬尾男則取代我在階梯的位置。我們一邊換人，舀水作業仍在繼續。

§

我想去看看那名斯里蘭卡孩子，孩子的形象召喚我到船尾。我跨過一具具死氣沉沉、張嘴垂涎的軀體，走向家庭乘客區尋找斯里蘭卡一家。

孩子的嘴唇發黑腫脹，倚靠在母親胸前，不過呼吸比先前規律。這就是安定感，多麼偉大的母子親結。突然間，無牙傻瓜甦醒過來，拖著身子走到船邊；他開始狂吐，吐到只剩幾滴黃色膽汁。接著輪到其中一個傲慢的年輕人站起身，瞪著咆哮的海浪，往旁邊的嘔吐物堆和同伴身上撒尿。他看起來活像遭到附身，一副著魔後喪失心神的模樣；大海的恐怖攫住他的理智，在哪撒尿已無所謂。

§

水裡滿是機艙流出的汽油。船長助手帶著破布和一根棍子潛下去，嘗試堵住船底的破洞。我們完全幫不上忙，只能焦急地旁觀、目睹他的搏鬥。水深及胸，他再度帶著破布和棍子下潛，每次浮出水面臉又更烏黑。從頭到尾他幾乎沒說一句話，臉孔散發的魄力卻一如戰功未載入史冊的勇士。他手臂小腿上爆鼓的青筋向男人女人與大海發送訊息，突出的血管像網子一般覆蓋精瘦的身軀。他的臉孔瘦削，滿是皺紋，彷彿經過海浪無情的雕刻。他敏捷的身手和異常的沉默使我認為，多年來他始終無畏無懼，與死亡和黑暗的暴風雨夜周旋是他打發時間的方式。他一無所懼，早已習慣成自然。

無牙傻瓜搖著頭來到機艙口，臉上滿是震驚。經過長長的沉睡之後，他顯然還沒弄清身在何處，似乎無法理解現在的情勢。那位在同伴身上撒尿的年輕人，身心彷彿仍處於某種抽搐狀態。我想他應該也在試圖瞭解，我們和這艘破船究竟遭遇了何種災難。船長倒是一派泰然自若，似乎完全不受機艙的狀況影響。他用力猛拽船舵，菸始終燃著。他凌駕海浪與船的權威如此篤定，甚至在機艙裡也感覺得到他的存在，儘管有那個該死的洞。一種未言明的力量將船長、他的助手、船與大海連繫起來。

船長助手繼續在汽油汙染的水裡賣力。堵住洞口雖可避免連船帶人捲入大浪漩渦，然而大海的力量和破壞性過於驚人，感覺就算漏水修好了，船仍隨時可能一分為二。有些浪甚至大到將船抬起數公尺高，看似無重量的形體猛擊船首和船舷，所有人尤其小孩隨之劇烈搖晃，浪頭勢如脫韁野馬，無法阻擋。海浪沖擊速度越來越快，旋轉木馬一般，將我們在發霉的甲板上拋來甩去，身體全擠壓在一起。船緣是最可怕的位置，一記重重的浪便能將站在那裡的人甩下旋轉木馬。船被捲上浪頂，再向波谷俯衝，伴隨猛烈的震盪落下，力道之強，感覺足以讓船摔得四分五裂。大浪的攻勢如山峰般連綿不絕，一步步將小船摧毀，並在我們內心深處激起一陣顫慄恐懼，像是衝擊前的眩暈。破爛的小船幾近翻覆，好不容易短暫找到平衡，另一波大浪又毫無預警向船首撲來。

海浪有節奏地撞擊船首，力道前所未有的凶狠。然而相較於船身震盪，更可怕的是每次擊打發出的聲響，你會以為這一波波巨浪直直撞上堅硬的石造防波堤。

船長助手終於成功用破布和棍子堵住破口。他不發一言，旋即又開始工作，舀機艙內的水，很快就裝滿一桶桶水往上傳遞。藍眼男孩重新回到階梯上的崗位。

§

半夜，四周一片漆黑。激浪毫不間斷地拍擊我們瀕臨解體的船。一次次的強襲之下，我們心中萌生一種混雜著驚懼與悲嘆的情緒。

船的前端出現裂口，海水從依然交纏躺臥的家庭乘客身下噴射而出，機艙堵起的洞也不敵水壓，水位再度升高。其他乘客全都從睡夢中陡然驚醒，面臨死亡的衝擊。我們渾身溼透，感覺麻痺，但沒人停下舀水的動作，因為知道只消一眨眼的時間，我們就可能葬身此地。

夜半幽暗裡
這整片混亂狼藉
看起來像死亡
聞起來像死亡
體現著死亡
哭喊
尖叫

咒罵
四處撞擊
幼童的聲音
稚嫩孩子揪心的哀鳴
將船上的混亂化為地獄。

舀水桶的傳遞速度加快，進水很快就清空。而女人似乎甚至比男人更勇敢奮戰將死亡擊退。母性本能使她們變成凶猛捕食的母狼，目光凌厲俯視大海，露出尖利的牙。

在黑暗的最深處
當所有希望近乎破滅
有人仍在內心懷守
希望的微光
一盞小燈
約莫一個光點大小

宛如遠方的星星
在這漆黑夜晚的地平線上現蹤。

我們將全部希望寄託在遠方的一個小光點上，形成團結奮鬥的共同意念。我們的存活和抵達那個微小亮光之間有何關聯？遙遠的燈光感覺生氣勃勃，那是宣戰的呼告，要我們為生命而戰。然而對艙房內的人而言，希望似乎意味著向上蒼求助。隨後響起的禱告和誦唸聲令人寒毛直豎。

宗教頌歌的樂音漫開恐怖
誦禱眾聲喧嘩猶如死亡
縈繞的哀歌吟唱喚起焦慮
驚慌敲進空氣與旅人的心靈
悲慟的聖詩和聲召來審判日從天而降。

這恐懼在我看來比死亡更糟。孩子們聽見宗教儀式吟唱的樂音，紛紛緊抓母親不放。死後世界的幽魂流下淚水，與祈求的唱誦交融為一。

斯里蘭卡夫婦似乎比所有人更驚惶不安。不熟悉的禱告誦唱聽在他們耳裡想必盡是怪異陌生的聲響。那些頌詩交雜著孩童的啜泣，最後如反覆針刺般將我們的五臟六腑割碎。孩子無辜的哭喊壓過了其他不明所以的駭人噪音。

海浪盲目地襲擊艙房。人們在最後時刻的恐懼中，盲目地對某種形而上的力量或幻覺緊抓不放；他們沒有膽量直視死亡，而像是嘶鳴的鹿群，在這些怪異和聲之間尋覓救贖的食糧。

無牙傻瓜是為了躲避迫害而逃亡的基督徒，每一波海浪朝船身襲來，他就用手比劃十字。眼前是一隊十字與聖歌的唱詩班，迴盪著阿拉伯語、波斯語、庫德語和其他語言的聖詩……令人毛骨悚然的誦禱回聲室。

我記得卡車上那位惡形惡狀的庫德族男人，現在他摟著混蛋兒子一邊啜泣。他的痛苦似乎部分來自凶狠的惡浪，部分則因為飽受驚嚇的孩子。我看見在這一切即將了結的時刻，他的妻子還為丈夫的眼淚感到羞恥。她左顧右盼，遭逢旁人臉上的輕蔑，便用手肘輕推丈夫身側，要他快停止讓兩人蒙羞的行徑。值此驚心動魄的危難之際，她仍堅守傳統規範，教人不禁感到有趣。

在騷動喧鬧中，人們大聲哭號或暗自飲泣，我則保持沉默。人終將一死，別無選擇，我只能接受、擁抱這命運。我可以哭著屈從恐懼的壓迫，或者，我也可以接受其苦樂參半的必然性。死亡之路和生命之流同時在我們的肉身彰顯；空的器皿將遭摧毀。我想像自己從一個陌生的遠處回望，回頭端詳自己。我看到一具屍體，但眼神依舊機警，奮力求存。

那一刻，一切都是荒謬的
我在無意識中搜尋
埋藏心靈深處
形造自身存在的事物
抑或一個理由
去相信神
或形而上的力量
我什麼都沒找到。

有一段時間，我竭盡所能潛入自我存在的最深處，奮力抵達某個地方，尋找某樣神聖的事物，也許，試著把它抓住……然而，除了自己和巨大的荒謬與徒勞之外，什麼也沒發現。

全然的荒謬
徒勞

類似活著本身的感受

這是生命的本質。

這體認使我勇敢起來。於是我立刻點燃一根菸，抽了幾口，將煙深深吸進我的肺，充滿這個體內最受摧殘的器官。我接受了死亡。然而恐懼又馬上捲土重來。徒勞、荒謬，以及蠻橫的恐怖，開始以不可思議的方式交融。恐怖取得主宰，生命的荒謬立即篡位——兩者同時發生。這是獨特的經驗，卻也是我第一次經歷這些感受。我接受死亡，然而就在暴風般的喧囂與焦慮的壓迫將我吞噬之時……

我淹沒在睡眠漩渦中。

悽惶人群的騷動聲

隱約透出的哭泣聲

海浪擊打

驚叫凝結喑啞

痛苦哀鳴

海浪輕晃搖籃，搖籃睡著一具屍體

在死亡與黑暗的領地
可是媽媽也在
她隻身一人
千山萬水，破浪而來？
媽媽在哪裡？
我不知道
只知道她在那裡
伴我身邊，跟我一起
她害怕
她微笑又哭泣
灑落多年的悲傷淚水
我不知道
媽媽為什麼歡欣？
媽媽為什麼哭泣？
我曾親見一場婚禮歡騰舞慶

我曾目睹綿綿哀嘆召來死亡
這地方會是哪裡？
白雪皚皚，地凍天寒
我在那裡
我是一隻老鷹
飛掠多山的地帶
俯瞰層巒疊嶂
放眼不見大海
四面疆土全是陸地
有古老的櫟樹
有始終都在的
我的母親。

……我在其中一間艙房裡，正睡著。我可以看見自己。從斯里蘭卡女人的旁邊，不，從她懷抱的角度望去。我可以看見我的骷髏在房間角落抽著菸。這個地方肯定不是庫德斯坦。這裡是大海，船就要分崩離析，到處都是空水桶，船身千瘡百孔，水噴湧而出⋯⋯。

眼前又是層層疊疊的山脈
崇山峻嶺
千峰萬壑
山中有山
連綿不絕的山
藏著櫟樹的山
山脈荒蕪貧瘠
舉目不見一樹
山峰幻化為浪
變成激湧的浪濤
不，這裡不是庫德斯坦
但媽媽為什麼在？
彼處為什麼戰火肆虐？
坦克，成列的坦克和直升機

兵刃及屍體
屍首堆積如山，婦女哀泣
櫟樹枝垂掛兒童的遊戲鞦韆
女孩花裙，攜著樂器
一場戰事正興
流血和演奏
山與浪
浪與山
這是哪裡？
媽媽為何舞慶？

……我從睡夢中驚醒。四下一片漆黑。遠方的光亮更靠近、更大、更亮了。我人在艙房，可以聽見底下傳出的淒厲哭號。這是戰區。整艘船遭到海浪猛攻夾擊。我沒離開我的位置，但發現浪濤一波比一波凶狠好戰。我到過船上每個角落，我的靈魂一次將整艘船逡巡一遍。我們最深的恐懼正步步進逼。我被圍攻了……。

眼前是一片山谷
滿是櫟樹的山谷
山谷的最深處有河
我們被湧浪包圍
漆黑漫漫無邊
我是一隻鷹，飛掠如夢似幻的駭人場景
穿過浪的妖異
櫟樹被吞進山谷深處
吞進河，吞進浪
一棵棵滑下環繞谷地的峭壁
滑入激浪的漩渦
河流繼續吞噬，繼續上升
恐怖之河吞噬了櫟樹，越漲越高
河谷的邊坡近逼，縮限了谷地
我是一隻飛越山巔的鷹
底下的河流緊追我前進

慾望之翼負載我
展翅飛昇，帶我直上重霄
那裡沒有櫟樹
沒有山谷
四處川流縱橫
那裡有一片海
不，是浩瀚汪洋
水無處不在
我們被天空攔阻
我們與海水對峙
媽媽為什麼跳舞？
她為什麼哭著跳舞？
山峰與波濤
群峰綿亙
波濤與山脈……

船散了
從中間切個對半
捲入大浪漩渦
聲聲呼救
救援船正駛近
它的帆停駐在天空的中心
尖聲求救……
救命……

救命！

我陡然驚醒，大汗淋漓。是惡夢，一場惡夢中的惡夢。天色漸亮。艙房擠滿驚魂未定的人群，他們在聲嘶力竭大喊，大喊救命。就在幾公尺遠的地方，有一艘船。

我簡直不敢相信，我們距離那亮光只差一步——我們終於航抵那光點。現在眼前有一艘船，滿船的船員騷動關切著。我們獲救了，我的意思是，我們就在獲救邊緣。那遙遠、模糊的希望終於變得切實可及。

一切發生得太快，情勢急轉直下。整個機艙和船首灌滿了水。最終獲勝的仍是海水；海水超越了桶子和船長助手舀水的速度，儘管他片刻未曾停歇。小船感覺無比沉重。一條堅固的長繩將我們與一艘印尼漁船繫住，我看見船上的船員紛紛俯身注視我們。船長與助手登上另外那艘船。海面十分平靜。或許援軍的出現總算說服大海冷靜下來。

他們將一艘小汽艇拋到水面，展開營救。每個人都想登船。但他們下達條件，規定婦孺優先。我發誓我們的船隨時可能沉入海底，汽艇竟然繞著我們的船轉了一整圈，才終於靠向船邊。四個人登上小艇，有女人有小孩。船員再花幾分鐘把他們吊上漁船。

我感覺到結實的水手們進行援救時的緊張。我們一刻也不能等，這艘破船千瘡百孔，搏鬥到最後已經準備翻覆了。我們在船上甚至無法移動，以免破壞平衡。我們必須在進水船體的重量、平靜的海水，以及自己飽受痛擊疲憊不堪的身軀之間維持平衡。

我們成功逃過死劫，簡直難以置信——我的恐懼瞬間加劇。我體會過生命耀眼的輝煌，還以為死亡已被驅逐至最外緣。

穿越神祕的死亡迷宮
體認到生命的限度

這削弱了懼怕，召喚出最美妙的時光
因為擁抱生命
死亡變得更駭人恐怖
死與生，一體兩面
生之後，死接踵而至
死亡是生命最甜美的形式。

如今死亡的威脅遠去，我對死亡的恐懼隨之倍增。死亡變得更可怕、更令人生畏。

小汽艇繼續送人上船。船員將一個個癱軟的女人小孩拉上去。庫德族一家搭上救生艇了。那位混帳丈夫搶先其他婦孺跳了上去。

斯里蘭卡夫婦每次靠近船邊，就被其他爭先恐後的家庭擠開。男人懷裡抱著嬰兒，卻讓其他人先過，或許是擔心孩子摔落。他們是最後上船的。斯里蘭卡嬰兒的平安獲救給我極大的安慰與振奮，好像自己獲救一樣。嬰兒躺在父親懷裡，母親的視線則一秒都未曾離開。我的目光一路追隨那孩子。我，一名外國人的注視，與那名母親慈愛的注視，都緊緊釘在嬰兒的小身體上。孩子凝聚了我們關切的怔怔目光。

現在，女人和小孩都獲救了，隨即展開雄性競爭。沒人願意退讓一分一毫。傲慢的年輕人躍上汽艇。藍眼男孩恐怕病了，他的嘴唇嚴重發黑腫脹，雙手不住顫抖。他應該盡快登船，卻後退說：「沒關係，讓別人先上。沒事，再幾分鐘就輪到我們了。」藍眼男孩整整兩天未闔眼，看起來茫茫然不知所以。他持續舀了好幾小時的水，肯定跟我一樣，眼前還有傳桶倒水的影像揮之不去。我想這畫面會永遠銘刻於心。

汽艇在我們的船和漁船間來回往返。船頂上大概還剩二十人。小艇往我們的左舷停靠，速度放緩。藍眼男孩、企鵝和其他幾人準備登船。豈料就在藍眼男孩要跳進救生艇的瞬間，我們的船朝反方向翻倒。事發當下我站在船頂；過去兩天，我們多次瀕臨翻覆邊緣……而現在，真的發生了。船在幾秒鐘內完全淹沒不見。

我們全部的夢想，一切的懼怕，所有勇敢的氣魄……
全部淹沒
巨大的災難陷入另一個巨大的災難
沉入連綿的浪濤山脈
淹沒於黑暗
墜入苦澀汪洋
被大海吞沒

毫不留情地吞沒。

船以巨石般的重量將我們猛力砸到海面上。我穿過水面，跟著船，伴著它被開腸剖肚的屍骸，沉入海洋的幽深黑暗中。

下沉
我直直下沉
直直下沉
船追趕我
企圖抓我
抓住我，拉我進去
死神駕到
前所未有的森冷
前所未有的駭人。

就在生命饋贈以緩刑的同一時刻，死亡再度降臨。我獨自一人。沒人在旁，只有我自己。

更脆弱
更驚恐
我不停踢腿擺動……徒勞無功
我竭盡全力……澈底盲目
我沉在海洋深淵……驚惶失措
我閉上眼
太害怕目睹
害怕黑暗
害怕海的嚴酷。

我閉上雙眼，決定不親眼目睹深海的幽暗。我感覺有靈力在看顧我，是我的守護者在天上照看？我可以看見自己一路下沉，在船底下猛力踢腿擺動，船則一直將我往下壓。就在我逐漸堅持不住，快要昏厥時，腦中閃現片刻澄明，我才藉著想像抓住浮木，想像自己身在他處，遠離這艘船，遠離所有像我一樣在水裡盲目掙扎的人。我可以感覺到他們全都在為自己的性命奮戰。我可以感覺到那些船員眼睜睜看著我們翻覆。我可以感覺到登上船的乘客目睹他們最懼怕的情節在眼前上演。

我重新回穩，再度燃起生命力，發揮身體極限奮力去游。我得遠離那艘決意要取我性命的船。我越游越遠，在最後一刻用盡最後一口肺裡蓄積的空氣。我的守護者看見一個男人超越體能極限死命地游，像是跳火圈那樣游。

我將踏入
死亡迷宮的入口
或許死亡的本質包含戰爭
死與生同時發生
我在幻覺之中泅泳
所有影像意象
全是我內心構築的產物。

說不定船已經比我這副渺小身軀先一步沉到海底？說不定我其實捲進了巨大漩渦，困在原處死命地游？無論事實如何、幻覺如何，我一概接受。我必須游到海面，獲取氧氣，到達上面那艘船。

我沒氣了，但依然朝水面游，突破一道小浪浮出，大口大口猛吸氣。一睜開眼，一道浪當頭撲來，我又再度下沉，體內灌滿水，在既鹹又苦，混雜汽油味的海水重壓下逐漸窒息。

我失去控制，陷入恍惚。我虛弱無力地划水，盡可能用最快速度將自己拉上一波浪頂，內臟因為吃了水沉甸甸的。我可以看見遠方的另外那艘船。我還看見那個大渦漩，也就是沉船處。有一小群我們的人搭著一根散落的長木條載浮載沉，聲聲痛苦哀鳴在我進水的耳朵裡迴響。水面到處散落著背包、水桶，還有漸漸漂遠的鞋。

人們圍攏在臨時木筏旁的景象激勵了我。我的雙手雙腳立時啟動，艱難地撥開沉重的大浪向前游。在生死來回角力的關頭，看來是生命擁抱了我，不讓死亡越雷池一步。

我朝其他人的方向游，他們的哀號被洶湧的巨浪淹沒。我才游近一些，就被神不知鬼不覺襲來的大浪甩回去。我的氣力耗盡，肌肉動彈不得。心焦如焚的我腦海閃過大群屍體漂流的畫面，然而眼前明明是一根木桿和一群朝我大吼大叫的男人，雖然我聽不到。是那個看著我的靈力將屍體捲入洶湧渦漩的景象烙印在我腦中。我游向船的翻覆點，陣陣海浪令人頭暈目眩，我要奔赴以木桿之形顯現的救世主，木桿來自與大海激戰兩天解體的船身。那是船留給乘客最後的贈禮。

一場搏鬥展開

惡浪拋擲我疲憊的身軀

我在怒濤之下垂死掙扎
死亡統御生命
這事實太難以接受
我茫然無措。

我離那塊木頭和其他人越來越近，不過每道浪撲來又會將他們打入水裡片刻。每次他們的頭一浮出水面，目光就快速投向正死命求生的我。看著與海浪搏鬥的我想必令他們心生安全感，然後更加緊握浮木。他們鼓勵我，大聲呼喊為我打氣，要我繼續奮戰不放棄。他們的支持驅使我加倍努力。

只剩最後幾碼。木桿上綁著一小截繩子，我抓住繩子，使勁將自己拉向臨時木筏。許多隻手伸出來幫我，我抓到木桿了，跟其他人一起，全都緊握著木桿和彼此不放。接下來是另一場搏鬥，另一個戰場。我感覺自己只是驚險閃過危機。海浪持續毫不留情地往我們頭頂重重砸下，我們沉入水中一會兒，然後趕緊讓肺部吸滿氧氣，預備下一道浪打上來。我們被惡浪狠狠壓入水裡，然後又擁有稍縱即逝的片刻自由。

海浪拍擊被詛咒者飽經摧折的身體

生來來去去
死來來去去
周而復始。

一道無情的惡浪將我們拋下，下一道浪襲來之前會有短暫喘息的空檔。海裡的水壓如此巨大，我感覺快被撕裂，快要與其他人分離，生怕就此遭海浪捲走。每次我沒入水中，某種像是釘子或刀的尖銳物就會戳刺我的腿和身體，割我的皮，切我的肉。這木頭裡似乎埋藏著某種敵意，與大海聯手逼迫我們繳械投降。我的腿到處都感覺到割傷的烈痛。某一刻，浪濤和木桿上突出的釘刺同時向我發動猛攻。兩個不同方向的襲擊，兩處不同的疼痛，為的都是同一個目的：讓我屈服，廢去我的每一吋肌肉，乖乖投入死亡的懷抱。

我們浮上海面的時候，眼睛就緊盯那艘救生汽艇不放。汽艇忽而加速，隨機般繞著我們打轉，好不容易接了幾個在浪頂漂浮的人上去。無牙傻瓜是其中一個奮戰求生的勇士，他像一只背包一樣浮在水面上。我們是在婦女孩童登船的那陣混亂中走散的。而現在，眼看他準備放棄、向命運低頭之際，一隻強而有力的手臂環住他的脖子，將他拉出水面。他跟我一樣必須單打獨鬥對付翻湧的浪濤，但還沒游到木筏前就獲救了。

援救過程在我眼裡如一連串扭曲破碎的影像。就像電影裡的一景，包含幾個彼此獨立又相互連貫的畫格：揮舞的手；瀕臨虛脫的男人們；幽暗的海洋；汽艇出現；黑暗的海洋；一個個被拉上船的疲憊孱弱的身軀；最後，汽艇駛離的聲音，以及留下的尾波。海浪持續拍擊、捶打我們的身體，木桿突出的尖釘繼續從下面戳刺、割劃，雙向的夾擊不曾止息。那種割裂的感覺持續蔓延，將我們拉離這塊浮木，逼迫我們投降。我的目光只集中搜尋一樣東西：汽艇。

我被監禁在令人窒息的浪濤下。我竭盡全身所有力氣抵抗。一浮上海面，就發狂似地環顧四周，尋找那艘汽艇。突然間，遠方一個不可思議的玄妙景象，醍醐灌頂般向我顯現。

有義者方能得見
我驚恐如脫韁的感性
但是我的神，我怎可能成為可怖的存在？
我，從來不過是一只薄如蟬翼的斷了線的風箏
飄蕩在霧茫茫的天空之頂……

陣陣激浪捲著泡沫撲來，攻擊似乎前所未有地猛烈。也許因為船的翻覆，大海加快步伐，決心要將它的祭品，或祭品們，吞噬殆盡。汽艇似乎力有未逮，從我們這群搭著木桿的人之中再接走四個。

我們現在是一條斷開的鎖鏈。所有乘客只剩下幾個人在水裡，就是我們，苦苦等待又等待，任黑色的死亡天使追獵捕食。我們也許遍體鱗傷，但依然奮戰不懈……。

大海似乎吃了秤砣鐵了心，要將這片小木筏和它痛苦且精疲力竭的乘客全拖下去。木頭浸溼，開始下沉，隨時可能覆滅。我什麼都不剩，甚至連揮手的力氣也沒有。有短暫片刻我昏了過去，不過一旦鬆開這木桿，必死無疑。

汽艇突然掉頭，繞著我們轉圈，在持續攻擊我們的大浪之上增添了些許小浪花，然後停了下來。援手立刻伸向我。我感覺自己像一隻小動物，讓老練獵手的爪子一把攫住。

片刻之後，幾位年輕的水手將我骨瘦如柴、傷痕累累的身體抬起，移到船側。他們的臂膀聞起來有海的味道。他們把我放在乾燥的甲板上。我平趴著，耳中聽見歷經大難折磨的同伴們悲痛的哭號。

大海的獻祭完成

那河，這海……

在此匯聚。

藍眼男孩死了。

三、煉獄之舟／月亮吐露駭人真相

獲救，轉移
第二艘船
是另一趟從印尼出發的旅程
另一場意志的試煉
安然抵達為未知數
我踏入煉獄。

烈日烙印在天空的正中央。灼燙的陽光無比親密地籠罩海洋，海面有如彎曲的鏡面，向無邊無際的遠方延伸。海浪簇擁、退去，偶爾晃動我們的白色小漁船，旁邊則是一艘建築般宏偉的英國貨輪。我們的小船就像一顆小鵝卵石，安詳倚靠沉穩巨石的庇護身影。太陽看似異常巨大，炙熱的光線傾瀉而下，皮膚都要融化，彷彿置身冶煉爐，而我們或許是那片廣闊無垠的海洋中僅有的生物。

往上看去，英國貨輪載滿了紅色、藍色的貨櫃，層層疊疊直上重霄。天空完全沒有一朵雲。船員從甲板上用水管對準我們的船和乘客，將我們淋得溼透，沖刷這個渾身大海氣味的民族。雄壯威武的大男人們爭相沖洗，只為了在大太陽下洗澡而做出各種愚蠢行徑，失心瘋一般搶成一團。女人則在下層甲板的座位癱倒，肩並肩坐在破舊不堪的紅色椅子上。有些人懷裡抱著小孩，年幼的孩子個個嘴唇瘀傷腫脹。

我站在我們船的甲板上，從這裡無法完全看清居高臨下的水手，只有他們的一頭金髮清晰可辨。但我可以輕易想像他們的眼睛，藍眼睛，大海顏色的眼睛。我們剛逃離的大海。水手收起水管，片刻之後，一個小平臺垂降到我們的甲板，上面放著小包裝餅乾、裝著飲水的瓶罐和大量的香菸；平臺下降時，船上的男人紛紛伸長手。與英國輪船的相遇從頭到尾都充滿善意。我們幾乎忘了先前與當權者交手時經歷的暴力、侮辱、咒罵以及流過的淚水。

男人看見補給品時立時群情激昂，每個人都要從那少少的物資中爭搶最多分量。已婚男人比其他人加倍努力，因為他們還有虛脫坐困下層甲板的妻子。他們大吵大鬧，製造激烈騷動，直到多抓到幾包餅乾才善罷甘休。他們似乎展現了某種強烈的男子氣概，那是受到莫大的責任感所驅使，為了餵飽家人，不惜一切代價養活他們的責任。他們全是野狼，飢腸轆轆的餓狼，將獵物開腸剖肚，撕扯吞食，不時還要互相咆哮一番。

爭搶結束，年輕男人立刻點起菸……渾濁的煙霧汙染了空氣，像是骯髒的烏雲。煙霧瀰漫，迅速籠罩船的頂層甲板。

男人帶著深深的渴望吸入煙——煙經過肺，通過胃，穿進乾旱荒瘠的腸——呼出的煙則充滿飢餓的味道。連日挨餓的味道。

這一小批物資的分配毫無正義可言，既沒有平等的實行辦法，更沒有道德上公正的結果。然而根據叢林法則，這便是正義的完美彰顯：弱肉強食，越強的人占得越多資源。我看到一個矮胖、禿頭，有弓形腿的男人，兩個口袋都裝得滿滿的。我目睹他準備要吞進一塊餅乾時踩到甲板的積水打滑，眼看就要跌個頭下腳上，竟然神乎其技地恢復平衡，連那塊餅也沒落下。他就算一條腿瘸，塞進口袋裡的餅乾都比像我這樣的人多。被糾正了，還把一包餅乾藏進髒兮兮的上衣底下，面紅耳赤下樓。

當這些疲憊、憤懣的男人幼稚地發洩自身挫折感時，**我們的葛席芬坦**[6]上樓了。她對男人們大聲喝斥，從他們手中搶過餅乾香菸，分給下面的婦孺。彷彿突然一陣雷電交加，讓整個地方短暫安靜下來。我們的葛席芬坦有著寬闊的身材和臉型，烏黑的雙眼充滿憤怒。她是伊朗人，有小孩，個性積極主動，是個舉止威嚴、氣勢凜凜的女人。儘管我們在大海迷途，她仍展現非凡的果敢與尊嚴。許多人為了爭搶一顆椰棗或開心果，不惜踩過倒下的同伴，她則照顧那些在混亂中受驚受怕的人。在海上前兩天，我們發現船上只有一箱水，是她分配飲水，以免有人餓死或渴死。她像一頭母獅，驕傲，自信。她甚至勇敢離開下層與男人對峙，讓他們明白誰是老大。下層也成為較膽小女性的避風港。她是如此堅毅，沒人質疑她說的話，沒人與她爭論。她和其他乘客之間存在一種特殊的尊重：大家都知道我們的葛席芬坦不是那種只照顧自己的兩個孩子和瘦弱丈夫的人。她一離開，船上立刻恢復平靜，我們都找地方坐下，吞下這些乾巴巴的餅乾。

我看見藍眼男孩的朋友晒得滿臉通紅。他坐在船緣，眺望遠方的地平線。他的女友亞澤蒂跟其他女人一起待在下層。我知道他們倆四個多月以來一路相互扶持打氣，在印尼歷經重重難關。這並非我們三個頭一次嘗試渡海前往大陸，險而喪生。我第一次前往澳洲失敗的那趟，他們也在其中。儘管如此，他們仍堅定彼此的信念，繼續這艱險的路途。現在終於來到令人激動的時刻：距離抵達我們的目的地，只剩最後一哩路。

無牙傻瓜帶著勝利的燦笑經過船舵，那副開心的模樣彷彿拿到糖果的孩子。我記得在肯達里飯店的地下室，無牙傻瓜道出他的辛酸故事。他年輕時就被關入大牢。他告訴我，最後一次見到母親是在獄中。母親對他說：「我的兒子，我想這是我們最後一次見面了。」一週後，他獲知母親的死訊。僅僅兩週後，他的父親也相繼過世。他說到父母親時，淚水直在眼眶打轉。這些事留下的痛苦印記顯而易見，他的樣貌比實際年齡蒼老許多。

但現在，他看起來就像莫大的幸福就在眼前，他能感受到美夢即將成真。走過那段死亡陰霾籠罩

6　我們選擇這個名字向伊朗演員葛席芬坦・法拉哈尼（Golshifteh Farahani）致敬。貝魯斯對她十分敬仰，認為她是藝術家的模範，個人也富有內涵。她以勇於打破傳統規範聞名，被貝魯斯視為革命性的人物。

的時期，生命最後總算對他綻放笑顏，辛酸喜悅都刻劃在臉上的皺紋間。這便是死亡的本質。僅僅與死亡擦身而過，也能賦予生命美妙的意義。

坐在我周圍的人們，腦中似乎都充滿美夢的畫面，儘管與此同時，令人不安的破碎記憶仍揮之不去。先前飢餓讓我們樂觀不起來，但現在每個人都歡欣鼓舞。就連那些完全默不作聲光吃東西或抽菸的人，心中的喜悅之情也感染了周遭的空氣。我們艱辛漫長的海上漂流總算告終，英國船長已通知澳方，每個人都滿心期待澳洲海軍的到來。

飢餓的力量如此強大，滲透一切，一顆開心果或椰棗，就可能決定一個人的死活，這是我在海上持續挨餓得出的體會。好幾次，我看到有人從內衣底下偷偷掏出一棵椰棗，用迅雷不及掩耳的速度吞下肚，免得讓人發現或注意到嘴巴裡有食物的味道。每個人都盯著彼此仔細審查，眼睛搜尋哪個在咀嚼的下巴，或吞嚥起伏的喉頭。

可現在，一切疑神疑鬼都煙消雲散，取而代之的是喜悅與和善。我們對生命的至福衷心感恩。因為那艘貨輪的出現，感覺所有惡夢都結束了。我確信這次已逃過死劫，環顧四周無不生氣勃勃。

此時我點了一根菸，不過幾分鐘前，這東西還是衝突的引爆點。吸入的煙進到胃裡，與嚼爛的餅乾混合攪拌。

然而在印尼與這片海洋歷經的惡夢，仍在眼前縈繞不去。

漂蕩，居無定所
飢腸轆轆
與海浪拚搏
幾乎滅頂。

我明白自己需要時間，才能讓這些破碎的回憶片斷重組起來。但有一件事應該很清楚：至少這場夢魘已告結束，我終於抵達旅途的最後一站。

我可憐乾荒的胃接手占據心神，將其他思緒拋諸腦後。我感覺得到、想像得出我的胃，我的全副精神都專注在胃和裡頭咬爛的食物。彷彿我的體內多出一個器官。飢餓與乾渴逼我站到死亡的最前線，將我所有的身體機能往消化器官集中火力。

假使沒有我們的葛席芬坦這種人，我恐怕根本無法安然坐在這裡，屁股好好的貼在硬地板上，而是落得跟藍眼男孩同樣下場……沉入深不可測的海底。奇怪的是，此時的海象如此截然不同，完全平靜無波。

所有前往澳洲的船隻都奉行一條殘忍的法則：如果有人在途中喪生，屍體絕不能上陸。我聽過冷血的船長任由墜海的人在浪濤間孤立無援。假如我在這趟路上死了，他們肯定會毫不猶豫把我的屍體扔進海裡，讓鯊魚或各種奇異魚類大快朵頤。

第一趟船的時候，糧食是我們最不擔心的。但在這艘船上，人人警惕自危，飢腸轆轆，應該說餓得奄奄一息，到了隨時準備掀起暴亂的狀態。我上船時身上沒帶半點吃的，其他人則都備好要撐過數日的儲糧。

到了這一趟的第三、四天，經過印尼邊界最外圍的島嶼時，船停了下來。當時我餓得近乎昏厥，實在受不了了。滿是油漬的引擎旁邊有一道裂縫，我伸手在裡面胡亂摸找，終於發現一粒花生。花生完全黑了，骯髒不堪，我用指甲刮去表面的黑色油汙，然後塞進嘴裡，一口吞下。既然已經過了好一段時間，我可以大聲宣告，多虧那一粒花生讓我撐過接下來的幾天，直到抵達這艘貨輪。我只靠一粒花生勉強存活，而周圍所有人的背包口袋都裝著食物。

途中有一次我實在餓到恍神，我站起身，開始任意威脅其他乘客。我記得當時脫口而出的那句話：「聽好，我很餓，我要揍誰搶誰的食物都是理所當然……我要動手了！」說得還滿有邏輯的，甚至有幾分哲思，儘管當下飢餓和死亡恐懼已經攪亂我的神志。回想起來，這番演出的本質正是對權力的諧仿。試著想像我的舉動、我的手勢，想像我做出那樣的宣告。想像我，胸前肋骨明顯突出，一個男人瘦到可以清楚數出根根肋骨。想像這種狀態的我還作勢恫嚇，張牙舞爪。多麼荒謬可笑的場景。

而今我在英國貨輪看守下的這處煉獄，回首那些日子飢渴交迫的折磨，以及海浪持續引發的恐懼。磨得碎爛的食物在腸子裡變得細如糖蜜，進入血液，流遍我的身軀。

我感覺到它在身體裡面
我感覺到一切
我感覺到消化系統運作
感覺得一清二楚
我的身體瀕臨崩潰
我感覺到我的骨頭
我的身體已成一副骨架
一具披覆晒傷皮層的骷髏。

正是這副衰弱不堪的身軀，還發揮著生存的能力。吃到這一餐前，我耐著飢餓與口渴撐過七天。這感覺像是某種反抗，某種甜蜜的勝利。而經過這場勝利，我的身體化做一副粉碎的無關緊要的東西。

§

有幾個人聚在船舵旁邊放聲大笑，特意讓所有人聽見。他們在嘲笑企鵝。他躺在船長的棧板上，雙手張開似的在求饒，彎曲的雙腿像鴨子一樣斜斜外開，眼睛睜著但呆滯無神，反映出內心的恐懼，狀如死屍。

昨夜狂風暴雨。天空一陣怒吼，接著降下滂沱大雨，沉重的雨水飛射，船長命令所有男人到下層（如此可將船隻的重量往下集中避免翻覆，而船當時的狀況確實也離沉船不遠）。企鵝是唯一違抗船長命令的人，堅持待在原地，宛如一塊平鋪在地的金屬板。幾個人試圖抬起他，但他就像每一個角都上了釘，在甲板上紋風不動。從昨晚一直躺到現在。或許暴風雨侵襲的畫面仍在他腦中的眼前肆虐。他似乎對周遭一切毫無所覺，不僅沒意識到身邊的環境，甚至沒察覺那艘巨大貨輪救了我們，彷彿認定任何一點微乎其微的動作都會葬送他的生命。

藍眼男孩的朋友硬是把一塊餅乾塞進他嘴裡，用水沖下肚，但他仍像黏在甲板上似的動也不動，甚至也沒移到船長室的遮篷底下。毫無疑問，他在我們疲憊的船長旁邊經歷了痛苦的一晚，雨水如沉重的石頭衝擊他的身體，狂風持續猛烈抽打，直到今早才停歇。他成為死亡的俘虜，囚禁在自己的身體裡面。諷刺的是，假使他能稍微鬆手，哪怕只有一丁點，暴風雨對他的摧殘也不至於如此劇烈。

如今他活像一塊蒼白的肉。明明那些譏笑他的男人昨晚也嚇得面色煞白。他們根本不明白企鵝有多勇敢，他們現在百般嘲諷的這個人先前才差點溺死一次。那是多麼不可思議、簡直神祕的勇氣，讓他得以第二次承受海洋的襲擊，在巨人般的滔天大浪前再度向它挑戰。

企鵝餓壞又嚇壞了，其他人見他如此狼狽落魄，就膽大妄為，得意洋洋起來，多麼邪惡的人性。弱者見他人受苦，總自以為強大。他人的垮下引誘出我們內在的壓迫者；他人倒下成為我們自我追捧的理由。

有一名金髮男孩，整張臉都開始脫皮，他和他的禿頭朋友坐在船緣，指著企鵝大聲譏笑叫囂。他跟別人一樣，都想忽略自己真正的恐懼和軟弱，寧可藏在嘻笑怒罵的外衣底下。

幾天前，我們在最後一個印尼島嶼暫時停泊，船上許多人畏懼狂風暴雨的惡劣海象，試圖說服船長掉頭返回大陸。但金髮男孩和幾個年輕人威脅船長及乘客，要求繼續前往原目的地。我們別無選擇，不得不接受。坦白說我也贊成維持原訂航程，但我沒出面介入。如今我備受罪惡感煎熬。沒人有機會與這群固執的小夥子抗衡，當然，也包括我。

那段時間，金髮男孩一度跌下船，招來旁人的指指點點和訕笑。他發狂似的揮舞雙手，焦急亂踢，宛如溺水的老鼠。無牙傻瓜英勇縱身躍入海中，最後成功將他拖回船上。男孩的雙腳一踏上甲板，這隻溺水老鼠就開始狂吐酸臭的海水，全身虛弱地打顫。

於是金髮男孩轉向企鵝悲慘的處境尋求安慰，來掩蓋自身的脆弱和心中深埋的恐懼。他大大咧開嘴，暴露滿口黃牙，今天他儼然是世界現存最強的人類，企鵝則是最弱、最膽小的。

有些人似乎對企鵝的狀況漠不關心。一個高個子男人兩天前還不停騷擾那些家庭乘客，對婦女大呼小叫，現在倒很平靜。他忙著吃塑膠包裝底部殘餘的餅乾碎屑，些許餅乾屑灑落嘴邊，粉末覆在上唇隱約的汗毛上，模樣很像一頭埋進牛奶碗裡的貓。他狼吞虎嚥吃完餅乾碎屑，再用舌頭把包裝袋裡面天知道還剩了什麼舔得乾乾淨淨。他的頭探出塑膠包裝又鑽回去的樣子，讓我想到鬧饑荒的冬天，盼到美味的苜蓿草倒進飼料槽的山羊。他的口鼻部猛然前伸，整嘴塞滿食物，然後從塑膠容器中抬起下巴，反芻咀嚼。他的表情心滿意足。而且他即使繼續講話，嘴巴依然嚼個不停，嚼啊嚼，吞嚥，接著吐出一串話。我聽著，雖然他好像沒特別對著誰說，仍要求旁邊的人聽。他似乎在為前幾天的行為辯護：

「我早說了我們不該掉頭……」

「我早料到我們最後會到澳洲……」

「我就知道，不應該因為這群嚇得半死的女人說得頭頭是道，就屈服退縮……」

「歡迎來到澳大利亞……」

「你只要拿出一點膽量！」

繼續說著諸如此類的話，一邊將這些驕傲自負的獨特表達舔抹在餅乾的塑膠包裝裡。

§

水手依然從他們的甲板居高臨下俯視我們，佇立在疊高至天際的貨櫃旁，低頭看著我們的船和船上的乘客。大家歷經重重混亂騷動，如今總算平靜下來，但都精疲力盡了。有幾個水手在拍照，想記錄下我們生還者的樣子。我們雙方的期待一致，這是毋庸置疑的……我們等待澳洲海軍的到來，而他們預備把我們移交給澳洲海軍，將我們這艘小船脫手。貨輪的船員們肯定想趕快重新啟程，返回原本的航道。

時間流逝
烈日灼身，我們枯坐
在無情的驕陽下等待
在甜蜜的期待中等待
嗅到自由的氣味，繼續等待。

然而有一股擔憂在心中隱然醞釀。我擔心印尼水警甚至現在仍可能突然從地平線冒出來。我擔心他們會出現毀了一切。

有幾個女人鼓起勇氣，離開在下層甲板的基地，走到上頭。她們上來直撲炙人的酷熱，或許是指望身上的汗水能在這裡蒸發。其中一位是弓形腿摩尼[7]的妻子，她懷裡抱著兩歲的小孩，孩子正尖聲嚎啕大哭，彷彿一段長而震耳欲聾的女高音。哭聲在我耳中迴盪，截斷我的思緒，感覺就像噪音在啃噬我的大腦。

7—摩尼（Mani）為創立諾斯底主義教派摩尼教的藝術家、先知之名。摩尼（216-274 CE）的出生地位於現今的伊拉克，當時由伊朗安息帝國統治，不久被薩珊王朝推翻。摩尼教傳布至許多地區，其教徒在薩珊和羅馬帝國境內遭受數百年的迫害，後來亦為中國及阿拉伯統治者迫害。摩尼受足部或腿部殘疾所苦，最後遭薩珊君王巴赫拉姆一世處決。

孩子每次放聲尖叫，弓形腿摩尼就戰戰兢兢地往前一步，摸摸孩子的臉龐，然後又退回去。他的妻子本來就很無奈了，見他這樣來來回回、磨磨蹭蹭，眼神更充滿責備。她以居高臨下的語氣對丈夫説話，表示他安排這一切，害他們上了這條船，陷入漫長的海上迷航，全是他的錯。不過，她強橫的瞪視也透露了其他訊息，顯然這兩人的每個決定都由她作主。從她霸道的態度可想而知，這個畏畏縮縮的可憐男人在這件事上根本沒發言權。

她輕輕搖晃哭泣的嬰兒，指向一望無際的大海試圖轉移孩子的注意，説不定廣闊的海面能讓尖叫平息？不過平靜無波的畫面對小傢伙沒有吸引力，哭號越來越淒厲、激烈。

每個人似乎都對吵鬧感到不耐。顯然他們先前在樓下已被連番抱怨，才移到上面來。

有位伊朗人似乎生來個性火爆，他先是坐到一旁，開始低聲咒罵髒話。你看他喃喃自語，其實情緒正在醞釀，力度慢慢漸強，最後音量飆至頂峰爆發。他額頭和眉頭的皺紋都漲得通紅，再也無法遏制怒火，放聲嘶吼：「再不讓那孩子閉嘴，我就把你們全家都丟下海！」**暴躁老伊**的表情和語氣炸出熊熊怒火，逼得那家人退回下層，下樓的時候一邊低聲碎唸。

暴躁老伊與自卑的弓形腿摩尼有如天壤之別。弓形腿摩尼清楚自己無法袒護妻兒，他滿臉漲紅，臉上暴鼓的青筋洩漏了內心的恐懼與難堪。他害怕妻子大發雷霆，因為現在她有絕佳理由，一到下層就把不滿全發洩到他身上。

暴躁老伊今天確實狠狠欺負了那家人一頓，不過前一晚，在暴風雨最激烈的時候，我看見他畏縮在下層甲板或船尾，躲在那兒……嚇得呆若木雞。巨浪向我們砸下時，他渾身顫抖，海水的洶湧起伏主宰他的呼吸，他嚇到竟然貼向我瘦弱的臂彎和乾癟的身體，另一隻手則握著一名阿拉伯男孩。有時候一個男人哭需要十足的勇氣，但這與暴躁老伊前晚的情況絲毫不符。他面對暴風雨肆虐哭得抽抽搭搭，而非展現勇氣。他在內心深處放聲大哭，然後試圖隱藏這個事實。

屍兄抽菸時看起來像是骷髏，像一副對周遭漠不關心的骨架。他的神情舉止無不冷酷。這艘橫渡驚濤駭浪的船上，屍兄應該是最老神在在的人，他總是翹腿坐著抽他的菸。他就是其中一個不時會從內衣底下掏出開心果或椰棗的人，然後老鼠般一點一點地啃。他一再重複這樣的進食動作，吃完以後若無其事的顧盼四周，彷彿沒什麼大不了。他經常如水蛭般從船長手中截走幾乎抽完的菸屁股，自己抽光到只剩濾嘴。他表現出暈船又挨餓的虛弱模樣，實際上比其他人都精力充沛。有幾次，他還縱身一躍到下層，去丟掉累積太多的椰棗籽和開心果殼。

昨晚，船長還沒下令要我們移到下層，屍兄就先一步下樓混在女人之間睡得香甜。他不請自來闖進女人的空間，好像他是其中誰的丈夫似的，甚至理所當然地認為不會冒犯任何人。這種人機巧狡詐，危難時刻總是清楚如何從困境替自己謀取最大好處。早上，大多數男人都因為昨晚的狂風暴雨疲憊不堪，反觀屍兄精神奕奕，生龍活虎，一身乾爽回到上層甲板，還拿到一份餅乾和香菸補給。

幾天前，我目睹暴躁老伊發現屍兄身上藏有食物的那一刻。每當暴躁老伊在暗自琢磨什麼，他就會變得煩躁不安，滿是皺紋的老臉分外出神。這次他瞪了屍兄一整天，氣呼呼地盯著屍兄和他的背包皺眉。暴躁老伊在尋找時機，等待屍兄鬆懈沒看緊背包，他就可以趁隙出手。暴躁老伊是那種冷血無情的暴徒，如有必要，他會為了幾口吃的把屍兄這種人扔下海。不過他還不至於貿然行事，因為屍兄顯然十分周到小心。

後來，真的發生某個特別的緊急狀況，讓屍兄丟下背包到下層甲板。他離開得匆匆忙忙，甚至踢到幾個癱倒在甲板上的人的手腳。暴躁老伊一秒也不浪費，立刻探向背包。他倒出衣服和個人物品，翻遍裡裡外外的口袋，找到一只黑色盒子，這才正要打開，就看到屍兄回來了，只好趕緊把盒子塞回原處。屍兄絕非省油的燈，他知道暴躁老伊在打什麼主意。他也清楚知道何時該像幽靈一樣現身，何時該像貓頭鷹一樣在暗處窺伺。

§

船的甲板到處坐滿人，每個人都背負著各自不為人知的過去，每個人都熬過危機四伏的路途，而現在，每個人都為同一個目標聚在此處，即是抵達名為澳洲的大陸。陽光越來越炙熱，太陽感覺好近，近得讓人以為下面這片廣闊的大海隨時可能化為蒸汽。

我全神貫注留意遠處的地平線。看著，期待著，等候船隻的身影翩然出現。然而鋒利的陽光將水面照得太亮，不管多努力專心，都看不見地平線上、那遙遠的邊界，有任何東西出現。

一片清澈水面包圍我的視野
一道炫目的白色火焰吞沒我的視覺
突來的靜寂籠罩全船
海水表面炙烤泛白
大海刺目耀眼。

在如此刺眼的強光下，就算有船向我們駛來也看不見。我不清楚我們確切的位置，不曉得，比如說，我們距離聖誕島有多遠？誰曉得，說不定我們離澳洲幾百公里，接近印度洋中心。也說不定，我們不過是一直在繞圈打轉，始終沒離開印尼海岸附近。我記得昨晚暴風雨來襲前，我目不轉睛盯著月亮。但是這趟船途中，月亮曾從左方也曾從右方的天空升起。

在公海上往往無從獲知地理位置，而且也沒有意義。你的眼睛完全被水占據，一望無際盡是水，水，水。唯有天空是可靠的，你可以信賴天空、堅定不移的星辰，信任月亮的方位。所以藉由觀察月亮，我知道我們**確實**有時在打轉。假如船持續朝月亮的方向前進很長一段時間，我便燃起一線希望，但如果朝反方向開，甚至行駛更長的時間，希望又迅速破滅。

我討厭月亮。它擺明在說我們迷路了，再度流離失所。

黑暗快馬加鞭入侵
月亮躲到夜的黑色皮膚後面
我在絕望深淵感到一絲喜悅
你看，月亮不見了心更安定
有時對真相一無所知才得安寧。

無論何種情況，人們意識到事實真相都會產生某種恐懼或焦慮，由內心最深最私密之處湧現。月亮永遠據實以告，魔幻般皎潔的光亮令我心生恐懼，害怕再度迷途、顛沛流離。然而真相也有撫慰的另一面，你必須揭開恐怖的表面向下探尋。

真相是矛盾
真相是融混
恐懼，寧靜，悲痛
月亮消失無影
幽暗，絕望，渾沌

月亮露面現蹤
有節奏的波浪，壯闊的海洋
當月亮守護
皎皎光球，蒼穹中央
皓皓月輪，高掛天際
當月亮委棄
黑暗密不透光
大海悄悄逼近，準備興風作浪。

我痛恨等待。等待是時間這座地牢的刑求工具，而我成了某個專橫力量的俘虜。

那力量剝奪我生存的權利
將我拋開，強迫我遠離本性
刑求我
折磨我。

活在期待中那種間斷停滯的狀態總令我極度惱火，更糟的是，自己的期待加上他人的期待變得更為沉重。此刻我們全都目不轉睛注視同一處，渴望同一件事。

事情的進展永遠出乎預料。正當每個人都緊盯遠方的地平線時，一艘大船卻從背後驟然出現。我們轉身，船的最高處懸掛著澳洲國旗，旗幟在風中自由飄揚，威風堂堂。

四、軍艦沉思／我們的葛席芬坦真美

海浪鬆開魔掌
饒我們一命
我笑海浪
得意的笑
內心高唱凱旋。

軍艦甲板上坐著幾十名身軀飽經摧殘的人，長短不一的隊伍連成一條蜿蜒的鎖鏈。亞澤蒂和藍眼男孩的朋友在最前排，不發一語地盯著幾位衣架一樣站立的士兵。弓形腿摩尼跟他的妻子和吵鬧不休的小孩坐在其中一條人鏈的排頭，觀看士兵安置其他人。

四下一片寂靜，只聽見海浪不時拍打軍艦船身的聲音。我從未見過海浪如此頑強、桀驁不馴，襲擊的力道一波比一波更凶狠，更猛烈。但不知怎麼，也看起來更美，更令人崇敬。

我們除了坐著以外什麼也不能做。聆聽海浪，跟隨海水拍打的節奏，算是挺迷人的娛樂，不失為消磨時間的好方法。明明直到前一天，海浪帶來的總是最恐怖駭人的衝擊，現在卻如兒童玩具；即使最巨大、最強勁的浪濤襲來，也只能濺起幾滴水珠，飄灑到我們的頭和臉上。

歷經連日艱辛，眼前此情此景如夢似幻
夜色降臨，清朗的天空與前夜的漆黑形成強烈對比
寧靜
安慈
月亮的美更甚以往
依偎在天幕的懷抱裡
看顧我們
那瘋狂殘酷的月亮已無蹤影
那徘徊不去的烏雲已經散去
一切平靜安詳
萬物各得其所
也許天空
也許月亮
也許星星，知道不需再施加暴力
知道不需再將恐怖注入我們的心

它們知道自己必須轉化為美，為慈愛
反映我們的思緒
我們充滿夢想雀躍的心
軍艦甲板坐滿了人
臉上依舊帶著瀕死的傷痕
死亡利爪留下的印記
他們被動在甲板枯坐
但是他們歡欣。

沒人敢在板著臉孔的軍隊跟前洩漏內心的喜悅，彷彿大家事先說好，在脫離軍隊的掌控之前應該藏起任何雀躍之情。或許表現出欣喜令他們恐懼，害怕軍隊可能因此反感，將大家遣返印尼。或許沒人確定軍艦甲板即屬於澳洲領土，沒人相信自己真的抵達了自由之地。不論那些乘客有何感受，腦中奔馳著何種念頭，他們整夜坐著保持靜默，有如受驚嚇的孩子，一聲也不敢吭。

連弓形腿摩尼那個吵鬧的孩子似乎都懂得察言觀色，空氣中沉重的靜默讓孩子乖乖閉上嘴待在父親懷裡。小娃不安地望著對周遭保持警戒的父親，跟隨父親的目光，仔細端詳父親的五官，展現孩子特有的好奇心。

企鵝跟前晚一模一樣，平躺在地不動。這事離奇，他還在與死神對抗，依然被死亡的力量挾持。他雙眼的樣子不太尋常，嘴唇打顫，臉色又更蒼白幾分，像是染上死亡的顏色。他是第一個轉移到軍艦上的。軍隊人員來的時候，他劇烈扭動如蛇，痛苦呻吟，幾位軍官不得不將他整個人從地面抬起，費力地移上船，那過程彷彿在搬運一袋乾硬的馬鈴薯。企鵝的身體看起來虛弱毫無生氣，不過一旦有人觸碰或試圖移動他，他馬上緊繃僵硬，好像正在拔牙的人由於極度的痛楚，全身變得像鋼索或金屬棒一樣。

企鵝被帶走後，接著是弓形腿摩尼一家，再來是其他婦女孩童，最後男人和年輕人也被撤離。我們分成四人一組，轉移到船上。

企鵝之前虛弱無力躺在船上時，從頭到尾只是瞪視上方的天空。現在到了軍艦甲板，目光依然死盯著天空，嘴唇和牙齒不停打顫。

我們的葛席芬坦跟她的家人坐在奄奄一息的企鵝身旁。

那女人的臉龐依然煥發活力
美麗的外貌
昂揚的自豪

她的衣裳襤褸，聞起來與其他悲慘的人並無二致
大海的味道
刺鼻的味道
苦澀的味道
我們的葛席芬坦依然驕傲
依然教人神魂顛倒
我們的葛席芬坦嘲笑這一切苦痛
蔑視這所有悲慘
她用深邃迷人的眼眸笑著
像兩團小太陽熾烈燃燒。

在這個流離失所、愁雲慘霧的團體裡面，我們的葛席芬坦的存在地位是難以想像的。她就是那種散發崇高特質的人。不管她身穿的衣著、所處的情境，不管她的人生是否觸到谷底，無論如何，她都會在周遭留下深刻的影響力。

你實在很難想像，眼前這位安靜端坐，將兩個孩子摟在胸前的女人，曾在多個對她殘暴施壓的男人面前挺身對抗。

同樣是這位女人，無法容忍船上受困的乘客因為自身的懼怕而漠視他人；同樣是這位女人，試圖樹立公平正義，分配寥寥數滴的飲水和一顆顆椰棗，並確保分配實施有序；同樣這位女人，關心弓形腿摩尼的小孩有沒有吃飽，與自己的親生骨肉無異。遇見像我們的葛席芬坦這樣的女人，我感到驕傲、堅強，其他崩潰殘破的臉孔都給驅趕到意識的邊疆。

我們的葛席芬坦，她的力量閃耀獨特的光輝與高貴，她完全有資格代表我們這群人，堂堂正正站在那些毫無感情、一板一眼的士兵面前。

我們的葛席芬坦真美。

相較之下，屍兄就顯得缺乏人性，始終披著漠然的外皮。我再怎麼仔細端詳他的臉孔，解析他身體凹凸不平的溝痕和傷口，都無法將這個人看透。看著他的臉，我甚至無從想像他的過去、他過怎樣的生活，又遭遇何種困境。唯有一件事毋庸置疑，那就是屍兄的冷酷。我敢說如果他打開背包，裡面一定還有一大堆椰棗或開心果。

暴躁老伊收斂起怒火，不再抱怨個不停。他生來一副火爆脾氣，日積月累的怒火都刻在那張臉上。此刻他似乎明白，跟其他人一樣保持安靜才對他有利，於是也擺出悲慘的表情。

看著每個人的臉孔

原來那詭異的靜寂已滲透至最深內裡
看著每個人悲慟驚懼的臉孔
我想像一支淪為戰俘的疲憊部隊
全身沾滿臭氣沖天的汙泥
女人眉頭掛著最緊蹙的皺褶
但是一切平靜祥和
就連大自然也仁愛恩慈
大海風光越發醉人
波浪溫柔撫摸我們
停止猛烈抽打
不再殘暴
不再致命
看著每個人悲慘的臉孔我也看見希望。

當我仔細端詳這些心力交瘁的臉孔，腦中最常浮現的德性是勇敢。這些人，雖然待人友善或殘酷的程度有著明顯差別，亦不論層層個性表象底下深藏不露的內在，他們都有一個共通點，那就是他們克服了驚濤駭浪，完成一趟艱鉅無比的征途，他們熬過一整個星期毀滅性的苦難，他們經歷的危險與最可怕的恐怖不相上下，他們承受了各種逼近死亡的折磨。

儘管如此，我仍很難將他們視為**勇敢的人**。若要理解勇敢，首先光是思考本身就需要某種勇氣。我從沒機會真正深入探究何謂勇敢，因為不曾有任何處境如此全面逼使我去思考這件事。我從沒機會瞭解勇敢的人真正的涵義。

勇敢是恐懼的反面？或者，勇敢其實源於恐懼的核心？那海洋、浪濤……似乎每次都注入巨大的恐懼與痛苦，如同將一座搖搖欲墜的高塔夷為平地的震撼。這經驗喚起我內在的勇氣，促使我思考勇敢的涵義。有生以來第一次，我受到海洋的試煉，海洋以最貼近深刻的方式考驗我的勇氣，在死亡迷宮裡布下重重試煉。

海洋考驗我

海洋挑戰我

海洋召喚理性多年來形成的理論分析

迫我陷入矛盾衝突

逼我成為蒙住眼的
死亡的敵手。

乘著破船在海上漫長的漂流，為一個至關重要的遭遇創造了發生的空間，在那之中，我的存在本質得以彰顯，我質問自己的靈魂，並將自我赤裸裸揭露。

這個人與他的自我認知是否一致？
這個人是否反映自己抱持的理念？
這個人是否體現了勇敢？

大海對我拋出這些永恆的大哉問，一遍又一遍質問、檢驗我。其實多年來，這些問題一直盤據我的心頭，且正是這些疑問最終驅使我前往地球的另一端，決意駛入那片只曾在地理課本見過的海洋。

§

多年來，我心念群山
多年來，我沉陷於庫德家園占領者的爭戰

戰事造成庫德族內部撕裂
占領使一支古老文明破壞殆盡
侵略將庫德族人的文化遺產趕盡殺絕
將保存庫德族認同不可或缺的珍寶
一併消滅。

年輕時我曾想加入「自由鬥士」敢死隊[8]。我想離開城市到偏僻的山區，寧願活在憂懼之中，投入正在進行的戰爭。

許多次，我們累積了強大的反叛能量，眼看革命在即，但每一次，我都因為某種掩藏在非暴力和平理論之下的恐懼而躑躅不前。許多次，我已去到庫德斯坦的壯闊山脈間，然而那些非暴力抵抗理論屢屢將我拉回城市，提筆寫作。

多少年來，我考慮遁入群山尋求庇護，在那裡我得扛起槍，我將與無法理解寫作價值的人為伍，我必須說他們的語言：武裝抗爭的語言。但是一想起文字的光環與力量，我又膝蓋一軟。

8 自由鬥士（Peshmerga）為庫德族民兵游擊組織，在兩伊戰爭期間對抗兩國軍隊作戰。

直到今天我仍不敢確定自己究竟是熱愛和平或者只是膽怯。我不知道自己是害怕在山間戰鬥、恐懼扛起槍，或者我真心相信，解放庫德斯坦的理想無法透過武力達成。我備受自疑的煎熬：也許我根本就是懦弱，也許懦弱將我的思考導向支持和平，擁護書寫的力量，迫使我走上藉由文化表述反抗的道路。

但我認為，只有將我們的理論立場付諸實踐，才能知其深刻。一個人只有透澈思考死亡並對其形成理論，才是真正對死亡無所畏懼。當我們將理論內化，理論才是真正意義上的理論，當我們將理論體現，理論才不止於理論。

關於生死這般巨大的概念，我們不可能保持冷靜，同時進行真誠的思索和理論化的實踐。

當我們面臨死亡或恐懼
當我們與之搏鬥
我們將對這些概念獲得深刻的見解，豐富的認識
大海給我這樣的機會
大海讓我進入與死亡和恐懼最親密的關係
就像兩隻發狂的公羊相互抵觸
就像一支大鎚猛力擊打鑄鐵。

這些坐在軍艦甲板上的人，大多數是初次在海上航行。對他們而言，一旦鼓起勇氣登上開往澳洲的船就是豁出去了，毫無回頭的餘地。不論上了哪一艘船都是冒著無比巨大的風險，那是真真切切與死亡的戰鬥。然而多數人上船之前完全不知道往後的路途是何等危難四伏。我和其他幾個人的情況則不同，我們先前已差點滅頂一次，兩週後又登上另一艘船繼續與大海奮戰。返回印尼陸地的那兩星期，我有種難以言喻的奇異渴望，想再度展開海上遠征，熱切中充滿恐懼。而我承認，第二次上船時我感覺到自己的雙腿顫抖，一股無法遏制的噁心在胃裡翻攪，可怕的焦慮撲天蓋地而來。

我再次投身於驚濤駭浪，逼使自己面對現實，面對恐怖。我們在那險惡的深淵之上航行數日，遭到海浪猛烈圍攻，最後耗盡燃油，擱淺在岸邊。我們已踏上不歸路，退無可退，亦無法前行。

隔天，一艘小船載了幾桶汽油過來。該是做最終決定的時候。現在跟我一同在軍艦甲板上的人，當時多半都想搭那艘小船掉頭回去。當汽油桶全數卸下，登船的爭奪戰隨即爆發。小船漂在我們的船邊，幾個年輕人早就開始激烈卡位，拉扯彼此的衣服，一名婦女甚至在丈夫眼前讓別人重毆一記，不過也因為這一擊，水手讓她上船。扭打爭執到達臨界點，三、四個最壯碩的年輕人成功把其他人推開，跳上小船。接著小船駛離。有七、八人成功離開我們的船，搭小船返回，也帶走回頭的最後機會。

我反思在印尼生活的那幾個月，以及第二趟航行的過程，對於勇氣形成較完整的概念，雖然我對自己的理論思考還沒有十足的把握。

勇敢與愚蠢息息相關

若非愚蠢，絕不可能繼續與大海搏鬥，堅持在海上漂流。

有幾次發生了令我們心灰意冷的事，想放棄那危險的路途。然而每一次我都靠著血液裡的魯莽、內心懷抱的愚蠢，堅持下來。辨識危險往往是避開險境的重要關鍵，我卻強迫自己養成反射性的愚昧，直到再也感覺不到危險。毫無疑問，假如我用理性判斷路上可能存在的風險，最後絕不可能成功橫渡大海。

於是我知道：勇敢與絕望更密不可分

一個人越絕望，就越熱衷於投入一次比一次危險的行動。

在印尼期間，甚至在船上的時候，我從來沒有勇氣重回過去痛苦的生活，從來沒有勇氣回到起點。我覺得自己已毀去所有退路。我罪該橫越大海，即使那意味著棄絕生命。我被判與海浪搏鬥，繼續航行，完成這趟漫漫的海上征途，最終抵達我的命運。回首我離開的處境，我感到深深的絕望。我的過去是地獄，我從活生生的地獄逃離。而我不打算去想，一秒也不願意。一想到回去伊朗，或在印尼再度流落街頭、忍飢受餓，我便更加奮不顧身，勇往直前。

我像是徘徊在兩個選擇之間的士兵，要不穿越地雷區，要不淪為戰俘，只能二選一。無路可退。

或許軍艦上的許多人也跟我一樣
或許他們也找到了勇氣
在畏懼的深谷中
在惘惘的憂慮中
在巨大的恐怖中
或許他們也找到與海浪奮戰的勇氣
戰爭無可避免，因為那是前進的唯一道路。

假如一道孤浪撲來將船劈成兩半，我們便會就此喪生，與其他荒謬的死亡如出一轍。若認為我們的死與其他千千萬萬人的死，過去迄今的死，或尚未發生的死有所不同，那是大錯特錯。不，死亡全都是荒謬徒勞的。無論是保家衛國捐軀，為崇高理念犧牲，或為了一根冰棒而死，這之間並無任何分別。

死就是死
簡單明瞭
突來荒謬
與生完全相同。

後來我發現，死亡天使蹲踞在我肩頭的那個暴風雨夜是我的生日；既是我的誕生之日，也是我的重生之時。我踏上陸地之後才恍然意識到這件事。假如我沒活下來，便是不可思議、荒謬至極的死。想想，在生日那天殞命。我現在去詮釋有悖真實的事件，亦即，思考可能發生但沒發生的事，是無意義的。如果我真的死了，或許有人會以命理或星象進行哲學性分析，在我生日那天提出供他人思索。或許在我生日那天，我的母親會建構關於兒子的神話，紀念他的逝去；藉由神聖而神祕的傳說，她會更能抒解心中的悲傷。她會將來龍去脈編織出神聖奇妙的故事，她會將我的死連結到種種玄奧的存在或事件。然而這些神聖的哀悼儀式不會造成任何改變。

死就是死。

一個人要不在生日那天送命，就是在其他日子送命。窮究死亡本質僅止於此：非存在。在一個驚天動地的時刻殞滅。如一道亮光劃過遼闊漆黑的夜空，一閃而逝。

那些破釜沈舟的舉動，那些恐懼。

那些飢渴交迫的遭遇。

現在全部劃下句點。

不論走過多少荊棘，我們終於抵達澳洲。生命垂憐。

§

軍艦徹夜航行，我們必須一直坐定。他們甚至不准我們站起來一會兒活動雙腳。只有他們將我們的舊船沉入海中的時候，我們才得以起身片刻。我目睹他們用固定式機槍在船上轟了兩個洞，看著船消失在海浪間。那時我才清楚明白那艘船何其渺小，在壯闊的海洋之前這一小塊木頭根本微不足道。

坐硬地板使我臀部發疼，整夜難以成眠。骨頭碰木頭。我沒出聲，只是默數一波波拍擊船身的海浪。不管怎麼調整姿勢，仍無法緩解不斷襲來的痛楚，因為我瘦得一點肉也沒有。

隔天早上軍艦航抵聖誕島。島上一排排白色的房屋沿山坡而建，成列隊穿過濃密的叢林。乘客臉上再度浮現喜悅之色，他們現在不怕展露笑容了。大海波光粼粼，反射的光線照亮了島嶼海岸，海浪在沙灘上漲了又退，前後大約一兩公尺的距離。海浪的運動並不規律，有些浪似乎從岸邊開始蓄積能量，越漲越大沖回海中。海浪有些發怔，有時幾道浪猛地對撞，飛濺，然後碎裂瓦解。

一艘冒著黑煙的拖船駛近軍艦，停在船側。疲憊不堪的乘客以十人一組，被轉移到島上的碼頭。

他們最先移動的是企鵝。企鵝依然困在死亡的纏繞中無法掙脫，他在甲板生了根，但硬是被他們拖下去。弓形腿摩尼陪著妻兒，孩子仍是哭泣不止。我們的葛席芬坦和她的孩子們在企鵝旁邊，朝岸邊駛去。遠遠望去，彷彿碼頭上有一大群人等著我們。不多久輪到我，我是最後一批，還有無牙傻瓜、暴躁老伊、屁兄和幾個年輕人，我們上了拖船。

我擁有的唯一一件物品在藍眼男孩的朋友的背包裡。我自己的背包在第一趟船隨浪漂走了，包裡沒裝什麼值錢東西。但是藍眼男孩的朋友保管著我鍾愛的詩集[9]。離開伊朗的時候我不知該帶什麼，我實在沒什麼有價值的東西。

三十年過去人生剩下什麼
三十年在獨裁政權奮力求存
三十年在名為伊朗的神權國家拚搏
三十年過去我的人生一無所有
除了一本詩集，還能帶什麼？

原本我不想帶任何東西從德黑蘭機場出關，但我擔心航警起疑。他們肯定會想，這個瘦巴巴的傢伙為什麼出國什麼也沒帶。於是我買了一個背包，塞進一堆舊報紙和幾套沒用的衣服。我以一個旅客模樣離開機場，事實上根本身無分文。若非顧忌航警，我會兩手空空，像個流浪漢一樣走人。

我也許是全世界機場史上行囊最少的旅人。只有我自己、背包裡的衣服、一本詩集、一包菸，還有我的男子氣魄。

如今只剩幾公尺，這趟艱辛漫長的旅程就要抵達終點。我手裡握著溼透的詩集，鞋子不見了，衣服千瘡百孔。

拖船抵達碼頭。岸邊的浪顯得溫馴。有一名金髮小女孩泡在海裡玩水，完全沒理會我們的存在。她對這群疲憊至極的人毫不關心，佇立碼頭的人群也吸引不了她的注意。小女孩玩水的影像在我腦中依舊鮮明。她開懷笑著，蕩入海浪親切的簇擁。那孩子眼中沒有痛苦的容身之地，她的世界未曾有不公不義招致的苦難沾染。

她是自由的
她是無邪的
她是陽光普照裡的徐徐微風

9　這本書是作者的朋友，庫德詩人沙比爾・哈卡（Sabir Haka）的詩集《死後再成工人的恐懼》（暫譯，*Fear of Being a Labourer Again in the Afterlife*）。哈卡著有三本書。

我初見的真實澳洲。

一具升降工作臺吊起載滿一組組乘客的拖船，它的動力將他們舉高到碼頭突出的平臺上。那一小塊地面象徵著廣大的自由國度。過了一會兒，我收到澳洲給我的第一份禮物：一雙夾腳拖，擺在我傷痕累累的雙腳、搖搖欲墜的身軀之前。

淡色眼眸的枯瘦男人
手裡握著一本溼透的詩集
雙腳夾緊一對夾腳拖
全部僅此而已。

五、聖誕（島）故事／無國籍的羅興亞男孩追隨流亡之星

牢籠
高牆
鐵絲網圍欄
電子控制門
閉路電視攝影機
牢籠——高牆——鐵絲網圍欄——電子控制門——閉路電視攝影機
監視攝影機凝視二十個男人
穿著過大衣服的男人
衣服鬆垮披垂的男人。

一大清早，六點，警衛像討債人一樣闖進來趕我們下床，不出幾分鐘，就把我們帶到一座戒備森嚴的牢籠。現在我們在這裡快兩個小時了，這段時間無比煎熬。被監禁、被關在籠子裡……太痛苦

了。過去整整一個月，我們都被關押在聖誕島。淪為階下囚，太痛苦了。

由於大家都被打散重新分組關押，所以我不認識這裡的任何人，儘管他們的臉孔和說話方式我再熟悉不過——命運多舛、受詛咒的、該死的伊朗人。他們屬於最倒楣的一群。這些人裡面只有一位外表與眾不同。一位膚色黝黑的年輕人，烏黑杏眼，細瘦的手臂，才剛成年的纖弱臂膀。他看起來極可能是來自緬甸的羅興亞人，跟朋友被拆散了。他的沉默不語為整個人注入一股沉重的絕望，那種令人聯想到離散、流亡的絕望。

他注視鐵絲網圍牆的眼神，道出他的離鄉背井
他注視說著陌生語言之人的表情，道出他的孤立疏離。

失眠者和**嗜睡者**也在這裡。這兩個伊朗人今早被拖出隔壁房，依然睡眼惺忪，就直接被帶到這牢籠，甚至連洗把臉的機會也沒有。當局的計畫是出動一架飛機就把我們全放逐到馬努斯島。

我真希望他們趕快讓我們上機，越快越好，想把我們送到哪裡都無所謂。我說服自己聽從命運安排，而且我足夠強韌承受一切後果。我相信馬努斯島只是另一個階段，是繼續前行的另一塊踏板。我唯一能做的只有接受現實，而這一天，現實是他們決定把我流放到馬努斯島，親切和藹地送去汪洋大海的中央。

§

我被澳洲官員的說詞洗腦，他們不厭其煩地在我們腦中塑造馬努斯島的形象，描繪一個住民、文化、歷史、地貌無不野蠻的畫面。因此我以為馬努斯肯定是個氣候溫暖，到處潛藏著奇異昆蟲的島嶼，且島民不穿衣服，只用寬大的芭蕉葉遮蓋私處和腰部。幾天前，他們給我們看了網路上介紹原始人類的資訊，於是我腦海中形成這些畫面。想像與這樣的人共同生活很刺激，也有點嚇人。

我們看到的資料上說馬努斯島人是食人族。這些說法非但沒令我心生畏懼，反而精神一振，浮想聯翩。想來，我們絕不可能被單獨丟到食人族裡；食人族也絕不會把我們放進黑色大鍋煮成燉菜；當然，他們也不可能歡天喜地舉辦慶典，全身除了腰間的芭蕉葉以外赤身裸體到處大肆慶祝。

不過或許他們會津津有味地享用我骨瘦如柴的手臂，我想。毫無疑問他們會為此展開爭搶，而其中最強壯、最殘暴的那位會像隻野獸一樣奪走我的手臂，在無人打擾的情況下大快朵頤。他們說食人族特別愛吃人類的手臂，尤其偏好像我一樣毛髮稀疏，纖細瘦長的手臂。

當我沉浸於這些幼稚想像時，他們終於打開籠子。我們獲准去上廁所。廁所裡也有監視攝影機。有攝影機往下盯著你方便真的很難，尤其想到此刻有好幾雙陌生人的眼睛在監視你，注視著與攝影機相連的螢幕。他們或許在嘲笑你，討論你的性器官，聲音大得故意讓所有人聽見。然而這些沒根據的想像永遠會被更天真的想像取代，或許那架監視攝影機只是嚇人的幌子，為了避免我們輕舉妄動。

我們辦完事，也沒人在那段時間觀看監視器畫面。或許負責監看的人根本不在乎你或你老二的尺寸。當然，那相機拍過數百位上洗手間的人，他們的眼睛對於這些人的性器早就習以為常見怪不怪。

那個密不透風的籠子裡實在沒什麼可看之處，所以腦中這些愚蠢幼稚的念頭變得稀鬆平常。由於我太專注思考全盤處境，腦筋變得疲憊不堪；這些念頭和畫面強迫我的頭腦關機。

煎熬的時間度秒如年，總算有了動靜。

他們把我們移到隔壁的籠子。失眠者和其他人被帶到另一間。我看到他們經過走道去了另一邊。

每個人被叫到號碼時必須先將衣物褪光，讓儀器搜身，最後頭髮也要檢查，以防裡面藏了什麼東西。我也脫得乾乾淨淨，雖然原本不過只穿著一條內褲。他們檢查我的全身上下，甚至腋下；他們直接探進身體的各個孔洞。就算內褲也得脫掉，我有什麼好在乎的？反正他們用監視器都看得一清二楚。所以我也準備由他們去。

每個通過脫衣搜身檢查的人，都會從一名神情嚴肅的警官手中拿到一套衣服，儘管衣服尺寸不合身得離譜。我們無從選擇。他們發什麼，我們就得穿。

我步向隔壁籠，拿著我的衣服，尺寸是我的兩倍大。這些黃色聚酯纖維T恤改變了我們的身體，將我們極盡矮化。我們坐在白色椅子上，再度直盯著金屬牆發呆。有個喜怒無常的年輕人一直嘮嘮叨叨，放聲亂笑。這個禿頭頂上帶著癬痂、嗓門特大的傢伙掏出一根菸，用固定在牆上的打火機點燃。

這簡直匪夷所思。他是怎麼通過搜身檢查，把菸藏得完好無損？他們甚至翻了他的內褲，還有下面那塊肉。有人問他怎麼辦到的。他故意笑得很誇張，說之前在伊朗當典獄長。這番宣告登時為他博得其他人的尊敬。我們當中有個典獄長真令人寬慰，因為這意味著我也可以抽個一兩口菸，吸進我乾燥的肺葉消化器官和枯涸的腦細胞。

羅興亞男孩依然警戒地觀察四周，困惑看著這些大聲喧嘩、吵吵嚷嚷的陌生男人。他實在太格格不入，沒人為他感到難過。所有人朝香菸蜂擁而上，甚至沒人想到分他抽一口。我也懶得跟他搭話，沒心力幫助他打破陰鬱、減輕他的孤單，更無法為他驅散流離的痛苦。我自顧不暇。然而當下的孤獨感對我而言較能忍受了。我們又在硬邦邦的椅子上坐了一個小時，枯坐等待下一個階段……下一階段意味著什麼依然未知。

終於來了一群警察，一一喊我們的號碼。我進入走道時又得脫一次衣服，讓他們用儀器進行搜身。我的身體被這一連串檢查搞得精疲力盡、痛苦不堪。我們究竟可能挾帶什麼上機，以至於要搜查到這種程度？顯而易見，我們承受著他們以安全為名遂行的監控凝視。或許，比如說，他們害怕有人帶刮鬍刀上機。或許，他們害怕那個人會把刮鬍刀橫在機長的脖子上，迫使機長改變航道，飛向澳洲大陸。

所以說，馬努斯島怎麼了？那是什麼樣的地方，讓他們認為有人會鋌而走險到這地步？這些警察對我們身體施加的維安凝視，還有那些閉路電視攝影機進行的監看令我憂慮不已。我覺得自己好像他們準備從一個監獄移送到另一個監獄的罪犯或殺人凶手，那些只在電影裡看過的情節。

來到第三間籠子，不再只有單調的聲音。幾位護士拿著手冊進來，一旁有身穿綠衣的翻譯陪同。護士開始說明馬努斯島上潛在的健康風險，提到會傳播瘧疾的長腳病媒蚊，還有其他我從沒見過、聞所未聞的蚊蚋，手冊裡印滿了圖片。或許其中一種蚊子正在馬努斯島虎視眈眈，待我一抵達，就立刻把口器刺入我的身體。對這些蚊蟲而言，我們是外來的異生物。我們外地人，會成為最脆弱的獵物，最理想的誘餌。

最漂亮的那名護士向我們解說細節。她說我們在那裡得照顧自己：「傍晚要吃抗瘧疾的藥，還要擦一種特殊藥劑，到那邊會發給。」她告訴我們瘧疾的症狀，還有其他一大堆瘋狂的事情，我根本毫不在意。那名護士的話與其說是對我們健康的關切，更像是一種威脅。像在警告：「馬努斯島很危險，充滿可能致命的熱帶蚊蟲，如果我是你，我會填好自願遣返申請表，滾回自己老家。」

護士的話掀起一陣騷動。羅興亞男孩的眼中明顯露出憂懼。他那雙黑色的杏眼環顧四周，在陌生人的臉孔中搜尋一個可能的庇蔭。但他不可能在我們身上找到任何一點平靜或安全感，於是繼續盯著前方的牆壁。

護士離開後，那位當過典獄長的老兄又秀了一手魔術，變出另一支菸。菸是從他那聚酯纖維短褲的口袋裡掏出來的。簡直不可思議，究竟是怎麼辦到的！單單那一支菸，就讓我們把護士的警告、對熱帶病蚊的擔憂全拋到九霄雲外。每個人都對這位頭部長癬的典獄長另眼相看，充滿敬意。他也相當得意自己在伊朗監獄工作的經驗為他博得崇高的地位，笑得合不攏嘴，咧得每個人都看得一清二楚。

在如此意想不到的情況下抽上一兩口菸帶來無比的舒暢。我愛那位老兄。我真佩服他穿越重重阻礙把那根菸挾帶出來的本事。他是名副其實的典獄長，深諳把菸藏在體腔或身體凹陷處的技巧。他太清楚要怎麼唬弄那些冷血警察，那些畜生。騙過那些混蛋對他來說根本輕而易舉。

這時我有些不知所措。我起身在戒備森嚴的牢房裡走來走去。我還是不明白，為什麼要一大早就把我們帶出營，為什麼我們得花好幾小時在一個個冷冰冰的籠子之間兜轉，為什麼要持續不斷搜我們的身。我唯一能想到的是，他們要極盡所能折磨我們。有時我偷偷瞥向那位頭上頂著癬痂的典獄長，盼望他再度施展魔法，變出另一根菸。但他只是漫不經心地跟友人大聲閒扯；我感覺不到他現在有一絲抽菸的慾望。

我不敢相信現在發生的事
所有的艱苦
顛沛流離

捱過的飢餓
一切的一切……
全是為了抵達澳洲
我不敢相信現在又要流放到馬努斯
一座汪洋中央的小小孤島。

來回踱步久了，我的頭開始有點暈，感覺其他人也不太高興，無可奈何又坐回硬邦邦的椅子，盯著牆發呆。我厭惡等待，厭惡不時要留意身側東張西望，厭惡為了毫無意義之事枯等數小時。我也厭惡必須打量別人的臉孔，這些人我一個也不認識。討厭至極，令我焦躁不安。這天應該是我們被送去馬努斯島的日子，我希望他們給個痛快，趕緊把我們丟上那座不知名的鬼島。不論何種命運等待著我們，我想面對它，立刻，馬上。

腦中翻來攪去的思緒令我疲憊不已。要被流放到馬努斯島這件事宛如懸在頭頂一整個月的鐵棒，隨時準備痛擊。每日活在鐵棒即將落下的恐懼之中有如凌遲。我希望他們快點送我們上機，我希望幾小時後就降落在島上。帶我們去就是了，就算我對那座島除了名字以外一無所知。至少我能確信自己身在何處，知道自己落腳在那座島上。假如此行已成定局，假如我必須在那受苦，我起碼也要自己感受那苦。有時實際經歷折磨，比起持續面對苦難將至的恐嚇還要容易。畢竟我這輩子不是沒吃過苦。

我承受過無數惡意
堅持過無數艱困的戰役
所以我準備好了
準備好被丟上那荒僻孤島。

然而有時你難免會想，為什麼一個人得承受此般極度折磨，一個人怎會遭遇此般極端苦痛？為什麼我這麼倒楣？為什麼偏偏在澳洲實施那條泯滅人性的法律的四天後抵達？這些問題永遠無解。

終於，下一個籠子的開啟結束了這一日的坐立難安。這次他們不再拖拖拉拉。我們一個一個上前，他們問幾個問題，我們必須回答，然後就被送上一輛車。那裡有一名庫德語翻譯，她有雙碳黑色的明眸大眼，細長的眉毛，我說話時候，她有時會露出一種像是故作神祕的偷偷一笑。我不懂這笑的涵義。或許她對我們被放逐到馬努斯島這件事感到欣喜，但也有可能，她讚許我話語中的激烈。我回答移民署官員時試圖激怒他，或許她因此用那故作神祕的偷偷一笑表示讚許。

§

我們被帶上一輛巴士。幾天前在同一區，就在我們像群溫順綿羊站著的地方，爆發了一場流血衝突。當時黎巴嫩難民奮勇反抗要押送他們上車的警衛，遭來一陣狂毆毒打。警衛猛揍難民的手臂和其中幾位的臉，將他們澈底擊潰，在水泥地上拖行他們遍體鱗傷的染血身軀。那些難民被放逐到馬努斯島，不論如何抵抗也無法改變政府的政治算計和權謀運作，而這是一個才剛執政、初嘗權力滋味就發狂的政府。

巴士出發。開往機場的路上叢林圍繞，車內的對話則在討論某種情節的可能性：也許我們在達爾文機場下車時，會發現這一切宣告全是荒謬的演出，整件事不過是場鬧劇，也跟馬努斯島全無關係。然而這種言論實則源於軟弱。此刻相信近乎奇蹟的劇情無非是可笑的。我們必須接受現實。幾小時後，我們就會降落在一座名為馬努斯的遙遠小島上。

有幾輛警車尾隨我們的巴士行駛，還有幾輛在前面開路，簡直是總統座車的待遇。然而我們被剝奪至此，就算想有所行動，也無能為力。光是寬垮累贅的衣服就令我們動彈不得。

機場掀起一陣騷動。幾十位警察擺出軍隊陣仗守在飛機兩側，還有幾名記者架好攝影機待命，這些人全在等我們抵達。翻譯也在場。那位庫德女性翻譯雙手放在身後，站在那兒不動，畢恭畢敬的模樣。我實在不懂，我不明白他們設下安全警戒的理由。記者令我畏懼，他們手中的相機讓我驚恐。

記者無所不問，他們永遠追逐著可怕的事件，從戰爭、災厄，到人們的悲慘遭遇，這些全是工作的養料。猶記在報社工作時，我一聽到政變、革命或恐怖攻擊的消息就亢奮不已，隨即開始狂熱投入工作，像禿鷹一樣爭搶調查資料；反之，我以寫就的報導餵養大眾的胃口。

新聞記者像禿鷹一樣持續蹲點守候，等待悲慘落魄的人們步下車的那一刻，迫不及待我們能快點現身，看到可憐無助的我們，然後一擁而上——

喀嚓，喀嚓

等待猛按快門

嚓咖，喀嚓。

——隨後將影像傳播至全世界。他們完全被政府骯髒的政治手段迷惑，毫不猶豫地追隨。當局的計畫是我們必須成為殺雞儆猴的警告訊息，讓企圖前往澳洲尋求庇護的人學到教訓。

§

我第一次遭遇大批記者是在印尼，當時我狀況很糟，痛苦至極，每個毛孔都滲透出濃重的悲傷。首次嘗試渡海險些滅頂後，我疲憊不堪，餓得要命，大海的恐怖在內心留下重創。警察將我們送返陸地，再經六小時車程抵達監獄，不過一會兒之後我們成功逃離。但是當我們一抵達，踏出警車的那刻，所有記者蜂擁而上，從各種角度瘋狂拍照、攝影，前前後後都不放過。我對這些人感到鄙視，我也憎惡人們因為目睹我的處境而同情落淚，尤其是透過那樣的媒介。拍攝報導一個差點溺斃、虛弱得寸步難行的人，究竟有什麼值得高興？

當時過了六天，整整六天我們未曾闔眼。我的臉在烈日炙烤下脫皮，手臂皮膚也層層剝落。我衣衫襤褸，身體臭如糞坑。我的T恤側邊破了一個手掌大的裂口，洞大得足以讓骨頭外露，燒紅皮膚下緊貼的肋骨清晰可見。我的身體處於崩潰邊緣：在印尼整段期間我沒吃過一次像樣的正餐，此外還得承受被警察逮捕的壓力，害怕被關進監獄、遣返回伊朗的壓力。由於缺乏維生素，臉上冒出一撮撮乾硬易脆的可笑白色雜鬚，刺得我發疼。我的眼裡閃爍戰鬥的殘餘，三天前與死神拚搏的記憶仍如一層釉包覆眼球。我不過是具行屍走肉。

我形容枯槁，走路彷彿雙腳不聽大腦使喚，感覺就像坐在船上隨潮水搖蕩。我們一下車便遭到那些好事的記者和可憎的相機連番轟炸，而我虛弱到連抬手遮臉的力氣也沒有。可想而知，偷渡客從船難奇蹟生還返回陸地的場面，無疑提供了聳動題材和獵奇畫面。

這是我們短時間內二度淪為這些刺探者窮追猛打的目標。聖誕島的機場儼然成了攝影棚，他們似乎虎視眈眈守候，等著捕捉我無助脆弱的那一刻，準備將我變成審問的對象。他們企圖利用我活屍般的樣貌舉動，在人們心底埋下深深的恐懼。

§

從聖誕島放逐
從澳洲放逐
機場是放逐的標記
機場一片空蕩
機場完全死寂。

一架螺旋槳飛機在機坪單獨待命，準備將我們載到遙不可及的國度。我巴不得警官盡快登機，領我們進艙，然後起飛。現場氣氛因為那群在飛機旁擺弄相機的禿鷹變得沉重，壓得我喘不過氣來。警官身負全副裝備出發，一如被派駐至戰場前線的士兵，其中有幾個對記者揮手——他們和記者之間有隱情，感覺這些人全是共謀。

首先登機的是失眠者。從巴士到飛機，他得走過約五十公尺的距離。他們故意將巴士停得很遠，好達到極度貶低的效果。兩位體格魁梧的警官分別架住失眠者的手臂，以這種屈辱的方式押送他上機。失眠者的身材已算高大，夾在兩位警察之間卻像一頭淪為野獅獵物的小鹿，被慢慢拖往登機階梯。記者們火力全開，不錯過記錄下這場面的任何一幕。我知道他們以摧毀一個人的尊嚴為樂。

失眠者每走一步都舉步維艱，但根本不被當一回事。從兩側押住他的壯漢對此漠不關心，拖著一塊肉似的，以穩定速度前進。等他們接近登機階梯，另外兩人再接過失眠者，帶他上階梯，還有一人守在階梯頂端將全程拍攝下來。這就是當天的演出劇本，同樣的情景會間隔兩分鐘再度上演，唯一的差別在於那塊肉換成另一具身體。

我忍不住回想，回想失眠者之前坐在船首最前端，回想他凝望前方的模樣，他三不五時確認時間的期待神情。我記得他總是一而再再而三詢問同樣的問題：「距離澳洲還剩多少公里？」或是那晚，最後一晚，我們受困狂風暴雨的那個令人喪膽的漆黑夜晚，他用雙臂環抱住我，整晚說不出半句話，完全嚇壞了。他一路熬過千辛萬苦，卻換來這個場面——這畫面裡，他更像是一名需要兩位結實巨漢來壓制移送的危險罪犯。這些事確確實實發生在澳洲土地上，發生在失眠者想方設法前往、迫不及待抵達，並為此承受無比恐怖驚懼的國家。

輪到羅興亞男孩了。他矮小瘦削，模樣更是孱弱無力，走了幾步便膝蓋發軟，好像差點摔倒在地。警察把他抬起來，看上去卻更像在送一個人前往絞刑臺行刑。我在伊朗曾目睹類似場景。羅興亞男孩不常露出如此疲憊困惑的神情。他是個勇敢的人，只是被迫與勇氣的源頭分離。畢竟他都成功遠渡重洋，根本沒理由為這些愚蠢的騷動驚恐，更沒必要在殘酷的攝影機前畏首。也許他正試著鼓起血液裡殘餘的勇氣，也許他正努力變得更堅強。

他又走了幾步，然後回望我們的巴士，彷彿他遺漏了什麼，或有誰被拋在後頭。或許在此倍感脆弱的時刻，只有我們是他唯一的寄託。然而這半天下來，他其實從未與我們任何一人交談。由於他的與眾不同，我們刻意忽略他，對他視而不見，甚至沒邀他一起抽口菸。但現在他只有我們了，儘管他對我們幾乎一無所知，我們是他僅有的慰藉。他即將被拋入一個慘淡渾沌的未來，迎向流放小島的未知命運。他宛如被捕獲的獵物在地上拖行，無法控制自己的雙腿，無法自己邁出任何一步。片刻後，他也上了飛機。

又幾個人陸續登機之後，他們喊了我的號碼：MEG45。我必然要習慣這個號碼。對他們而言，我們不過是幾個數字，我必須忘記自己的名字。聽見自己的號碼，開始耳鳴大作。我試著用想像力賦予這無意義的號碼新含義，比如說「MEG 先生」，但一堆人都會跟我一樣。我能拿這該死的號碼怎麼辦？我這輩子對數字和數學深惡痛絕，如今卻被迫無時無刻帶著這愚蠢的編號。至少我可以試著將它與某個重要的歷史事件連結，但無論我如何絞盡腦汁，都只能想到第二次世界大戰結束的’45年。我是誰、我怎麼想都不重要，他們只會用編號稱呼我。現在MEG45要跟失眠者和其他人一樣跨越那段路。

老實說，我很緊張。空間裡充滿憤怒的情緒，還帶有一絲哀戚，因為這些憤怒的被囚者滿腹悲傷。我究竟犯了何等滔天大罪，必須牢牢上銬送上飛機？若他們可以告訴我路怎麼走，我願意接受，我會自己用跑的上機。然而想到可憐的羅興亞男孩，我認為自己不該示弱，尤其在眾目睽睽之下。

我經歷過類似場面，那時的狀況糟糕得多。至少這次我持續進食，體力充沛；至少我沒像上次一樣臭得像糞坑。不過我的穿著實在教人難堪：尺寸大了一倍的黃色T恤披垂過膝，走路時夾腳拖啪啦啪啦作響。我從未見過有人這樣穿，短袖上衣的袖子長及手腕，尤其還是黃色的；黃色T恤、黑色短褲、光溜的雙腿再下去是夾腳拖鞋，配色也糟糕透頂。我是誰、我怎麼想都無關緊要，這身穿著把我變成另一個人。

除此之外，又該如何通過大批攝影機陣仗？尤其要經過那幾位對拍照狂熱莫名的年輕金髮女性，攝影機還貼得如此之近，幾乎不留距離。我絕不能顯露一絲軟弱。我不顧一切下車。兩位巨漢已在等候，他們立刻以上臂扣住我的上臂，朝飛機走去。我抬頭挺胸，邁開大步，但求這痛苦的場面盡快結束。

我們經過的第一組人馬是翻譯。他們身著綠色服裝，不知為何杵在那裡。或許他們也想一起去馬努斯島，儘管不像要上路的樣子。我瞥了那位庫德語翻譯一眼，她不應該拋棄我們的。但她一臉木然，連那抹神祕鬼祟的笑也不見蹤影。這極度曖昧的表現教我猜不透，那是漠然？還是焦慮？她的表情彷彿若有所思，我感覺到她黑色眼眸裡埋藏的苦楚。

因為同樣的痛苦迫使我拋棄過去，離開家園。她肯定也是飽受苦難的庫德族人——因為加諸於身上的汙名、因為庫德身分的烙印而受苦、因為勇於追求夢想、因為出身中東而受苦、因為她永遠是他人的眼中釘肉中刺、因為她的發言總是不合時宜、因為她談論自由民主而受苦。她的命運與我相仿，她也拋下一切來到澳洲。至於是經由何種途徑來到這塊土地並不重要，乘破船也好，搭飛機也罷，我感覺到她看我的時候內心湧上過往的傷痛，我感覺到她回想起被當成異類的日子，正是這些促使她露出同時揉雜輕蔑與同理的表情。

我們接近記者區了。其中一位金髮女生跨出幾步，跪下身，瞄準我可笑的臉孔拍下幾張極富藝術感的照片。毫無疑問，她將帶回自己拍攝的精湛大作在總編輯面前展示，並因積極主動獲得嘉許。照片裡那具寬垮衣服底下的枯瘦身體，全是從腰部高度的視角所拍攝。那肯定會是傑出的藝術作品。我抬頭挺胸，神態莊重，直到爬上登機階梯都努力保持這個姿態。不過我的步伐其實更像在逃跑。

§

登機後，警官領我到座位，我整個人頹然坐下。方才逞強表現的尊嚴蕩然無存，我垂頭懊喪。我是個一敗塗地、被澈底貶低、毫無價值的人。我成了每個人的笑柄，他們並非公然訕笑，而是私底下在心裡嘲笑；或說不定，他們暗自流下一滴淚。

我成了血淋淋的範例。他們注視我，目睹我的外貌、此刻不堪的模樣，以及兩名警察如何把我當成罪犯般拖行。不論對澳洲的認識深淺，他們都會唾棄澳洲。我遭受蠻橫且直截了當的羞辱、矮化，悲傷鋪天蓋地襲來……壓得我喘不過氣。我做了幾次深呼吸，試著為自己的精神重新注入幾分尊嚴。

過了半晌，那名當過典獄長的年輕人被帶上飛機。他的笑容不見了，聒噪不見了，我們稍早認識的那個人完全消失了。他在我隔壁坐下。機上的警察人數與我們一樣多，兩名警官緊鄰我們而坐，監視我們不會做出任何危險舉動。

飛機起飛，開始攀升。我們離聖誕島越來越遠，遠離那個我們冒著生命危險才到達的地方。警察給我們的午餐是一片冷肉和一塊乳酪。我一口也沒動，寧可睡覺。平息這一日的惡夢談何容易，但我必須為馬努斯島的生活做準備，迎向我一無所知的遠方小島。

§

不久之後，我們飛上雲端，攀升至最高的高度。一望無垠的群青色海水令我心醉神馳，我感到某種獲勝般的美妙激動。我還是那個乘破船征服廣袤海洋、成功橫渡這片無邊水域的人。如今我能俯視大海而笑，勝利感不禁油然而生。總是如此，強韌的力量會從精神的最深處迸發，戰勝軟弱與絕望的時刻。我重拾活力，生氣勃勃。我感覺自己已非幾分鐘前那個恨不得挖洞鑽進去、想隨便找個掩護躲藏的人。我體驗到一種不可思議的感受，擊退了被貶低的傷悲。我還沒被徹底摧毀。往外眺望這片自然景致，俯瞰眼前的雄渾壯闊，便能將軟弱、頹喪、自卑等低盪的情緒一掃而空，取而代之的是欣慰。我讓眼睛休息，全身心沉浸於這股豐沛的力量中，多麼美的感受……。

我睜開眼睛。我們仍在高空飛行。彷彿剛才突然進入一個神聖的迷幻之境。我們抵達的至高處，天與地的連結已不復存在。底下的天空好似一朵巨大的白花椰菜，一旁點綴著柔軟細碎的雲朵，排列出不可思議的圖樣。這幅景象教人心生衝動往外縱身一跳，潛入這片白色絲絨。

渴望跌落浮雲絲絨
渴望撕碎雲朵往身上灑落

渴望在雲海游泳直到再也游不動
渴望就此躺下歇息，然後
渴望在天鵝絨被裡安眠……
直到永遠。

我在熱帶的高空，這裡的蒼穹始終雲霧籠罩，而雲即使無意下雨，地位依舊高高在上，凌駕整個生態系統。

年輕的伊朗典獄長睡著了，頭倚著我的肩膀。以往搭公車或飛機，若有人把我的肩膀當枕頭，我總覺十分噁心，尤其對方是陌生男人的時候。我在公車和飛機上的類似經驗不計其數，每次我都會推開那顆昏睡的腦袋，或把對方叫醒，而那人總是轉而把頭枕在另一個固定處。不過今天我沒打擾睡著的典獄長。他剛經歷惡夢般的一天，況且，我還嚐得到他給我抽的那幾口菸留下的滋味。對於另一個受苦受罪的人，這是我最起碼能做的。

飛機開始下降，鑽入白色的雲層。感覺馬努斯島近了。我真希望能伸手觸摸窗外溼潤的雲。穿過雲霧，遠處的馬努斯島躍入眼簾，有如一名躺臥在廣闊大海懷抱中的美麗陌生人。海洋與海岸交界處的海水呈白色，越往遠處則轉為沼澤般的藍綠色調。這是繽紛的狂歡，瘋狂的色譜。很快海洋已被我們拋在後頭，眼前是一片狂野原始的叢林。

我們的飛機朝那塊綠色體育場般的陸地降落，漸漸地緩緩地降低高度。此時瘦高的椰子樹群清晰可見，一棵棵奮力往天空拔高，競相爭奪氧氣，全都在努力爬升、努力呼吸。馬努斯島美極了，看起來完全不像他們用來百般嚇唬我們的地獄之島，到處都是綠樹、原始的地景和自然風光，這是未經汙染的自然國度。

片刻過後，我們的螺旋槳飛機降落在一片絲毫不像機場的地面。這次不見先前的安檢措施，想必既然到了馬努斯島機場就省了。他們只是叫號碼，讓我們自己走去巴士停靠處。步下飛機階梯時，我感覺嘴裡有東西。我猜或許不小心吃進了小碎石。那東西圓而堅硬，我用舌頭把它推出，吐到手心。這下子我擔心了。我的舌頭登時伸出想一探究竟。下排牙齒完好無缺，但上排右側那顆該死的牙掉了，裡面全部蛀得黑爛。

我一陣怒火中燒。那顆牙怎會如此輕易就掉了？怎麼可能沒有半點疼痛，毫無徵狀，突如其來就斷了？我的口腔出現嚴重事態，舌頭一直不自覺去舔觸曾經強健的牙齒所在的柔軟空缺。我的舌震懾於緊鄰發生的大事，缺了那顆牙在嘴裡留下一個空洞。這太詭異，那個地方從不曾痛過。

我一直以為若要掉牙，也會從磨爛且已經發疼的下排牙齒開始，尤其是已經發黑的那顆。這顆牙的掉落令我萬分激憤，因為它發生得毫無道理。一顆牙要變得多孱弱、多一無是處才會如此輕易掉落，沒有任何預告和跡象！我想撿顆堅硬的石頭把那顆牙敲碎。我覺得它是故意掉的，因為牙齦層下明明還有部分牙根。

這起惡兆般的事件背後有何原因？
為什麼偏偏發生在我剛踏上飛機階梯的那刻？
在我視線剛與這名為馬努斯的地方相遇之時？
我坐在小巴士裡手捧那顆不祥的牙
悶悶不樂看它
馬努斯真的是座險惡的地獄之島？
該死的掉牙與未來在馬努斯島的生活有何關聯？

我仍為這個糟糕的事件倍感震驚，不願接受失去一顆牙齒的事實。小巴士發動上路。我把那顆不祥的牙齒扔出窗外。

§

外面的天氣有如地獄，悶熱至極。光是離開飛機到踏進小巴士這段路就讓我渾身汗溼。令人髮指的潮溼。窒息感。這種天氣逼得人坐立難安，魂不守舍。道路兩側是極為原始的叢林。熱帶樹木都擁有寬闊的葉片，並且一棵棵緊挨著叢生，就算一個人要通過恐怕也寸步難行。

因此有一條穿越叢林的道路存在更顯得不可思議。某些路段緊貼大海而行，樹根群有如一面黑色大網伸進水裡。彷彿樹林在努力搶下周圍所有的土地，彷彿偉大的海洋占去了太多空間。我看見路邊有幾間小屋，還有幾位衣不蔽體的婦人和小孩朝我們揮手。也許他們知道有外人要被送來他們島上。也許他們已經等了好幾小時，就為了揮手迎接。

叢林的風景和車內冷氣讓所有人腦袋清醒。典獄長又開始有說有笑，爆出放肆的笑聲。他的話語間滿是嘲諷；他想像未來的叢林生活，想像他會跟其中一名衣不蔽體的女人結婚，生幾個孩子，孩子的身形體態各有不同。他會在高聳的綠樹上搭建小屋。他會把父母接過來，請他們享用鱷魚大餐。每個人都笑瘋了，爭相比賽搞笑功力。然而掩藏在玩笑之下的是恐懼，是披著喜劇外衣、無以名狀的恐懼。這一點在他們的表情、使用的語言中昭然若揭。這樣的時刻，我們會在恐懼上頭灑上幽默的糖霜，或許是希望放鬆疲憊不堪的腦袋，哪怕只有幾分鐘也好。

羅興亞男孩注視著窗外。他一如往常澈底靜默不語，臉上帶著難以分辨的表情，好像從不曾笑過一樣。他內心籠罩的噁心感，重重壓過典獄長及跟班們營造的歡樂卻空洞的氣氛。這時我的思緒全在他身上，沉默與陰鬱總是有股神祕的吸引力。我想潛入他的想像深處，穿透他的視野，窺看他眼中的窗外世界。我實在好奇他對那些向我們揮手的婦孺做何感想。

§

下午，小巴士抵達似乎是馬努斯監獄的地方。這塊偌大區域的中央架設了幾座白色大帳篷，圍欄從四面八方將監獄包圍。空氣中瀰漫著一股憂傷的寂寥，連一隻鳥都不曾飛過。我看不見監獄內部，但可以想像裡面沒有太多人。

我們是第三或第四批被放逐到馬努斯島的難民。下車後，警衛打開一處以圍欄封鎖的露天區域。不多久，我們全進了那座籠子，他們卻未執行任何常規程序就丟下我們，只是關上門，上了好幾道堅固的鎖。這裡除了一頂大帳篷、幾支高速旋轉的強力金屬風扇外，幾乎空空如也。儘管已近黃昏時分，待在帳篷內依然教人難以忍受，還要一邊聽著電扇徒勞轉動發出的轟鳴聲。

電扇生鏽但仍生猛
它們沿帳篷邊緣列隊
對抗殘暴的熱浪
不眠不休奮戰
抵禦圍攻帳篷的窒息感。

我疲憊萬分，心力交瘁，汗水從每個毛細孔噴湧而出。一名臀部肥碩的老婦四處快步走動，渾身是汗。她不停走來走去，目光搜尋每個角落，烈日酷暑使她滿臉通紅，汗水流淌過臉龐和脖頸的每道溝渠與皺摺，直奔下頸附近更深的壕溝，再沖進發皺的巨大雙乳間。她的臉宛如雨水積聚的山巔，一道道水流沿山坡奔馳而下。她給我們帶水來，是瓶裝水，但更像一瓶瓶滾燙的沸水。水實在太燙，完全無法解渴。我把一兩瓶水倒在頭和身體上，舌頭嘗到汗水的鹹澀。馬努斯島的天氣會熱到什麼程度？連電扇都要燒起來了。

他們遞來幾份表格，我二話不說簽字。兩名馬努斯女人搜查我們的行李，動作因恐懼而顫抖，目光一邊瞥向她們的禿頭澳洲人長官。片刻之後，幾位黑人與白人官員進入帳篷，他們的制服完全隨便亂穿，另有身著綠衣的翻譯隨行。兩名馬努斯女人立刻停止搜查，拿出白色塑膠椅。皮膚晒得通紅的老婦在官員面前擺了幾瓶熱水。

新的庫德語翻譯在我旁邊坐下，她的態度高不可攀，顯得非常驕傲。她拿了其中一瓶水，神色惱怒擱到一旁，但似乎又立刻改變主意，將整瓶水灑在她光滑的腳踝上，腳踝白皙的皮膚閃閃發光。然後開始用自己的手搧風。她盛裝打扮，頂著精心梳整的髮型。這位年輕女人為何要大費周章打扮？反觀我們全都被迫穿著鬆垮不合身、顏色亂七八糟的衣服，備感羞辱。一個人要多愚蠢，才會想在一群潦倒無助的人面前炫耀那身可笑的服裝？尤其在我們因極端的高溫都快虛弱倒下的時候。她的臉和手臂塗滿厚厚的防晒乳，味道刺鼻難忍。汗水混合防晒乳的味道讓人無法呼吸。

對面坐著一位馬努斯官員，身穿寬大的黃色花襯衫、類工裝褲，還有一雙破爛舊拖鞋。他負責對我們說話，同時庫德語譯者和其他翻譯人員進行翻譯。這整件事無非是齣鬧劇，舞臺上人們穿著亂七八糟的戲服，上演不同文化的大雜燴嘉年華。

馬努斯官員大聲唸出一段關於馬努斯島和島上生活的介紹臺詞，最末說道我們必須遵守島上的法律。他語帶恫嚇表示，違反法律會遭到起訴入獄。在炙熱如地獄的帳篷裡，好個清楚瞭然的下馬威。我們只能在焦慮中與他們面面相覷。我的腦筋糊塗了，完全無法理解到馬努斯島生活的意思。我來到澳洲，然後突然置身一個名字聞所未聞的遙遠島嶼，現在他們試著教導我認識我的新居處。我向澳洲尋求庇護，卻被放逐到一個一無所知的地方，真是這樣？我們被迫要住在這裡，別無選擇？我做好準備會被送上返回印尼的船，回到起點。但上述問題沒有任何答案。

很明顯，他們挾持我們。我們是人質，我們成為殺雞儆猴的範例，以嚇阻其他人前往澳洲。

別人前往澳洲的計畫與我何干？為什麼我必須為他人可能的作為受罰？

然而這些疑問、這些思考，只會加劇現下惡劣的情緒，沉重的悲傷壓迫著被囚者。與此同時，我的身體益發虛弱，氣力一點一滴被天氣消耗殆盡。

此時幾位澳洲警察加入演出。待翻譯與其他人離開，獄警打開一道巨大的金屬門，示意我們進去。馬努斯島上有數個營，這是其中一處，也是我們被迫居住的地方。我們抵達前，有近百個家庭攜小孩在此拘留八個月之久。這是伊朗翻譯說的。相鄰的監獄傳出騷動，吵鬧聲使我們的耳朵頓時嗡嗡作響。那裡的被囚者察覺我們到來了。我們進去時，有十多人上前表達支持，他們將我們團團圍住，每個人都在尋找熟面孔。這番鬧騰也只是場表演，不過是眾人喧嘩、打發時間的方式罷了。

我注視這群人，認出其中身高鶴立雞群的那位。雷札・巴拉蒂是幾個星期前在聖誕島睡我下鋪的庫德小伙子。他原本跟朋友在一起，發現我之後馬上開心地過來。每個人見到同樣被放逐到馬努斯島的難民都一臉喜悅興奮。聚集的難民人數越多，人們就越感欣慰。好比以下兩種截然不同的經驗：第一，春季洪水襲來沖走一棟房子，那棟房子是你家；第二，洪水暴漲沖毀所有人的房子。這些人的喜悅之情，無非是源於獨自落單的恐懼。

§

這個地方叫福斯營……就是我們所在之處。雷札用孩童般的熱切口吻向我描述馬努斯島。這就是雷札的風格，他的性格向來如此。他說我們會整晚餓肚子，他說天氣實在太熱太悶，他說馬努斯島的雨跟老家伊拉姆非常不同。

羅興亞男孩杵在另一頭的金屬柵欄旁，就像駐軍地裡設置的那種，士兵一躍而下的金屬柵欄。他的包包放在身邊，整個包布滿花朵圖案。他不像我走運，沒人摟抱他，沒人帶他去看自己的房間。他看起來比之前更孤立無援。一名澳洲獄警走近，拿起他的包包，帶他走過成排緊鄰密林覆蓋的小徑而建的房間。

這監獄看上去有如廢墟。四排窄小的房間更像現成的貨櫃。後來我才明白，先前在監獄外面看到的帳篷其實屬於隔壁監獄。雷札帶我到一間離海岸最遠的房間，幫我把那近乎空蕩蕩的塑膠袋提進房。於是這裡成了我的住所。窄仄的房裡擠了兩組上下鋪床，共四張床鋪，巨大的金屬電扇不停轉動脖子，室內的空氣仍舊窒悶難耐。

§

天空霎時轉陰，我們總算能呼吸一點清爽空氣。熱帶的太陽彷彿在等待任何一絲微小的裂隙出現，好讓陽光穿透灼燒大地。雲則有如保護地球的母親遮覆天頂，以防無情的熱帶太陽對地球施暴。然而有時這些成簇的雲朵稍有閃神，毒辣的太陽便趁隙而入，大肆炙烤焚燒，將大地化為焦土。

體驗過這凶殘的熱浪，我才瞭解其中存在的文化差異。要知道，庫德斯坦上空的太陽是大自然最溫柔的元素。每逢最寒冷的時節，灑落皮膚和整個生態系的陽光總是帶來最怡人的暖意。

太陽拂照美麗的山坡
溫暖美麗的山巔
每個人熱切等待的是太陽
每個人期盼渴望的是太陽

正因如此太陽位在庫德旗幟的中央
馬努斯島所在的熱帶卻擁有全世界最殘酷的太陽
太陽逮到機會便焚毀一切
待雲層消失便稱王稱霸
展開獵殺。

雷札坐在下鋪說起在聖誕島的光景，以及我們共同的些許回憶。他也說到自己的母親和妹妹。我不明白為什麼雷札總愛聊自己的家人。

他離開後，我在這詭異的監獄四處晃盪。成排的衛浴後面建有幾座大水塔，水塔與衛浴屋頂之間以塑膠水管相連，用來收集雨水。大水塔旁有一個巨大金屬隧道，模樣更像雞舍，而在金屬隧道和水塔中間有一塊原始而舒適的地方，宛如燦爛的花園，黃紅花朵甚是賞心悅目。那裡有一截倒臥的椰子樹幹，周圍生出形似洋甘菊的纖長花朵。我感到豐沛的生命力。

這座泯滅靈魂的監獄以石灰和泥土混合建成，所到之處腳上都會沾到白色細沙，塑膠夾腳拖尤其黏得到處都是。從廚房和衛浴伸出的排水管自營區的一端橫跨至另一端，帶出的腐解排泄物為水溝附近的熱帶植物提供了完美的肥料，植物抽長到正常的兩倍高，足見水肥之營養。那灘各色混雜的汙泥臭氣沖天，水溝上空三不五時蚊蟲盤旋，肉眼難見的小蚊到巨型蚊蚋齊聚一堂。

這是什麼鬼地方？

這是什麼爛監獄？

監獄外緣以圍欄封起，衛浴也被圍欄隔開，鐵絲網間纏著大量的碎布條。這些看似緞帶的布條是之前關押的人留下的，經過強烈日晒褪了色。每條緞帶代表一段記憶，一枚枚緞帶結成一連串的回憶，教人想起另一個哀傷的時空。

綁在那兒的布條無以計數，數量之龐大，足以輕鬆摧毀一個人，足以瞬間扼殺一個靈魂。他們怎能長時間忍受這骯髒破爛的監獄？幸而營區與大海、潮水比鄰，只相隔十公尺的距離。每天有大海相伴令人寬慰。海只要碰不著我們，其實相當和善可親。

海與圍欄之間長滿高挺的椰子樹、各種各類的闊葉灌木叢，還有雜草交纏其間。椰子樹甚至長到營區裡面。不難想像在監獄興建前，此處是如何濃密原始的叢林樣貌。

監獄宛如叢林深處的巨大鐵籠
偌大的籠子緊挨一片小水灣
水灣與海洋融而為一
監獄外圍的高大椰子樹自然而然成排生長

但不像我們，它們是自由的
它們得以憑借傲人的高度隨時窺探
瞭解營區裡的情況
目睹營區裡的動靜
見證營區裡人們承受的苦難。

我回到自己的房間。房間小得令我感覺窒息。薄薄的木板隔間上滿是不同家庭寫下的各種或微小或重大的回憶。肯定有一家伊朗人住過這個小房間。天花板和牆面上寫了「霍斯洛」、「蘇珊」、「莎嘉耶」、「妮露」，名字旁邊附有日期。順著名字的排列看下來，很容易想像這是一家四口：父親霍斯洛，母親蘇珊，莎嘉耶是姊姊，妮露是最受疼愛的小女兒。傳統伊朗家庭的結構，從父親至妮露，一家之主到最小的成員。

霍斯洛是伊朗史上一位古代君王的名字。蘇珊、莎嘉耶、妮露皆為花卉名，個個嬌美動人，為小女兒取的妮露又更可愛、更討人喜歡。

不知何以，我的思緒不停圍繞這家人打轉。我想像他們現在可能的所在之處，想像他們現在可能在做的事。他們在這荒涼的島上無疑吃足了苦頭。妻子和女兒們在此監禁了八個月。當然，他們肯定也被告知從此要在馬努斯島過活。關押的那段漫長日子裡，定居馬努斯島的念頭想必如同一把懸頂之劍。或許現在他們人在澳洲，或許他們被迫返回伊朗。牆上留下的日期只到監禁的第四個月，我無從得知他們後來去了哪裡。

其他的文字多是人們用來詮釋命運、解析未來、理解生命的波斯詩句。這些詩大概是出自於母親蘇珊之手。我作此猜想的理由在於伊朗男人太驕傲，他們不可能在妻兒面前潰堤，他們把屈辱深藏起來，才不會在牆上寫詩表露悲傷或夢想。這些詩句肯定吐露了蘇珊和莎嘉耶最深、最純粹的情感，在馬努斯島沉鬱的黑夜裡，在最絕望最恐懼的時刻塗寫於牆面。

妮露年紀小，還不會寫字抒懷。或許，她曾用童稚的語氣問母親：「媽媽，妳在寫什麼？」或是「媽媽，妳可以也把我的名字寫在爸爸旁邊嗎？」

不曉得為什麼，讀詩的時候我感覺到這家人
不曉得為什麼，讀詩的時候我感覺到這位妻子和她的女兒
感覺到她們的存在，她們的美
她們生氣勃勃而活躍
她們是活生生的生命。

我想像妮露每天都在花叢間的泥地玩耍。那家人的房間和應是充當教堂或清真寺的小帳篷側邊之間，開滿了五彩繽紛的花朵。她可能會跟時常在花叢飛舞的蝴蝶說話。她愛極了那些蝴蝶。或者，她可能會用泥巴幫螃蟹和青蛙在花叢底下築窩。最後她會玩得滿身是泥，招來媽媽一頓責罵，讓發火的媽媽在骯髒的淋浴間裡幫她沖洗小小的手臂、雙腳和臉龐。

她們也在其中一張床後面畫畫，我敢肯定其中有些是妮露的畫。她畫了一間類似木屋的小房子，兩扇窗，還有蓄著濃密鬍鬚的爸爸、有雙黑色大眼的媽媽、兩個女兒，其中一個個頭較小。她在木屋周圍畫上美麗的樹，她的樹與馬努斯島的樹截然不同，完全不像那些傲慢的椰子樹。她也畫了一座形似伊朗德馬峰的高山，山後有顆太陽升起，顯得很開心。太陽小姐的臉上有眼睛、小鼻子，掛著一抹美麗的笑容。小女孩心目中的太陽想必溫柔且慈悲，用光與熱為人們帶來撫慰——與那天馬努斯島上空的太陽，那個企圖將所有人悶死燒死的馬努斯太陽有著天壤之別。

爸爸的鬍子象徵力量
爸爸保衛家人的力量
爸爸張開羽翼守護女兒們的力量
爸爸阻止任何人傷害她們的力量

爸爸在監獄不得不失去力量
無法保護家人的爸爸
淪為囚犯的爸爸
變得軟弱的爸爸
在家人面前感到羞愧的爸爸
在女兒面前受盡恥辱的爸爸
無能為力到認為是自己害家人坐牢的爸爸
他感覺也許是自己造成孩子的苦難
他感覺也許是自己摧毀童真的夢想
一個悲痛欲絕急速衰老的爸爸。

我躺在床上覺得頭痛。也許是因為太陽，也許是脫水。那些瓶子裡溫熱的水根本無法解渴。我想著妮露和她的家人，我想著此刻在數千公里外的諾魯島上的孩子，那些被直接送到寂靜大洋中央的孩子。我思忖著帕妮雅的命運，她是**褐眼菲魯茲**的女兒。那家人跟我們搭同一艘船過來，熬過飢渴交迫的七天抵達澳洲土地，旋即被放逐到島國諾魯，現在的關押處。

帕妮雅是個年約六、七歲的伊朗小女孩，頭髮紮著馬尾，有雙跟爸爸一樣的淡褐色眼睛，小小年紀舉止有禮，體貼可人。有次，約莫在第一次和第二次嘗試渡往澳洲中間的時間，我們躲在雅加達附近的一棟民宅裡，等幾天後前往海邊。帕妮雅與媽媽秀庫菲、爸爸褐眼菲魯茲、哥哥普瑞亞同行。在那兒，她為我端來一杯水，彬彬有禮地詢問：「叔叔，請問我們什麼時候出發去澳洲呢？」那聲音彷彿還在耳畔。她是那麼純真，那麼小。

最後那晚天候惡劣，風雨交加。暴雨瘋狂轟炸，重重砸在我們的小船頂上。冥冥暗夜，四下一片漆黑。我瞥見帕妮雅。她睡在母親懷裡，媽媽秀庫菲也不省人事。該死的天花板吊燈一直搖來晃去，昏黃的燈光映照出帕妮雅的臉。從我站的位置看過去，她似乎臉色發青，彷彿在母親懷中沉入永恆的睡眠。方才，凶猛的浪濤從四面八方夾擊，執意要把帕妮雅拖入海中，連同她的母親以及也睡在母親腿上的哥哥，全都拽進大海黑暗的深淵。整艘船劇烈搖晃。瘦弱的褐眼菲魯茲無法助家人一臂之力，澈底嚇壞了，他望向他們說：「我的孩子快死了。」然後光顧著哭。

現在他們全關押在諾魯共和國。帕妮雅肯定怎麼也無法理解自己歷經的苦痛、為何會過上這種人生，這種即使意志最堅強的鐵漢也不堪摧折的人生。她不懂為何建監獄，不懂為何一個手無寸鐵、毫無惡意的孩子要被關在裡頭。她不懂自己為何必須被囚禁。

過去幾天折磨我們的悲傷再度湧上心頭
悲傷再次重重壓迫
疑問再次衝撞我的理智邊緣
澳洲政府為何要放逐年僅六七歲的小女孩？
澳洲政府為何要將他們囚禁起來？
他們究竟把孩子關押在何處的牢籠？
孩子們犯了什麼罪？
還有成千上萬的問題沒有解答
成千上萬的問題令我更加頭痛
頭痛欲裂。

那支該死的電扇持續無意義地旋轉。我渾身大汗淋漓，索性脫掉上衣。然而不管怎麼調整躺臥的姿勢嘗試入睡，半邊身體仍浸在汗水中。背向電扇，胸前肚腹就變得溼透，轉過身平躺，電扇必定會吹乾黏附身上的汗滴。我的身體已流失太多水分，乾去太多汗水，皮膚所有毛細孔都堵塞——我感覺快窒息了。我的長髮髮根濡溼，頭皮開始發癢，脖子被我抓得發痛，而且我確定，上面堆積的棉屑已跟皮屑揉在一塊兒變成紅色。

總是如此
這些時刻
每當人一頭痛
而悲傷冒出頭
每當悲傷翻湧
噩夢的氣味便撲鼻而來
無情地重壓心頭。

§

我在一艘大船上
貌似英國油船的大船
就像搭救我們過來的那艘船
大海中央有一座小小的鮮綠的豐饒小島
危險的浪濤四面八方圍繞
小島在搖晃

海浪的撲打令它顛簸
一如暴風雨夜的那艘破船
那艘被凶狠海浪吞噬的小船
島上有孩子
孩子們嚇壞了
高舉手臂
向我呼救
島上矗立著高挺的椰子樹
孩子用手臂環抱高大光滑的樹幹
我靠近
看見妮露
她穿著一件綴滿花朵圖案的衣裳
黃色與紅色，一如椰子樹旁的花叢
帕妮雅也在
頭繫馬尾佇立
還有其他不認識的孩子

島嶼變得越來越小，越來越小
海浪翻騰得越來越高，越來越高
大浪將妮露與其他孩子吞噬
只聽見他們的聲音
不論我多想縱身跳入浪濤間，卻動彈不得
如一根僵直的鐵釘，絲毫動彈不得
小島沒入海浪一圈圈的渦漩
孩子仍在島上
小島沉進大海深淵
手牽手相連的椰子樹也難逃滅頂命運。

我半夜驚醒，頭痛欲裂，持續運轉的風扇已將周身汗水吹乾。我打開燈，非得點根菸不可。我讀起腦袋旁邊牆上的一段文字。是妮露寫的。她用幼兒的筆跡寫了些什麼。

「老天爺，行行好，帶我們去個好地方吧。親親。」

六、流浪的科里人登臺獻藝／倉鴞監視

日子沒有任何計畫
茫然迷失方向
依然困於驚濤駭浪的心
在新的平原尋覓安詳
但是監獄的平原有如通往拳擊館的走廊
無所不在的溫熱汗臭逼得所有人發狂。

流放到馬努斯島後已過了一個月。我像是被扔進未知國度的一塊肉，跌入這汙穢燠熱的牢獄中。我跟一大群人同住，他們個個帶著刻劃憤怒、滿是敵意的臉孔。每星期都有一兩架飛機在島上的破爛機場降落，載來大批大批的人。下機幾小時後，他們就會在其他流放者震耳欲聾的鼓譟聲中被丟進監獄，一如綿羊送入屠宰場。

新人抵達之際，監獄的緊繃氣氛到達最高峰，人們彷彿發現入侵者般緊盯不放。他們送到福斯監

獄的主要原因是這裡空間大，給新人的帳篷可以搭在偏僻的角落。西側，還有兩棟監獄相對而立，名為德爾塔和奧斯卡。不過從福斯監獄只能望見德爾塔監獄，看上去就像個籠子或擠滿蜜蜂的蜂窩。這兩棟相鄰的監獄裡沒有一丁點可容活動的空間。監獄意味著身體的對抗，人類血肉之軀的衝撞，是人與人呼吸的摩擦，而吐吶的氣息散發大海的味道，那趟絕命之途的味道。

福斯監獄內，有近四百人關押在不到一個足球場大小的區域。一排排寢室和走廊之間流竄著這群權利被剝奪之人，自四面八方來去遊走。飢餓不堪的人們製造各種騷動、挑釁、震耳欲聾的喧鬧，構成獄中的氛圍基調。每個人都互不相識。這裡就像瘟疫爆發人心惶惶的城市，群眾狂躁不安，恐怕就算有一人站立不動，也會被人群拖著走。

§

人們的外表反映內心極度的緊張，目光永遠在打量對方。我們之中有一群人，儘管早已遠離在家鄉繁忙市場營生的日子，如今依然把人視為商品，也就是幾乎毫無價值的東西。被囚者四處遊蕩，茫茫不知所向。這些根植於各自特定的國家與文化的男性身體，還需要很長的時間才可能和睦相處。

監獄如同一座動物園，住滿各種不同毛色氣味的動物。這些雄性動物一整個月摩肩擦踵，塞在泥土地面的牢籠裡。獄中人數實在太多，多到有種他們是棲在樹枝上、坐在廁所屋頂上聊天的錯覺。每個角落都是人，甚至擠到廁所後面的小泥坑邊。等到日落時分，氣溫稍涼，椰子樹葉開始隨風搖曳，監獄營區才變成適合散步的地方。大多數人喜歡離開自己的房間。這段時間總有幾個年輕小伙子大聲喧嘩，希望主導群眾鬧騰的聲量樹立威信。這座人滿為患的叢林裡，人們透過獨特的方式建立關係。

獲得地位最簡單的方式就是認同某個群體。亦即，加入其他你認為擁有同樣身分、經歷過同樣處境的人。這麼做的動機只有一個：逃離足以將你擊潰的虛無與恐怖感。依賴團體或集體身分認同掩蓋了孤獨，提供某種逃逸路徑，或捷徑。此種集體性首先透過一同乘船渡海的經驗成形。那段艱辛路途衍生的恐懼與痛苦如此深烙於心，使他們可以本能般與渡海旅伴建立群體認同。隨著時間流逝，團體認同的基礎從渡海經驗逐漸轉向其他標誌，例如：語言和民族。一段時間過後，團體的基礎演變為單一標準，即一個人的出身：阿富汗人、斯里蘭卡人、蘇丹人、黎巴嫩人、伊朗人、索馬利亞人、巴基斯坦人、羅興亞人、伊拉克人、庫德人。

幾個月後大家開始交換寢室。被囚者向自己的同胞與說共同語言的人聚集。於是我們小小的監獄進行著某種內部移民。久而久之，共同渡海的經驗漸漸不具關鍵地位，取而代之的是共同語言的重要性。(儘管如此，共同渡海的人在整段獄中歲月仍會堅持彼此的革命情感。他們會不斷互相提醒，別忘記那段經歷形成的兄弟情義：「要記住，我們是GDD／MEG／KNS。」渡海的共同創傷始終流倘於我們的血液，每一段海上流浪都創建一個新的想像的國族。）

此類群體的形成有時會衍生惡鬥，不過通常能回歸理性，讓對峙順利平息，絕不至於演變到過於嚴重或危險的地步。由於凶險的渡海經驗帶來的幻滅與憤怒縈繞不去，餘留的攻擊性容易在被囚者互動時擦槍走火。發生爭端的主要是伊朗人和阿富汗人，兩方結仇的根源由來既久且深，有翻不清的歷史舊帳。伊朗人往往表現出某種國族優越感，阿富汗人則嚥不下這口氣。幾個月來的發展漸漸向所有人證明，治理監獄的**君尊體系**[10]原則是在被囚者之間挑撥對立，深化彼此的仇恨。監獄藉以長期鞏固權力並管束被囚者遵守秩序。封閉的圍牆建築遂行強大宰制力，連最凶殘的暴徒也能予以平定——然而監禁在馬努斯島的難民本身即是暴力的犧牲品，我們不過是尋求庇護就遭到關押的普通人。在此脈絡下，監獄最大的成就或許在於操弄人與人之間的仇恨情緒。

長時間下來，馬努斯監獄發生的種種事件證明了兄弟情義是被囚者僅有的慰藉，他們只能對這些兄弟傾吐個人的苦痛。時間越久，這種情感便越深化，進而支撐著監獄生態。在這裡，被囚者受到更嚴密的檢視，對於細微變化的察覺能力有如只能仰賴嗅覺的盲鼠一般敏銳。

10｜The Kyriarchal System，「君尊」（kyriarchy，或譯君權）一詞由女性主義理論家費歐倫薩（Elisabeth Schüssler Fiorenza）於一九九二年所創，用以描述建立目的為宰制、壓迫與臣服的互聯社會體制。使用此詞彙指稱澳洲拘留制度背後的複雜結構，首字母全部大寫（中譯以粗體呈現）的作法則意在將體制擬人化，突顯其具能動性（agency）。請參照譯者附註及附文中對該詞更深入的闡述，及其對貝魯斯思想的意義。

我們四百人

遭受嚴密看守的四百個失落靈魂

四百位囚徒

期待黑夜到來

……於是便能離開

……繼而進入噩夢之淵。

我們是幽暗洞穴裡的蝙蝠，最細微的震動都教我們驚顫。每天，我們漫無目的反覆步行約一百公尺的距離，走得精疲力盡，就像被迫只能以不切實際且徒勞無用的單一划水姿勢，游過充滿腐臭味的泳道。夜裡，比季風更惡劣的絕望景象吹散所有夢想，一切都在苦澀的噩夢中腐朽敗壞。

除了封閉的監獄圍牆製造的壓迫折磨，每名被囚者也在內心築起小型的情感監牢，尤其在絕望和被剝奪感達到頂峰的時候。大多數被囚者會頻頻審視自己的身體，藉以衡量自我的強健程度。他們繼而發展出破碎化的身分認同與扭曲的自我認知，以至於習慣對他人嗤之以鼻、冷嘲熱諷。這即是監獄**君尊體系**的目的所在，迫使被囚者互不信任，變得越來越孤獨、越來越孤立，最後崩潰消亡，達到監獄**君尊邏輯**[11]的勝利。

§

獄中沒有任何活動可打發時間。我們只是被丟進籠子，被迫穿著可笑的鬆垮服裝，如此而已。連打牌也是禁止的。在L走廊，有幾個人弄到一枝油性麥克筆，在一張白色塑膠桌上畫了雙陸棋（backgammon）的棋盤，用水瓶蓋充當籌碼開始玩。幾乎同時，一批獄警和便衣警衛衝進L走廊，制止遊戲進行。他們用粗體字覆蓋寫上：「禁止遊戲」。這些人一整天的職責似乎就是把被囚者澈底搞瘋，讓他們只能互相大眼瞪小眼、鬱鬱不樂。

試想像，有四百人被集體棄置在汙穢不堪的蒸籠裡，渡海的夢魘餘悸猶存，耳中還迴盪著駭人的浪濤聲，眼前仍有破敗船隻的畫面揮之不去。若只是彼此交談，他們能持續多久？同一段百公尺的距離，他們有辦法來來回回走多少趟？監獄有一條不成文規定：無論是誰，入獄時隨身家當須盡數沒收。連要拿到一本筆記本、一枝筆都沒辦法。對於從未被監禁過的人來說，這簡直生不如死，直把你逼到瀕臨瘋狂邊緣。

天氣熱得令人奄奄一息。陽光穿透監獄的每道空隙，不到中午，我們的身體就開始顯現日晒的痕跡。太陽像是與監獄串通好似的加劇被囚者的痛苦，陽光如施暴的棍棒落下。有時，酷熱到連盯著監獄圍牆看也要膽顫心驚，因為你能感覺到金屬變得多麼炙熱燒燙。然而人能憑藉心靈的力量離開牢

11｜Kyriarchal Logic，體系的邏輯也採取首字母大寫（中文譯文粗體）的寫法，同樣是為了賦予能動性，以擬人化的形式呈現結構性暴力與系統性施虐的運作機制。請參照英譯者附註與附文中的詳盡說明。

籠，想像圍牆另一端樹蔭下的涼爽，甚至感覺到沁涼怡人的溫度。與此同時，我也感覺到黏答答的汗水漫進身體最深的每處孔縫。

汗水聚成小溪
汗水擁有自我意志
汗水奔流自然而然漫無目的
汗水滲入臀部與關節附近的溝縫
汗水川流不息
一切最終抵達你的屁股和腦袋裡。

孤絕與靜寂之於我是求之不得的至高饋贈。眼前這些被囚者藉由無意義的叫囂嬉鬧與同伴打成一片，但我渴望的是創造，我寧可自我孤絕，投入富有詩意與宏大想像的創作。我很早便意識到自己是群體中的異類，格格不入的我必須時時忍耐，這感受促使我退出。離開他們是有意識的決定，這些人踩到我的雷了。

多年後回顧這段時光，我會看見自己宛如一棵根深柢固的椰子樹，頭髮隨狂風飛揚。

我獨自一人
環顧四面八方的川流人潮
抵達，離開，再抵達，再離開
荒謬與困惑周而復始
完全迷失
我像是一隻狼忘了自己是狼
只留下牠的視角
那細緻的感受，靜謐的直覺
那生命內核的火焰
每當有人破壞我的獨處，我的血液便忿而沸騰。

我對當前的處境得出一番領悟：唯有發揮創造力的人，才能戰勝監獄施加的苦難。換言之，那些藉由哼唱旋律，藉由想像監獄圍牆之外、這座蜂窩之外的世界，來描繪希望輪廓的人，才能生存下來。

除了在片刻的寂然獨處中，想像全身赤裸靜立於蒼鬱叢林的環抱，一個囚徒還能冀望什麼？

除了感受涼風徐徐吹過糾結髮絲編成的密網，還能期盼什麼？

那些日子裡，這便是我最渴切的夢想。

廁所是一個我希望能短暫獨處的地方。但即使在那裡，永遠會有某個混蛋在隔壁間用可怕的嗓音唱歌；或在廁所門的另一側，會有排在隊伍最前頭的人等著跟你交換位置；當然，隊伍中的其他人莫不希望你趕快了事，好讓他們在你片刻的寧靜祥和上傾倒自己的穢物。有時有人會對門狂捶猛踢，一邊提著他的老二說：「老兄你給我出來，我膀胱要爆了！」你無處可逃，沒有一刻不感覺到他人在場。不過隨著時間流逝，我漸漸學會如監獄裡的椰子樹般與世孤絕，獨自靜立。

剛開始，總會有些討厭鬼像牛蠅一樣鑽進我的耳朵。他們鑽進我的耳朵，在我平靜無波的腦海攪和一番，從另一耳出去後在外面徘徊一陣，然後又再鑽進耳內，在我腦中盤旋。無數的牛蠅持續飛繞不去，這種形式的折磨永遠存在。每當我想抬起腳靠在監獄圍欄上，其中一隻牛蠅便會立刻跳上前打斷我的平靜時刻。他們如銳利的尖刺將我的美夢割碎。或許這種人一見別人在椅子上就覺得必須趕緊砰的坐下，然後悲觀的絮絮叨叨毀掉你美好的獨處時光。後來，別人才漸漸瞭解我的想法脾性，明白我需要一個人的時間。

傍晚將盡時，監獄沒入叢林的幽暗與海洋的闃寂，彷彿一名令人生畏的東方女子，以長髮將監獄營區籠罩覆蓋。

我們全都變成漆黑的影子，四處搜尋光的碎片，而我在香菸的餘燼裡發現自由。每當夜幕落下，我就走過那段百公尺距離來到圍牆邊，抬腳擱上柵欄，在圍欄裡面吞雲吐霧，做我的自由夢。有時抽菸的解放也包括在腦中想像一名杏眼女子，藉以對抗這座軍事化監牢的暴力對待。此類幻想毫無來由，唯一的目的只是在我渾身冷汗坐著發顫的時候占據我的思緒。我鄙視這些滿足官能的愚蠢念頭，於是再度將自己拋入內省的世界，沉浸於這個充滿神祕與喜悅、屢屢教我驚奇的國度。

我在兩個截然不同的世界之間拉扯。監獄的暴力如此離奇而陌生。我們被丟到遙遠的孤島，然而散發死亡惡臭的渡海夢魘仍縈繞不去。我們焦慮不安，憂心如焚，卻無法做任何事平復。我覺得自己像被多重人格掌控：有時候藍色的念頭招搖橫行，有時候灰色的念頭大舉入侵。其他時候，則分不清思緒的顏色。

我想我能仰賴的唯有平靜悠揚的唱誦聲，那輕柔的民謠吟唱將我全副心神帶回庫德斯坦的寒冷山間。在馬努斯島夜裡經歷的驚愕與恐怖，有股將每個人拋回各自遙遠過往的力量。這些夜晚掘出我們內心深埋的哭泣歲月，揭開陳舊的傷口；夜晚穿透存在的每個角落，引誘出苦澀的真相；夜晚迫使受囚者自我控訴，因傷痛而淚流。

無意義的反覆掙扎是被囚者的每日例常，因此每個人除了回憶童年之外別無其他事可做。這種內在的追尋與戰鬥使蒙塵的過往碎片永恆不朽。不得已的孤寂狀態使每個人必須承受一幕幕足以摧毀任何人的內在漂流的煎熬。心靈的奧德賽召喚出被貶謫至無意識中的黑天使與祕密，如咒語般將每位被囚者內心日積月累的難題、糾纏不休的仇恨都攤在眼前。這些對任何人來說都是難以下嚥的苦藥，何況還要忍著灼痛的胃去消化。

監獄讓一個人最懼怕的是孤單
這是監禁生活最驚人的弔詭之處
時間在你眼前消融
或許還永遠疊上成千上萬張臉孔
笑容、啜泣、眼淚
以及苦澀的夢。

被囚者是徒具心智的肉塊，永遠在最晦暗陳舊的一幕幕往事之間徘徊。有時候，某個畫面會突然從心之迷宮的最深處浮現。他必須面對這似曾相識的場景，自己撥開層層迷霧，並且為了讓影像淡去或澈底消失，從此展開一場可能花費數月才得以平息的戰鬥。被囚者的心靈涵納各種時而相互矛盾的畫面，他的人生觀與歷史構成了這些場景。被囚者為自己的過往所困，這些單獨的事件全都在獨處與寂靜的時分於無意識中成形。然而，卻也消抹了他的自我意識。

或許最值得活的人生是孤獨的那種
寂靜，活躍而輝煌的那種
但那是多苦澀的人生
人生何其壯麗
人生何其可怖
當囚犯踏上異邦領土，他從孤零零的監獄圍牆上映射的寂寞
看見了自己，孤單的自己
美妙的世界轟然崩毀
或也許靜止不動
但囚犯必須決定自己的命運
接受此種人生以及眼前浮現的千萬張臉孔畫面
孤寂悄悄鑽進他的皮膚
直到猛然驚覺孤寂籠罩
他赤身裸體
彷彿最後一個人類代表

他必須回答人生難題
他必須揭露身分職業
他必須回答他為何失落，為何困惑
為何緘默不答
人心本是監牢
他的存在如一塊被劈碎的乾木
狠狠砸到荒瘠大漠之上
他是一艘爛朽的小船
驚恐萬分的小船——沒有槳也無人操控——
漂流在寂靜的海洋
牛奶色的海洋
天空灑滿萬千星斗
漫至最深的宇宙
星星閃爍
星星向他挑戰

地平線透出血的顏色
這景色充滿奧妙
飽含神祕、疑問與考驗
這地方似乎會讓囚犯無意識行走
直到他遇見經歷同樣苦痛的人，尋到了庇護所。

這是利用人多勢眾，藉著震耳欲聾的無意義喧嘩來逃離孤獨，尤其讓自己遠離鮮少有人能夠承受或掌握的恐怖感。恐懼促使人躲進騷動喧鬧之中，而他們心知肚明這不過是自欺。這裡是監獄，要能接受監獄的矛盾弔詭就必須獨處，光是大吼大叫轉移注意力毫無幫助。我們渴望的是童真的喜悅，是神祕的擺動，是自由無拘的韻律，是藉由跳舞釋放與解脫。

這些夜晚，L走廊的盡頭總是設置了一個舞蹈表演舞臺。大多在晚餐後，二十多歲的伊朗小伙子梅薩姆[12]——綽號「妓女」——會呼朋引伴在此狂舞數小時。他彈奏木製的冬巴鼓，演唱歡快的歌曲，由於擅長滑稽表演加上舞動時恣意展露自己的身材，為他博得「妓女」的暱稱。這稱號像是別人

12｜Maysam，阿拉伯名，也是伊瑪目阿里（什葉派第一任伊瑪目）著名隨從之一的名字。此名具有強烈宗教意味，通常為信仰虔誠的家庭所用。

為他別上的臂章，但我不認識這些人。

妓女梅薩姆擁有吸引群眾簇擁的特殊魅力。我想這種特質部分繼承自伊朗科里人（kowli）的民族靈魂，四處流浪的科里人擁有在陌生城市的街頭表演舞蹈賣藝的生活傳統。當梅薩姆的友人從監獄角落拖來一張白色的大塑膠桌，放在他位於L走廊的寢室正門口時，便在向牢裡四散閒晃的無聊人們宣告：今晚的舞臺準備就緒，跳舞玩樂的時間到了。如同職業馬戲團演員或街頭劇團的助手，他們會邀請所有人參加，伴隨著鼓掌以及古怪但有時挺滑稽逗趣的動作。所有人都歡迎加入在L走廊盡頭上演的活動，所有人都聚攏在那張白色塑膠桌的周邊。表演以這種形式進行，每個安排無不展現精湛非凡的技巧。表演者清楚知道該製造什麼聲響，利用桌子的哪個位置、手掌的哪個部位、敲打鼓面的哪一點能發出最吵最響亮的聲音。

這些人生來就是讓別人受罪的。他們小時候肯定是那種會莫名丟石頭打破鄰居家窗戶，或在酷暑中挨家挨戶按門鈴然後逃走的孩子。然而，這種愛起鬨的獨特特質替他們在獄中贏得某種好感，甚至為他人帶來啟發。他們的創造能量源源不絕釋放，直到震耳欲聾的多重聲道響徹整座孤絕的監獄。他們唯一的任務就是把監獄每排房間的各個社群全都喊來L走廊；所有人也都知道，這番鬧騰背後只有一個目的：為妓女梅薩姆開場。

他們主要運用原始的風格，融合鼓掌、有節奏的敲打桌子，然後大聲吆喝呼告。每次約有三到四人合作進行，個個激動狂熱。他們繼續快節奏敲打桌子，終於，有一人用街頭語言宣告：「來來來，各位看倌，各位好獄友，腳步快起來……」如此一致重複好幾次。

不過數分鐘的時間，L走廊就擠滿一大群人，目光全都熱切注視著那三、四人。一旦人潮開始聚集，某種競爭也隨之展開，他們個個使出渾身解數表演，激烈的程度，讓起初配合無間的和諧最後完全蕩然無存。每個成員都試圖展現個人獨特的風格，爭相成為舞臺的焦點，他們的聲音彼此交融在一塊，無法分辨誰是誰。

有些時候，瞎鬧中夾帶的激情甚至感染了觀眾，受鼓舞的人跳上前與表演者一起敲打桌子，或嘗試滑稽的舞步吸引眾人目光。人們藉著沉醉於此刻的歡樂自我蒙蔽，豁出去醜態畢現的模樣如同派對上酣醉的人。他們彷彿在哄騙自己相信這是一場貨真價實的慶典，有其真實的舉辦目的。表演出現之前會到L走廊走動的都是伊朗人，但現在其他人也來了。許多人鼓起勇氣加入聚會玩耍跳舞，並透過這些經驗意識到某件事——他們開始將表演視為自身的映照。

有些斯里蘭卡人或蘇丹人挺喜歡這些活動，也表現出濃厚的興趣，他們站在遠處關注演出的進行，彷彿在街尾觀看一場熱鬧得人都溢出屋外的家庭慶祝活動。在近距離參與之前，他們似乎難以感受到密切的個人連結。

與此同時，澳洲獄警一臉輕蔑地監看著亢奮無比的人群。這說明了澳洲獄警與被囚難民之間的社會互動關係。澳洲人的態度混雜了厭惡、嫉妒和野蠻，群眾也察覺到了。有時這一點反而更刺激觀眾大聲歡呼鼓譟。對他們而言，這樣的偽歡慶活動是激怒警察的大好時機，他們得以藉此與監禁自己的人作對，透過近乎幼稚的挑釁舉動表達復仇的渴望。這是被囚者所能擁有的力量之一。

監獄**君尊體系**的設置目的在於製造痛苦。歡慶的場面因而成為某種形式的反抗，像是在說：「沒錯，我們沒有任何罪名就遭到囚禁和放逐，但你們這些混蛋看好了……看我們多開心、多快活。」然而這也是所有人類慣用的老把戲，亦即，藉著自欺欺人逃離恐懼。表演如此自然而然展開，被囚者自己都忘了其實沒有合理的慶祝原因。

人類總會找各種理由聚在一起。慶祝活動往往伴隨結婚、生日、畢業等時刻舉行，如此慣習在集體記憶中根深柢固，形成幾乎不得不然的強制性。

就被囚者而言，他們不需要解釋自己為何開心、為何慶祝，他們不需向任何人說明。就算有人走上前大聲嚷嚷：「你們這些白痴，有什麼好高興的？幹嘛跳舞，還扯破喉嚨唱什麼歌？」恐怕只會聽到一種回答：「我們慶祝的理由跟別人沒有兩樣。」

被囚者跳舞，因為他們必須跳；他們藉由跳舞挑釁將他們放逐監禁的人。此舉確實激怒了澳洲人。有時警察的對講機通話會充滿困惑，因為他們不明白這些被囚禁且嘗盡羞辱的難民為何還在歡聚舞蹈。令他們更加惱怒的是，他們沒有任何理由強行打斷節目，無法像破壞雙陸棋遊戲一樣，在桌面寫上「禁止遊戲」就抹除一切。

喜悅、恐懼、仇恨、嫉妒、復仇、挑釁，甚至善意，一切全都相互連繫，圍繞著妓女梅薩姆流轉，而他反叛一切。他的高人氣背後沒有祕密，唯有全體難民日積月累的辛酸，透過他有節奏的舞動迸發釋放。他像一面鏡子，讓被囚者看見自身的倒影。他在肌肉張弛間展現過人的勇氣與創造力，以肉身挑戰監獄的君尊體系。他迷人的反叛形式對被囚者產生巨大吸引。這個擁有男孩般五官的男人，運用自身的特質宣揚詩意，嘲諷這座孤絕監牢的一切嚴肅性。妓女梅薩姆的精神，與監獄沙漠的孤獨與恐怖形成強烈對比，猶如一份給被囚者的獎勵，一種以集體回應為形式、透過被放逐之人通力合作獲得的禮贈。他們抓住了這份禮物，並且緊緊不放。

觀眾的熱切期盼達到最高潮的那一刻，妓女梅薩姆以史詩英雄般的王者之姿登場。他對自己的肌肉力量自信滿滿，彷彿剛在競技場痛宰對手贏得觀眾滿堂彩。他是備受歡迎的走鋼索人或魔術師，每位觀眾都為之著迷。他從L走廊的最後一間房現身，步入滿場喧騰，迎向凝聚在他身上且唯他獨占的歡聲雷動，舞起來直到擄獲每一顆心。他精準拿捏登臺的時機與風格，儼然大師級的示範。他的舞技出神入化，每踏一步就引發更熱烈的喝采。他是群體的精神所寄，是一個溫暖而誘人的謎。

他每晚換穿不同風格的服裝，顯然全盤思考了表演的各個面向，包含服裝設計。負責炒熱場子的幾位無疑也充當他的表演助手，他們的臉上閃耀著喜悅興奮的訊息；而當妓女梅薩姆帶著豐富的手勢與表情進場，他隨即融入舞團同伴的熱情當中，他們全都鼓勵他放開來大膽演出。

有一晚他扮演的角色是宗教領袖。他戴著宗教頭飾，身穿一襲長袍[13]進場。舞團用一張藍色床單製作長袍，並在側邊設計了幾道美麗的開衩，頭上纏繞的則是同樣材質的白色頭巾[14]。完完全全是對阿訇[15]的嘲諷。有別於通常蓄著長鬚並引發人們對地獄恐懼的一般宗教領袖，妓女梅薩姆光滑無鬚的臉龐看起來宛如活生生的天使降臨。

全場爆出尖叫，歡聲雷動。場面的混亂極具爆發力，觀眾恐怕也不清楚他是如何從房間踩著舞步移動到被人群包圍的桌子處。他的身體大部分被那套既滑稽又優美的服裝遮掩，但仍若隱若現。妓女梅薩姆的表演方式包括在桌邊以驚人的速度舞動，展現高超的扭腰擺臀動作。妓女梅薩姆選擇跳快節奏曲子的原因顯而易見：為了拉近觀眾的距離，一同征服他們經受的百般折磨。舞團的另外三、四人在手部動作和聲音方面使出渾身解數，直到領先觀眾一步，亦即，更靠近妓女梅薩姆的舞動並與他更密切合作。他們即興創作曲子，甚至試圖掌控節奏；他們盡最大努力和聲伴奏及搶鋒頭，但妓女梅薩姆才是演出的主角，他們只能配合他的舞蹈拍打桌子或唱和。一旦妓女完全掌握觀眾的情緒，他便一個動作躍上桌——一名宗教領袖在臺上跳舞，四周圍繞狂熱的觀眾，這畫面充滿幽微的細節與衝突。

舞個幾分鐘後，妓女梅薩姆開始扮演起布道者角色，要求底下的信眾安靜。他宣告：「由於我們是被囚禁的男人，而且獄中沒有女人，此刻起，我特此准許男人的同性性行為。」[16]這句話颱風般在全場掀起如雷爆笑與歡呼。歡樂的氣氛到達頂點，妓女梅薩姆再次快節奏跳舞，觀眾隨著擺動，一邊鼓掌及喝采。

表演尚未結束。妓女梅薩姆以誇張的動作緩緩解開頭巾，丟向觀眾，接著將教袍扔到角落。全場瞬間目瞪口呆，盯著他近乎赤裸的身體。當晚他穿的內褲格外張揚，那是一件紅色的男性內褲，兩側挖空高衩，褲子塞在股間，像是女性丁字褲的穿法。這個動作再度引爆全場，屋頂差點掀翻了。這就是他博得妓女暱稱的原因，在獄中監禁的整段期間，他都頂著這個封號行走江湖。他這個人嘲笑一切事物，而他的存在、他的歌與舞，讓我們暫時忘卻了監獄的暴力。他是獄中的超級巨星。

只有夜間演出還不夠。你也可以在排隊用餐的長龍中瞥見他以阿訇的形象優雅現身。他會準備滑稽的道具逗得獄友捧腹大笑。想像一位宗教領袖模樣，嘴上無毛，身穿教袍的人，站在長長隊伍裡面的景象。他甚至用不著說一句話，光是站在那兒就足夠引起別人的興趣。最重要的是，他將可憎獄警的注意力轉移到自己身上，直接對抗只想餵肥待宰羔羊的體系。他只要說一個字，我們的生命便如獲甘霖。

§

監獄內除了在圍牆和走廊間來回遊蕩的被囚者，還有其他人在裡頭徘徊。監獄的部分區域受到G4S的人監控，G4S是一間負責管理監獄秩序的保全公司，該公司的警衛會針對一些被囚者嚴加控管。或許我該稱呼他們真正的名字：混蛋保全公司。我可以想出更多稱號，不過這最合適。或許也可

13— abā，在伊朗宗教學者穿著的長袍。

14— amāma，伊朗神職人員佩戴的頭巾。

15— ākhūnd，伊朗常見的神職人員之一。

16— 同性關係與性行為在巴布亞紐幾內亞屬違法，最多可處十四年有期徒刑。在伊朗，有同性關係或性行為者可遭監禁，被迫接受各種醫療措施，或面臨體罰及死刑。

以叫他們看門狗或攻擊犬。他們每人腰間都佩有對講機。三不五時，好管閒事的警衛就從口袋拿出隨身攜帶的小本子塗寫。每個人、每件事都要記下。他們的工作準則就是當個混蛋。要在一個必須討厭每個人的地方工作，你得是澈底的混蛋才行。

從第一天起，他們的工作價值就獲得褒揚：「你們是保衛國家的軍隊，這些被監禁的難民是國家的敵人。誰知道他們是誰、從哪裡來？他們搭船入侵了你們的國家。」情勢對他們而言是一清二楚的，在這裡，眼前所見的是從各地聚集而來的敵人。老天，你真該看看他們的眼神，多麼冷酷、野蠻、可恨。

他們分組坐在走廊盡頭，或沿著靠海的圍欄而坐，只是在那兒打發時間或若有所思。毫無疑問，他們在談論監獄裡的每一個人。他們多人目睹了妓女梅薩姆舉辦的慶祝節目，不過並未干涉。他們只是在離人群稍遠處坐著，確保大家注意到他們在場。警衛負責監控的區域是事先決定好的，每一位都坐在塑膠椅上，掃視負責的範圍數小時。監獄偏遠區域的每個口袋和角落都逃不過他們的凝視，凌厲的目光將人搜出，追蹤到底。

入夜後，監獄營區恢復自然狀態。前幾個月營區只有兩支大燈，兩側各一支，為附近區域提供光源。燈理應要照亮空間，不過光線亮度根本照不到福斯監獄。那些夜裡，封閉的監獄宛如恐怖片場景，幢幢黑影糾纏交戰，人們只能靠直覺摸索去洗手間。

一片漆黑中，警衛的到來比任何時候都令人感到被囚的無助。當他們的影子從暗中浮現，壯碩魁梧的身材似乎更顯巨大。他們如充滿敵意的野獸持續看守監獄的每個區域。他們的凝視鑿透黑暗，你似乎無從避開無所不在的掃射。

G4S獄警（在獄中我們只叫簡稱G4S）大多勞累過度，且大半輩子都在澳洲監獄工作，面對各種不同犯人。可想而知，犯罪、刑事法庭、監獄、獄中暴力、肢體衝突、持刀攻擊已成為他們每日例行公事、所思所想的一部分。其中多名警衛是退伍軍人，曾在阿富汗及伊拉克服役多年；他們曾持續在世界的另一頭發動戰爭。他們殺過人。

殺人凶手就是殺人凶手，不容置辯。我曾讀過或聽說，殺人者會變年輕，或他們老得慢。因為這種人對別人毫不關心。殺人凶手就是殺人凶手；他們模糊、放大的瞳孔流倘出暴戾之氣。我深信眼睛反映殺人者的靈魂。

我是在觀察過好幾位G4S後得出此番體會。有次，一位G4S站在血淋淋的場面前——一名年輕人在廁所內割腕。警衛轉頭對我說：「抱歉，我不懂你，也不懂這個嚇呆的年輕人。我大半輩子都在當獄警……抱歉。」這便是他所能展現的同情限度。對一個畢生浸淫在監獄暴力裡的人，你能有什麼期待？這男人的肚子極大，與身體其他部位簡直不成比例，細瘦的雙腿彷彿只是垂掛在巨大肚皮下面，像是一對黏附於軀幹的噁心下肢。這男人承認他不瞭解普通人。

顯然，他已努力鞭策自己思考此事，嘗試打從心裡擠出一點什麼，什麼都好。或許他與其他同僚之間的差別在於，他確實承認自己變成一副冷血的機器。也許他認為自己缺乏同理心的原因在於獄警這個職業。除了在這個體制內待太久以至異於常人，他恐怕永遠找不出其他解釋。

G4S 在每段班次、每個監獄的當值人數多達五十人。晚上七點，數十位 G4S 警衛會在德爾塔和福斯監獄中間集合，聽長官講話幾分鐘。由於隔著一段距離，很難得知熱烈談話的內容，只看見圍欄後方站著一群穿著相同制服的男人：被動的警衛擠在駐軍地一樣的地方，專注聆聽一位站在椅子上的男人講話。長官講完話，他們立刻變得像一排剛入伍的菜鳥新兵，靠近監獄後全體散開，直接走回被指派的區域。

他們如機器人般，聽命執行每一條監獄規定，規定同時涉及微觀與宏觀層次的控制，從最枝微末節到至關重要的事項皆包含在內。G4S 當中也有一大部分是馬努斯島民或莫士比港（Port Moresby）人。監獄啟用後，他們被召來工作。這些人先前都忙著射魚、在叢林裡鋸木，或採收熱帶水果到島上的當地市場販賣。巴布亞紐幾內亞政府與澳洲移民部之間達成的協議規定，監獄必須僱用很大比例的當地人。因此，監獄被迫僱用這些不久前還是我所遇過最自由無拘的人們。但如今，他們被吸納進**君尊體系**，被吸納進監獄結構及系統性暴力的文化之中。澳洲人試圖將他們硬塞入 G4S 的企業文化，不過他們與澳洲警衛不同，他們有著自由不羈的靈魂。他們不可駕馭，對於遵循監獄規則及軍事化邏輯並藉以維持秩序毫無興趣。他們與**君尊體系**是完全相反的兩極。然而澳洲移民部除了容忍他們之外別無選擇。他們無法被規範限制，無法被組織結構約束。他們身上散發著叢林的氣息，讓我想到海中自在悠游的魚。採收水果的人擁有驚人的小腿肌，他們攀爬過最高最原始的熱帶樹木，雙腳踏過多數人類不曾靠近的沙地。

當地警衛與澳洲或紐西蘭籍警衛之間的巨大差異顯而易見。在我看來，G4S和移民部似乎也以此為根據分派任務。當地人和來自巴布亞紐幾內亞其他地區的人無一例外都位於最低階層。每位巴布亞紐幾內亞獄警都必須遵從澳洲人的命令，不得異議。月底，他們辛勤工作整個月領到的工資只等同澳洲獄警（還是最肥胖笨重的那位）五天的薪資。差別待遇促使他們更不在乎監獄規則，至少盡可能忽視不管。

當地聘僱的獄警與澳洲獄警的區別甚至也反映在制服顏色上。當地獄警穿著紫色制服，他們的職責包括分成小組巡查監獄的各個角落。這是**君尊邏輯**制定的，彷彿一則公開訊息：「所有人必須明白，當地人在這座監獄的地位微不足道。他們不過是聽命行事罷了。」這一點形塑了監獄裡三組基本元素——被囚者、當地人及澳洲人——之間的關係，最終促使當地人與我們結盟。結盟關係當中還帶有某種友善與同理心。有時，當地人會偷偷抽被囚者贈與的菸；他們會在走廊盡頭或監獄的隱蔽暗角背著澳洲人抽菸，一邊忐忑發抖。有時，他們嚼了檳榔亢奮起來，便開始扯著粗啞的嗓子胡言亂語。

檳榔取自島上種植的檳榔樹，大小約如小番茄，被當地人當作天然興奮劑嚼食。他們會在地上把檳榔敲開，嚼食果實內部的物質，嚼了幾分鐘後和著唾液一口吐出來。他們將檳榔渣吐得到處都是，舉凡草地、垃圾桶、辦公室水泥地，毫無節制，因為這是習俗。

獄警嚼檳榔提神時，嘴巴會染得滿口血紅。常吃檳榔的人牙齒總是紅的，也就是說，幾乎所有當地人都有一口紅牙。這是馬努斯島的文化習俗。血紅色的牙齒，宛如剛埋首飽餐，從獵物屍體中抬起頭的掠食動物。我初次跟一群當地人同坐時，感覺就像被真實的食人族團團包圍。他們滿臉皺紋，鬈髮，滿口血紅的咧嘴笑，所以澳洲人才希望藉此嚇唬我們。

如此和善的人民可能是食人族嗎？這些當地僱用的獄警特別親切好相處。這副好心腸反映的獨特特質，來自於自由的天性與不受法律約束的行事作風。他們的存在使監獄生態形成較好的平衡，不過也因為他們到來後人數增加，空間隨之更為侷促，環境變得更令人窒息。

監獄裡瀰漫著強烈的畏懼與宰制感，這種陰魂不散的感受滲透了一切事物。夜晚最深、黑暗最濃之際，你會格外意識到圍牆的力量。被囚者的呼吸吐出原始的恐懼、深沉的絕望，他們緊抓噩夢不放，雙手深深環抱住噩夢，彷彿試圖藉以抵抗即將席捲廊道的狂風。監獄的盡頭持續籠罩著沉重的寂靜，這是一位形銷骨立的囚徒僅有的庇護所。

所以我在這兒，靜靜抽著菸。這時間連老蟋蟀都睡了。我看見監獄上空的椰子樹，它們好像在飛，好像涼風吹散的囚犯的頭髮。但是螃蟹還在沿著長長的圍欄覓食。

妓女梅薩姆經過黃昏的演出，又繼續跟那群特立獨行的朋友鬨混，現在已經累壞了。他頂著他的鷹勾鼻，在汗水濡溼的床鋪睡著。噩夢自存在的深淵升起，占據男人們。

從海中上岸的蟾蜍在圍欄底下找到溫暖溼潤的落腳處。一隻隻蟾蜍閉眼歇息，進入冥想狀態，一個神奇的平和之境。

此時在監獄一個幽暗角落，P區的落水管下方，站著一位臉色紅潤的白髮獄警。他完全靜止不動，直視前方，猶如一隻看守著監獄的老倉鴞。夜裡這個時間，巴布們[17]已完成手邊工作，坐在塑膠椅上小聚，一雙雙疲倦的眼睛布滿血絲。他們在等待早晨來臨，等待公司的巴士載他們朝不同方向駛去，回到叢林裡各自的小屋。

接下來幾個月，偽裝的慶祝盛會終究敵不過監獄的壓迫力量，抵抗不了寂寞與絕望。隨著時間一天天過去，就連妓女梅薩姆也變得孤僻，狀態開始消沉。我們必須找到其他方法度過流放的日子。

§

獄中傳言四起，說有一群律師計畫下週造訪馬努斯島，唯一目的就是為大家爭取自由。希望開始在監獄各處萌芽。

有一組工作人員配備強力電鋸，正在福斯監獄的西側大舉砍樹清整土地。他們要興建什麼？說不定是游泳池呢。

17｜Papu，馬努斯島專用的男性尊稱，適用各年齡。囚禁在馬努斯島監獄的難民則用這個字不分性別指稱所有當地人。

七、老頭發電機／首相與他的女兒們

福斯監獄有六條主要廊道，每條廊道皆含以下：

兩個開放出入口。十二間邊長約一點五公尺的小房間。防蟲紗窗。四名睡上下鋪的被囚者。被迫習慣彼此汗涔涔的身體以及個人空間的剝奪。十二支面朝同方向的生鏽風扇。四十八個人。四十八張床。四十八張臭熏熏的嘴。四十八具半裸汗溼的身軀。驚懼不安。爭執不斷。

寢室內雖然極度悶熱狹窄，但還算乾淨。地上鋪木地板，但因為房間正中央聳立著巨大電扇，很難看見地面。除了住在廊道區房間的難民，還有其他被囚者被發配到營區的偏遠邊角，必須忍受糟糕的環境，成日在電風扇單調沉悶的聲響中像條狗般活著。

主廊道區和大門附近充作用餐區的大帳篷之間，似乎有延伸工程。那裡有個生滿鐵鏽的金屬結構，這座怪異的建築被稱為「P」，一端伸入營區，另一端沿著臨海的圍欄而建，形成一條陰暗狹窄的隧道：六十公尺長，三公尺寬，兩公尺高，像淋溼的穀倉般潮溼。事實上，裡面悶熱的程度比騾子的廄房更令人窒息，到處擠滿赤條條的身體，瀰漫著呼吸的異味及汗臭味。

難以置信有人能住在這種地方，更何況強行塞進了一百三十個人。

黑暗中

二百六十隻放大的瞳孔

一百三十股腐臭味

全體如急速腐爛的屍體發臭

六十支電扇

無止盡汙染空氣的老曳引機的聲音。

那裡四面金屬圍繞，人體和皮膚也同樣無所不在。P隧道房的天花板呈圓拱狀，看來就像一條真正的隧道或巨型圓管。

最折磨的是房裡瀰漫的可怕呼吸異味。每兩張床鋪配有一支不間斷呼呼轉動的電扇，電扇吹送的風既溫熱又難聞，一點用處也沒有。這些成日疲憊不堪的身體只能任由熱氣在身上流過。

電扇堅守崗位，持續發動戰爭。然而緩緩爬上空地斜坡的老曳引機發出的噪音更勝一籌。還要加上毫不間斷排放的臭氣。又是臭味。

建築師為何設計出這比例失當的詭異建築？原因不明。究竟是怎樣的思路創造出如此醜陋的巨作？隧道房內有兩排床鋪面對面排列，兩排床鋪之間的走道極為狹窄，寬度僅容一人通過。若要從隧道的一頭到另一頭，途中必須多次麻煩他人。舉例來說，某人的床鋪位在隧道最裡面那端，他想回床位時必須先在門口計算，是否有人會朝反方向走來？或者考量，會不會有人想下床離開房間？若要避免與人擦肩，得花費不少力氣調度身體。由於空間過於狹小且總是人來人往，摩肩擦踵在所難免，而在這種情況下彼此肩碰肩，讓自己的身體與另一個汗水溼透的半裸身體相觸，實在令人作嘔。

隧道房是水泥地板，地面破舊不堪，布滿大大小小的坑洞。空氣潮溼悶熱，簡直是各種熱帶蚊蟲棲息產卵的理想溫床。毛茸茸的男人並排著睡，瀰漫沖天的呼吸異味及汗臭味，這比隧道外面匯聚的汙水溝更噁心。那臭味聞似狗屁，有時還摻雜了糞臭味。

§

遇到天空雲層較平常稀薄，或只有寥寥數朵雲的日子，隧道裡的溫度會熱到足以煮熟人肉。而被囚者就如同金屬壓力鍋裡悶煮的肉塊。白天幾乎沒人敢睡在隧道房裡，即便只是躺在床上。甚至沒人想在裡面坐著，因為每分每秒都得承受那灼燒眼球的高溫。

他們有另一個選擇。被囚難民在一棵孑然獨立的老樹下找到了避難所。老樹葉片寬闊，豎立在用餐區和營區最上方某個用途不明的小房間之間。蒼鬱的老樹慷慨地伸展枝葉，蔽蔭整個區域，它像是陽傘下的涼蔭，撫慰了許多住隧道房痛苦不堪的人。有樹蔭遮蔽的地方擺滿了塑膠椅，被囚者就在那兒倚著椅背坐著。

有個打發時間的簡單技倆
你伸出手，抓住另一抹夕陽
又一抹絢爛萬千的馬努斯島夕陽
然後你伸出手，握住另一個夜
又一個漆黑的島嶼暗夜
徒勞的循環……
老樹蔭下
日與夜的流轉。

正午有段時間，天空甚至沒有半朵帶水汽的熱帶雲出現。氣溫直飆最高點。

兩顆太陽參戰
一顆從天空落下
一顆自地球升起
炙烤
灼亮

達成完全統治。

一旦太陽與地球聯手合為一體，遮蔭處就變得更稀少，被囚者只好像躲進母雞羽翼底下的小雞，全聚集在老樹的樹蔭下。巴布和澳洲獄警馬不停蹄工作，來來回回整座監獄巡視。澳洲人的臉漲得通紅，滿臉血紅。澳洲人的肥屁股大汗淋漓，股溝如奔騰的河流。似乎連墨鏡也不敵豔陽失效。至於蚊子……實在太聰明了！牠們消失得無影無蹤。這生物躲避陽光，卻在黑暗中快狠準。

有誰明白蚊子的策略性行動？只要陽光稍有消退跡象，牠們立刻大軍壓境重返戰場。多麼詭異的生物。一察覺到人體，就以驚人的速度展開行動。牠們肯定擁有某種策略推理能力，儘管應該是無腦生物。牠們怎麼可能為了攻擊人體形成一支特殊結盟隊伍，一如訓練有素的強大軍隊？尤其當你昏昏欲睡或眼皮稍沉時，牠們就來了。牠們擁有異常敏銳的能力，偏偏叮咬在你難以用手防衛的部位。最慘烈的戰區在下背部、大腿後方、耳後以及所有身體的邊邊角角或深處。在熱帶地區，被叮咬的患部可搔癢長達數星期。

無意識的抓癢
指甲深掘入皮膚
抓遍被咬的區域

犁田掘地
有時抓得沒完沒了
抓到什麼也不剩
沒留下皮膚
卻留下傷口。

抓出傷口令人惱怒，甚至比發癢還要氣人。由於空氣過於潮溼悶熱，每個小小的傷口都演變成發炎的膿包。傷口癒合後會留下永久的深色疤痕。傷口越深，疤就越黑，越難消除。

巨大的煎熬
小小的黑色印記。

我將一輩子帶著幾個這樣的美麗黑色紀念品：在腳踝處，下背部凹陷處也有兩三個。

蚊子無時無刻都是潛在的威脅。我們相信蚊子隨時可能讓一個被囚難民臥病好幾週。每天傍晚，幾位身穿橘衣的護士帶著一盒盒黃色藥丸進入營區。此時，監獄大門旁的小房間對面會立刻出現一長列排隊隊伍。然而為了擊敗瘧疾病媒蚊——擁有纖長細足，嚇人且狡猾得不可思議的凶殘生物——所做的這些不過是徒勞的掙扎。之所以說徒勞，是因為這一切基本上只是遊戲。我在此所述的內容直接出自於護士之口，且傳遍了整座監獄。

監獄的**君尊體系**誇大了瘧疾病媒蚊的威脅，好讓來自各地擔心害怕、毫無頭緒的被囚難民別無選擇，乖乖排隊領藥。而這些藥是發放給鄉村，讓吃得過撐的牛隻使用的。恐懼的驅動力如此不可思議，迫使人加快腳步決定方向。恐懼有如一座幾乎完全藏匿於水面下的冰山，是一切折磨之母。

那些混蛋護士穿著可笑的服裝進到監獄，斑斑點點的臉上帶著特有的傲慢。他們眼睛抬也沒抬，不打一聲招呼就立刻走進小房間，非常無禮，隨及在桌後坐下，迅速開始工作。

與此同時，其中一位巴布執行著澳洲人指派的任務。他在護士旁邊打開一箱瓶裝水，以便被囚難民可以當著護士面前把藥吃掉。有一群白痴難民在搗亂，只有他們才能這麼蠢。待護士準備就緒，這群人才覺得可以做點正經事。有些人在護士抵達前坐在地上，現在他們站了起來，隊伍於是整齊了。其他人原本聚在一起閒聊，也突然自律排好隊伍。這些排隊領黃色藥丸的人，他們的熱衷其實綜合了恐懼及愚蠢：對於嗜吸人血的蚊子的恐懼，以及更深層的驅使人類求生存的恐懼，加上輕信邪惡護士及監獄**君尊體系**的愚蠢。

或許當求生驅力占上風時，被囚者沒有選擇的餘地，只能天真地相信藥丸與護士。少數幾位站在排頭的人展現強烈的熱忱和信念，以及虛假的自傲。他們迫不及待從巴布手中搶過水，吞下藥丸，且立刻覺得自己與眾不同，自負的回望剩下的排隊人群。他們內心話是：「我不會在今晚死去。我有保證，今晚不會死於瘧疾。從此刻到明天傍晚，到必須再次排隊忍受死氣沉沉發臭的人群之前，我不會死。而你們全都得等到站在我這個位置時才能確定。你們受的刑包括一直站到擁有我現在的感覺為止。我是說，我不會死，這是肯定的……知道我多幸運了吧……我是勝利者。今晚，我不會死。明天，我們此地再相會。就在這裡，同樣的護士、巴布、黃色藥丸和熱瓶裝水。老天，今晚不會死實在太幸運。我身手這麼矯捷，搶到一顆見鬼的藥丸穩穩進肚，還是排在最前面幾個，簡直聰明得要命。」結果隊伍末端擠成一團的人，最後還是陸陸續續吃到藥丸離開。

排隊會引發死亡將至的恐懼。那種迫在眉睫的感受……瘧疾病媒蚊家族網也在其中扮演要角。那迫近感，棲在椰子樹頂。那迫近感，從圍牆後的灌木叢注視難民，挑選獵物，以便入夜後為所欲為。這是明擺著的欺騙。排隊毫無意義，因為根本沒有需要排隊的理由，全是白費力氣。

隨著時間流逝，加上人們日積月累經歷的變化，一切證據確鑿：這是謊言一場。如今人人都確信，蚊子傳播瘧疾的說法並無根據。並非瘧疾不存在或不具危險性，不是這樣。而是沒有足夠的案例支持需要那樣瘋狂排隊。事實逐漸明朗，根本沒人在馬努斯監獄因為被這纖纖長腿的可愛瘧疾病蚊叮咬送命。

§

在遠離P隧道的監獄東側，靠近與海岸相接的圍牆處，還有些延伸建物。有一棟殘破的建築，牆壁滿是破洞和裂縫，破洞像是用鐵鎚猛力打穿崩解的牆壁造成的，整個牆面的坑坑洞洞呈棋盤格般分布。這棟建築有個人字屋頂和四間房。

房間內部及所有外牆都畫滿卡通圖畫，似乎是為了吸引幼兒設計的。圖畫有黑色斑點的乳牛；淘氣的大象，長長的鼻子跨越每塊崩解的牆面；雄糾糾的獅子尾巴被其中一個洞遮住，不過你若循著線條定睛細看，就會發現尾巴其實穿出了洞外。幾棵歪歪扭扭的樹雖然枝幹彎折，但結滿了鮮紅果實和蘋果花。幾張臉孔分別掛著媽咪、爹地、背書包的孩子們的笑容。媽咪戴眼鏡，爹地蓄著不成比例的大鬍子。還有以不同顏色寫成的英文字母。有一幅畫描繪飛翔的鳥群，鳥兒飛在所有壁畫的最高處，接近屋頂。還有一隻身形頎長的白色鸛鳥，顏色變得黯沉。這裡似乎是前一批監禁家庭的小孩上課的地方。但現在有一群新的斯里蘭卡被囚難民住在裡面。

這個空間體現了澳洲的遺緒及其歷史的主要特徵。此處即是澳洲本身，此地即是澳大利亞。人們對廢墟總是有著不可思議的懷舊之情。懷舊感的源頭曖昧不明，就如同置身雜草叢生、老鴉群棲的荒廢墓園容易喚起某種情緒。你只要在這些空曠昏暗的房間待上一小段時間，稍微環顧四周，瞥瞥天花板和暗角，就能精確瞭解建築的結構。牆上的畫流露出一股幼兒園的氣息，圖畫在朽壞，但仍保有某種傷感。關於逝去生活的傷感。一種在建築之前相形薄弱但無可否認的情感，一種在巨大的死亡感之前如此微渺的生命感。

這棟建築最初肯定不是為了讓一群人居住而設計的。看起來頂多是戰場上軍隊駐地的小衛兵室。它與P隧道一樣都是類似兵營的倉庫建築，這麼說是有理據的。一九五〇年代澳洲強占了一大塊原為濃密叢林的土地，摧毀了叢林，繼之興建大規模的兵營。早在這個地區改建為奧斯卡監獄前，曾作為海軍軍官休閒時打棒球的場地。這些房間恐怕是五〇年代幾十個士兵在一、兩天內急就章建成的。

這些房間宛如一座螞蟻窩，除了四個主要房間之外，還有位在其他區的幾個草草建成的房間。有幾間房配有瘦窄的木門，內有僅容得下一名中等身高者的睡眠空間、垂直嵌入牆壁的棺材，沒有任何窗戶，連接天花板的牆壁也不足正常高度。或許這寥寥數間房暗藏著自身的祕密，因為它們完全鎖死了。或許房子裡埋葬著太多苦澀的回憶，最後一個鎖門的人索性將鑰匙仍到圍牆外焦躁不安的海洋深處，徒留永不歇止的浪濤聲。

死者的房間
黑暗的房間
大量的棺木
腐敗的氣味
狗屍的氣味。

這些房間只是一系列建物的一部分，圍欄緊臨大海，還有其他以藍色床單圍起的較小區域。有幾名蘇丹人將許多條床單纏繞在兩根支撐新建臨時屋頂的柱子上，臨時屋頂與原建築結構相連；他們弄了一個像是羊棚的房間。房裡臭如糞坑，因為水泥地面坑坑窪窪，露出潮溼的土壤……腐敗的土壤味又混合了被囚難民可怕的呼吸異味。除了兩種噁心氣味產生的化學混合之外，還要加上通過房間旁邊的汙水槽散發的惡臭。

空氣窒悶不堪，住垃圾堆都比這個地方好聞。起碼在垃圾堆頂總有一兩道清新微風吹過，或新的垃圾帶來不同的味道。但豬舍的惡臭是腐敗的、有毒的，一陣暈眩錯亂直衝我的腦際。

惡臭籠罩引來蚊子大軍聚集，畢竟蚊子除了定時集合之外也沒別的事情好忙。至於我，我寧可躲進自己的房間，才不想盯著一大群細小但凶殘的蚊子，呼吸糞臭居多的空氣。夜裡，我在自己房間的庇護下，緊抱枕頭。

再過去幾公尺，就是建有人字形屋頂的廁所。更精確來說，其實是幾年前棄置此處的現成木造小隔間。整座廁所約有十間小隔間，其中幾間沒有門，或者說，許多都經久腐朽了。潮溼的廁所區儼然成為藻類培養室，整塊地方都變成綠色。

廁所地板永遠處於尿液淹至腳踝的狀態。廁間實在太髒，如廁區沿地面延伸了好幾公尺。人類的毒液滲進周圍的土壤，浸透各種植物欣欣向榮生長的空間。你甚至必須先穿越高及腰部的濃密草叢才能進到廁所區域。

好幾次，我看見房間鄰近廁所區的被囚者半夜在草木間小便。他們寧願在樹叢裡找個舒服位置，趁著夜深人靜迅速幾個動作解放。有空位時，信步邁向廁所區，站定位後，快速環顧四周，一旦確定附近沒人，立刻就地撒在植物叢裡。從開始撒尿到拉上褲子中間這段時間，謹慎檢查周圍的動作至關重要，以免被人發現。脖子可就辛苦了：若要充分保持警戒，頭部必須三百六十度來回轉動，轉動過程中肌肉還得朝不同方向暫停幾秒鐘。

這種如廁形式——在人滿為患且廁所骯髒至極的監獄裡，半夜在大自然的簇擁下撒尿——堪稱樂事一樁。自由和緊張同時引發了心情的雀躍，並且伴隨著洩洪的解放感。這種解放小確幸一方面來自於如廁行為本身的滿足，另一方面則與違抗監獄的空間規訓、不需被迫在重重困難中如廁有關。在草叢撒尿完全不成問題，只需善用脖頸肌肉，迅速行動，集中精神瞄準空處，別弄溼褲子即可。

這美妙的解放感足以令人心曠神怡，安心回房。假如被囚者知道沒人會突然從廁所後面冒出，這一路便舒坦妥當。但若有獄警的目光瞥來，情況就大不相同，只消看上一眼，立刻忐忑難安。遇上這種情形，有自信的人可能會若無其事，不左顧右盼，繼續把事辦完。然而，感到尷尬的人會想終止整樁行動。只是鑑於活動的性質，決心喊停並不容易，至少在不到一秒鐘的時間內很難辦到。

有一晚我在圍牆邊抽菸，看見一個瘦巴巴的斯里蘭卡小伙子，他留著像貓一樣奇妙地往兩個不同方向翹的小鬍子。這鬍子使他顯得有些滑稽，每次排隊用餐時總是吸引住我的目光。正因如此，那晚他一出房間，我立刻注意到了。他步伐急促，直直往前，像是只有幾分鐘時間從鄰居家的園子偷顆蘋果逃走的年輕人。他從牆後疑神疑鬼的左顧右盼，舉動說明了他打算違規。事實上，他一開始就三百六十度大範圍掃視，直到終於找到理想的位置：一個他可以舒心解放的地點。

他確信沒人在附近後便跨進樹叢，將褲子褪到一半，讓屁股享受自由。他背向廚房的方向。這種撒尿方式在男人間並不尋常。一般只有小孩在小便時褪下褲子，大人會直接掏出老二。他想尿的方向恰恰是我坐著的圍牆牆腳。而我就在他的正前方。簡直蠢斃了！我說他蠢是因為，假如他四處張望的時候多注意一點，早就會發現我坐在暗處。我的菸甚至還燃著。我很驚訝他竟然沒看見我，隨後褲子脫下，寶貝兒出柙，全發生在我眼前。

我想萬一他再少根筋一點，恐怕會直接撒到我身上而渾然不覺。他大概會輕鬆辦完事，或許還一臉愉悅。無論他是更小心或更粗心，事後都不會為我倆雙方造成那麼多麻煩。他的動作如此精準熟練，整個過程宛如設計好的場景。他在我面前就定位，準備直接尿到我身上，接著就在解放前的瞬間，突然發現我坐在他前面抽菸。他一看到我，應該說他發現有人正盯著他看的當下，整個人變得慌亂無比，立刻把老二塞回褲子，像隻飢餓的流浪狗碰巧發現肉或偷了鄰居家的東西一樣，以不可思議的速度逃回他的床鋪。

隔天早上我在排隊用餐的隊伍看見他，他躲在其他幾個人後面，臉上掛著他的小鬍子躲著，嚇壞了。他沒膽面對我。前晚發生的事件顯然讓他很丟臉，且部分羞恥感毫無疑問來自他的落荒而逃。他感覺丟臉不盡然是因為在樹叢小便，也就是說，不只是因為做出某件違反常規的事。他完全明白自己不該那樣逃走。並不是說他應該繼續下去，而是他應該更有尊嚴地離開現場。

幾天過去，幾個月過去，這件事在我倆腦中反覆重演。每次四目相接就會產生一種尷尬感。這是監獄裡極度困擾惱人的狀況。獄中尤其如此，因為你無法長時間對另一個人懷抱敵意而吞忍不發。友好也是同樣的道理。監獄環境使你無法按捺心中的苦澀或喜悅。被囚者在醒著的時間要相互對眼幾十次，持續忍耐這些感受是無比煎熬。每次我們看見對方，那不快感又重新浮現。

我多次想走近**斯里蘭卡小子**，直視他的眼睛說：「老弟，我對你到樹叢撒尿沒意見。廁所髒得要命，你沒辦法只好到外面解決。」要不這樣，要不就乾脆誇大扯謊：「我也討厭廁所骯髒，有時候也會在外面上。」然而這種對話太露骨，容易製造尷尬，甚至加劇羞恥的程度。那會變得像在承認或再確認事件的發生。因此我每每卻步不前，寧可忍耐。

他每次碰見我都非常尷尬。這非我所能控制。他有理由在我面前感到丟臉或自覺暴露。只有天曉得每次他看見我時腦中在想什麼、上演何種混亂。或許他在腦中想像與我溝通，並提出各種理由解釋。但對話從未發生。我們始終沒有鼓起勇氣消弭不快，或以其他東西取代。

在監獄裡即使說聲「你好」也教人頭疼。[18] 不論是排隊上廁所或排隊用餐，在走廊區或是外面，永遠到處是人。事實上，在監獄的每個角落，人們總是注視著彼此。你永遠在他們的十字準星內。目

18　在伊朗，一般的招呼語是 **salaam**（譯註：意近「平安」）。這段波斯原文完全突顯了作者所描述的獄中問候的矛盾本質。在這樣的環境裡說 **salaam** 聽來會充滿積怨，因為該問候語本身帶有尊敬語氣及宗教意涵。

光相接時，回覆「你好」可以最快擺脫那些被迫進入你生命的人。剛開始幾次也許不至於感到負擔，但久而久之，原本表示善意的「你好」卻成為一大苦差事。大概類似家族裡，家人間必須一天到晚打招呼，或被迫擠出假笑的情況。

打招呼過於困擾，被囚者索性相遇卻假裝視而不見，有如影子般錯身而過，或像是迫於車窗起霧只能直視正前方。只要人們完全不需注視對方，不說「你好」便相對容易。若兩人之間有嫌隙，惱人的情況只會加劇。斯里蘭卡小子和我之間的氣氛變得太詭異，我們若遠遠看到對方甚至會刻意改道。我也不像以往那麼常走近斯里蘭卡人寢室對面的圍牆。

§

監獄的氛圍由各種微觀與宏觀層面的規訓手段構成，其目的在於挑撥被囚者之間的關係，製造對立。每位被囚者都心懷恨意，而在監獄裡仇恨使人更為孤立。累積的怨憤是如此沉重，導致被囚者會突然在暗夜裡崩潰，放棄抵抗……向挑起仇恨並放大仇恨的體系拱手投降……然後接受遣返。這反映了監獄**君尊體系**的基本目標：將被囚難民送返母國。圍牆的力量唯有在被囚者與之聯手時，才足以逼使他們屈服。監獄的設計旨在滋生敵對與仇恨。若監獄設計有所不同，廁所環境不至於尿水氾濫及踝，或許我們就無須面臨那晚的窘境，也不需經歷隨後的不快。

監獄的**君尊體系**使被囚者養成墮落的習慣、骯髒野蠻的行為。光是廁所的汙穢不堪就促使這名年輕人和其他許多人隨處小便；他們在樹叢，在開滿黃紅花朵的花叢撒尿。在花朵上撒尿的人尤其可憎。而這只是其中一個例子。

有時監獄的主要廁所人滿為患，被囚者不得不大排長龍等待。他們在固定時間一同用餐，因此自然而然，也會在類似的時間湧向廁所。真該死的狀態。廁所的水泥地面殘破不堪，滿是裂縫，縫隙細小卻深，填滿了日積月累的汙垢和精液。被囚者在此自慰射精，精液流入穿透地面的大小裂隙，散發令人窒息的酸敗氣味。淋浴水龍頭只是牆上的一個洞，沒錯，廁所和淋浴位在同一個小隔間裡。底下的淋浴排水溝實為一條汙水運河，挾帶從隔壁間沖過來的汙垢，將穢物繼續送往下一間。

有時這些骯髒的河道聚積了大量當天剃除的毛髮，總是冰冷的水流因而堵塞。每到排隊領取藍柄刮鬍刀的日子，便會立刻累積成堆的毛髮。刮鬍刀一個月替換不超過一次，這是因為當權者認為，囚犯取得剃刀容易自殺或自殘。因此被囚者往往滿臉鬍鬚。想像幾十個大鬍子排隊等候用餐、排隊等上廁所的畫面。

萬一刮鬍刀斷了，被囚者就不得不跟朋友借，或再等上好幾星期。錯過刮鬍刀的可能性還不小，因為排隊人龍總是突然湧現，且補給品不到一小時就會發完。領刮鬍刀是獄中最混亂、最爭執不休的排隊場合。被囚者往往變得凶暴，有時氣氛過於緊張更導致拳腳相向。在此情況下被囚難民會互挺支援，畢竟獄中最重兄弟情。他們便共用剃刀刮除雜毛。扣留日用品是監獄**君尊體系**運作的部分手段，這顯然是一種對囚犯進行制約、迫使他們行為踰矩的策略。

§

每日夜晚將盡時，一群巴布會帶著清潔工具和大水桶進入監獄。這些乳臭未乾的年輕小伙子身穿黃色制服，制服在雙腳和腰間有黑色鬆緊帶，將他們自然結實的體格掐得悶不透風。他們一進大門便分成多組，有如乖順的值勤士兵分散至監獄各處。清掃動作顯得較快而熟練的小組被分配到衛浴。他們毫不吭聲，一兩小時內將衛浴所有汙垢拖乾，再將大塑膠水桶內的汙水倒至圍欄外流入大海。

這些年輕巴布遇見被囚難民時總是一臉畏懼。事實上澳洲人才是製造恐懼的源頭，為的是迫使巴布閉嘴少說話。澳洲人釋放流言蜚語，說他們要打掃的監獄關押了危險的罪犯和恐怖分子，這些人隨時可能有危險之舉或發動攻擊；這些人是外籍囚犯，保持距離方為上策。光是這樣就足以製造恐懼的氣氛，對於鮮少接觸來自另一半球外國人的當地人而言尤其如此。此番介紹留下的印象恐怕需要多年時間才能扭轉。清潔工被灌輸羅織編造的印象，與難民放逐至馬努斯島前接受的洗腦如出一轍，澳洲人將錯誤的當地人形象強加於難民腦中，描繪成：原始、野蠻、食人族。

當地居民與難民都隔著恐懼與對方互動。被囚難民自覺置身一場噩夢，他們對當地人的觀感也轉化為一場噩夢。

噩夢轉化為現實
監獄裡的噩夢
充滿當地人聲音的噩夢

他們咚咚如鼓聲的腳步響徹噩夢
君尊結構製造恐怖
恐怖的抑制
恐怖的基礎
兩群人活在恐怖之中。

巴布們工作時的行為舉止皆以恐懼為據。舉例來說，假如有位巴布費了好一番工夫把廁所刷滿清潔泡沫，正準備沖洗，這時被囚者想進去如廁，巴布竟無法提出要求請對方稍等片刻。在此情況下當地人往往沉默不語，讓被囚者自己意會到並暫停動作，等候巴布將泡沫沖淨再進去。仍有極少數情況，被囚者逕自闖入關上門，徒留巴布在旁搔頭乾等。

這群完全靜默埋頭打掃廁所的巴布小伙子，輪到打掃牆外區域時就變得驚人地活潑歡樂。好幾次，正值午休，他們在福斯監獄和德爾塔監獄之間的區域爆出響亮大笑，手裡握著掃把你追我趕。他們玩鬧時喜歡動手動腳，我的意思是，他們會抓住任何機會相互追著玩；他們會互扔水瓶，甚至踢對方屁股。朋友間互踢屁股，但是感情顯然滿溢真誠的善意。每一記拳打腳踢也許等同一個溫暖的擁抱，或者酣暢淋漓的談心。有時候，他們的玩鬧和追趕激烈到彷彿已將監獄法規拋諸腦後，往往是澳洲獄警的斥責讓他們猛地停下腳步。一旦澳洲長官在旁透露不滿，巴布們才突然意識到他們在為一間擁有複雜監管結構的公司工作。他們明白自己必須收斂互動的方式。

不到一小時，衛生清潔措施的徒勞無用便昭然若揭。充滿裂縫的水泥地容易藏汙納垢，汙垢滲入縫隙深處，狀態始終如一。清掃不過是做做樣子，只為向我們保證衛浴經過定期維護。儘管如此，汙垢積聚的衛浴空間恐怕仍是監獄裡少數讓被囚者感到輕鬆之處，即使只有短暫片刻。監獄規範的執行在這區較為放鬆。被囚者可以盡情想像自己置身營區外、遠離獄警侵入性的凝視……即使只有短暫片刻。正因如此，永遠會有幾名澳洲獄警被指派到該區巡視，三不五時亮起手電筒往廁所照。他們在展現權威，確認所有人注意到他們的存在。他們藉此宣示：「沒錯，我們無法進入廁所，但我們站在圍牆邊，就可以完全掌控小隔間裡的一舉一動。」

隨時都可能有人用刮鬍刀割腕，就是那藍柄刮鬍刀。自殘在監獄裡屢見不鮮，遂成為監控廁所的藉口。對於某些人，這些小隔間到了半夜便成為愛侶滿足欲望的場所，有些年輕人卻也容易淪為剝削的受害者。但獄警不在乎這些。他們出現只是為了控制，為了提醒每個人他們正在執法並運作監控系統。只要進入廁間，絕不可能不感受到坐守門外虎視眈眈的獄警。他們壓迫性的存在使得如廁也坐如針氈，彷彿他們的凝視能夠穿透木門、汙染空間，擾亂小隔間內可享受的自由。

日復一日，一次次的相遇，一次次的瞬間，記錄了廁所內各種遭遇的記憶。這裡有如封存歷史的房間。監禁的痛苦似乎在這些隔離的小空間裡日漸堆積。廁所藏放了獄中其他地方發生的一切磨難，積累的磨難最終導致事件爆發，也爆發於廁所之內。不知多少未癒合的陳年傷口在此處再被揭開。

驚懼不安的年輕人面色慘白
無數個小時奮力保護自己
在監獄處處被逼至死角依然奮戰
絕望地奮戰
奮戰到失去理智
奮戰到失去控制
然而奮戰終於停止
全面終止
終於此處
終於結束
在這荒涼的隔間。

這個地方可以成為人們的避難所，讓他們在此拋開每日在獄中他處經歷的心理掙扎和混亂。但是最終，某個黃昏或漆黑的午夜，有人拿起一把藍柄剃刀，選了最合適的一間廁所，隨後，溫熱的血在水泥地上漫流。廁間經常傳出嘶吼聲。或許它們成了毀滅的房間，標誌著喪失純真的年輕人的毀滅，由澈底的絕望構成的毀滅。恐怖、絕望、悲痛的爆發在其中相互衝撞。正因如此，此處體現了一種令人毛骨悚然的敬畏感，一種詭怖之氣。

§

當烈日的手指狠狠戳進監獄的眼睛，這個被囚者沮喪到最高點的敏感時刻，發電機偏要跳電。整座監獄陷入瘋狂與崩潰的狀態，宛如一把燒燙的鐵鎚重重砸向監獄的中心，幾分鐘內監獄就變成活生生的地獄。

甚至被囚者也發生詭異的變形，他們的意識完全改變，七魂六魄都驚愕不已，震驚與高漲的憤怒撼動他們最原始的本能。大批赤條條的男人轟地從寢室和貨櫃屋裡急速湧出，聚集到廊道的蔭蔽處。在騷動聲震天價響，在各處迴盪。他們宛如一群嗅到暴風雨氣息的海鷗，全體失控拍翅，橫衝直撞。在這樣的時刻，被囚者除了以無意義的粗口連番轟炸整個狹小的空間，沒有其他宣洩沮喪的方法。

通常被囚者飆粗口時，他們部分的注意力是放在群眾身上。每個字罵出口，他們都會期待其他人的反應和迴響。罵髒話的人希望獲得讚賞和褒揚。於是氣氛像是被囚者競相說出最粗鄙的淫言穢語，彷彿六親不認地咒罵。標準是這樣的，罵得最大聲的最勇敢——給人他比實際上勇敢的印象。

這是某些被囚者的特點。在難民群聚一處的緊繃時刻，他們會毫無原因地咆哮，藉以展現男性氣概和勇敢。然而當情況加劇，演變為激烈衝突時，這種人只會縮到角落，表現得彷彿他們不在場所以不需負責似的。有些人則待在房門口，一邊困惑坐著、搔頭抓身體，一邊不斷搖頭表示難以苟同。

他們的反應摻雜著多種情緒：軟弱、無助、不快、沮喪，全傾瀉於臉上。人都是這樣的，不論囚犯或其他位置的人，行為永遠受環境及周圍的人牽動，他們以此為根據調校自己的言行舉止。這個空間是情緒的匯聚處，各種情緒碰撞妥協的地方。在這裡，除了兄弟情義之外沒有其他慰藉；唯有當獄友的目光向你回望，唯有一個同樣瀕臨絕望的同伴的注視能給予安慰。

此時，在一片蒼涼難耐的情緒之中，會有一股近乎喜悅的感受在深處湧動。當受苦成為常態，人們開始體會到這種特殊的喜悅，一種混亂與毀滅之中扭曲的滿足感。

§

遠處，大汗淋漓的澳洲獄警手拿小筆記本，三不五時寫下什麼。監獄管理人用對講機與長官對話。他們會定時監控走廊從頭到尾各處的狀況，並向下屬發布命令。被囚者緊握拳頭，一齊發出震天怒吼反應，掀起激烈的騷動。片刻過後，一位警官出現了。這名臨時闖入者待其他幾位獄警到齊，便進入監獄走近群眾。他客氣誠懇地致歉，解釋這不是他們的錯，因為「發電機故障」。此時另一個方向突然有人打岔，宣告洗手間的水也斷了。

幾分鐘後，走廊後方的狹長蔭蔽處，出現一排裸體男人站成的長龍隊伍。監獄環境如同戰地前線，到處都是男人，到處都是在沮喪中走動的男人。獄警毫無用處，他們不提供任何協助，只是四處晃盪。他們不幫忙改善狀況，人數卻迅速增長。那一身裝備也彷若要上戰場。一組獄警護送監獄管理人從人群中現身，另一組獄警聚在一角但沒有任何行動，只是透過對講機與其他位置的同僚聯絡。

監獄成了殺人蜂蜂窩，有人用棍子一捅破壞了蜂窩的安寧。被囚者在混亂中四處奔跑，在混亂中四處徘徊，在混亂中四處張望，彷彿認為原地靜止不動就等於放棄了什麼，最後許多人一窩蜂湧入洗手間。鋪天蓋地的緊張感使他們的腸胃也不受控，不到幾分鐘廁所宣告罷工，然後屎尿味席捲整座監獄，瀰漫每個角落。排泄物的惡臭隨時間越來越強烈，嚴重汙染全區。

此時被囚者之間產生不尋常的緊繃對峙，影響了彼此的互動。他們變成野狼，每個人都是其他人眼中的威脅。他們彷彿即將浴血一戰，彼此互相打量，也打量試圖安撫的獄警。對於形象較瘦弱的人，這情況尤其需要擔憂。怒氣沖沖且腸胃緊張的被囚者正尋找隱蔽之處及任何藉口，好讓他們盡情爆出連串的辱罵粗話，而炮口往往對著較弱小的難民。脾氣較差、缺乏耐性的人在此情況下容易突然發作。即使最簡單、最基本的事情都可能觸發攻擊性，讓某個瘦弱無力、沒有防備的人遭殃。每分每秒過去，人們關注的焦點漸漸從高溫轉移到廁所。當一個人迫切需要上廁所時，大腦幾乎無法掌控身體，每條神經都往下腹繃緊。

目睹一個群體徹底失衡崩潰，這是何等場面。此刻你能體會人類可以變得多無助、多脆弱。負責操作發電機的人則敏銳察覺到，支配被囚者簡直輕而易舉，只需要按一個鈕。此刻全世界最重要的只剩發電機——一個由機械與電路組成的大腦，但是沒人知道發電機位於監獄或島上哪個位置，沒人知道它安裝於何處。

驅使這一切運作的力量是什麼？監獄的君尊體系？還是負責操作發電機於是控制所有被囚者大腦的高智商「高階」警官？他們彷彿精準知道該在白天或夜裡的哪個時間按下開關，永遠分毫不差就在忍受度降至最低的那一刻。當嚴重衝突隨時一觸即發，無論是難民間的衝突或難民反抗警察，恰恰那一刻，電力和供水問題又適時化解。

監獄在緊握的拳頭中間
時而鬆開，時而收緊
瀕臨爆炸邊緣
然後，說時遲那時快，一切恢復平衡。

一切混亂中，有幾位警衛定時用對講機向長官回報，向幕後的大人物以及接收最後決定的人描述現場狀況——關於何時恢復電力和供水的決定。

午夜將近，被囚者回到各自的泡綿床墊，經過一天的騷動終於入眠。突然間，發電機再度停擺。

又一記鐵鎚迎頭痛擊。每個人的希望與夢境都隨著難耐的高溫牽動游移……彼此滲透交織成一幅噩夢百態織錦。

被囚者從睡夢中驚醒。他們汗如雨下，腦袋像在熔爐裡一樣發脹欲裂。別忘了還有蚊子。電扇停止運轉，蚊子更肆無忌憚大舉入侵。不到幾分鐘時間，被囚者就紛紛逃離寢室，直接躍入夜的漆黑，降下咒罵的季風雨。聲聲咒罵在圍困監獄的黑暗深淵持續迴盪。

監獄蒸發成黑暗，蒸散成恐怖，連椰子樹也變成駭人的剪影。月光下，身體幻化為幢幢黑影，變形成來路不明的攔路搶匪。人們咆哮、嘶吼、喊叫，聲音從無形之中現形，橫掃監獄的每一區域。

總在監獄外圍和圍欄邊角徘徊的流浪狗聞聲回應。狗兒狂吠，吠叫聲與闃暗叢林令人迷惑的幽深處相互呼應。巴布們也急瘋了。他們彼此緊靠，縮著身子貼牆坐地。他們在為最壞的情況準備。

不過，澳洲人在入夜前就逃離監獄了。他們總是使出這招，天黑前便前仆後繼的一波波離開，並且能不讓任何人發現，狡猾之至。獄警的本能嗅到危險，並試著克制這合理的恐懼。他們保持高度警覺，以防有人藉天色掩護從背後突襲，給他們復仇的一擊。監獄的環境如此暴力，幾百人之中可能至少有一名一無所有的憤怒被囚者決定訴諸暴行，並在夜晚實行——在洗手間後的暗處，或在混淆視線的椰子樹幹間，椰子樹旁完全可以藏住一個人。這可能性確實存在，肯定在獄警腦中徘徊不去。這同樣是整個體系的擔憂，即使正是**君尊體系**注定了情況的發生條件。在此環境下每一個人都是潛在的安全風險。

由於獄警心生畏懼，發動機重新啟動的速度快了許多。燈熄的時候監獄變成一隻危險的野獸，隨時都可能失控。發電機的面貌有著以下特徵：

一臺宛如老年人的裝置
複雜老舊的電路系統
生鏽的金屬杆與管路
或許在一個骯髒昏暗的空間
某個比監獄更糟之處
以一塊舊布覆蓋
受破布掩護
破布在朽壞
發電機在衰敗。

這些時候，我總會將發電機想像成有靈魂的活物，一種心血來潮就讓監獄陷入混亂並引以為樂的有機生物。

監獄完全停擺，幾分鐘後甚至退回更原始的狀態，退回至恐怖。尖叫與吼叫聲總算平息，只剩隱約的狗吠偶而從叢林深處傳出。一切聲響似乎漸漸往最黑暗之處移動，伴隨著某種永不停歇的音樂，踩著某種永恆的韻律，飄得越來越遠。聲音持續遠離，直到沉重的寂靜潛入占據整座監獄。只有鳥鳴還在，牠們清楚周圍的情況。

到了半夜，被囚者的瞳孔明顯放大。他們忍著發癢的身體，揉著睡眠不足的眼睛。恐懼在絕望的地景扎根，然後突如其來，在一切悄然變化之中，房間燈光重新亮起。一旦營區重現光明，被囚者便毫不遲疑地回到房間，站在歡快轟然轉動的電扇前。被囚者急匆匆回到寢室，轉換之快速，因為他們感覺浪費了時間，如今只剩有限的睡眠時間。

每當被囚者在枕頭上躺了一段時間，令人痛苦不堪的焦慮便會襲來，擔憂起**老頭發電機**。發電機隨時可能再度罷工。這情況發生過幾次，恰恰就在有些被囚者入睡的時候。被囚者永遠無法預測水電何時會被切斷。

發電機以更高層次的邏輯運作。它比被囚者擁有更多能動性，因為它屢次在技術上理應不該跳電的時候，還是關閉了。有時發生在清晨，有時在下午，有時正值烈日完全宰制監獄、大肆啃噬被囚者皮膚的時段。發電機的異常運作成了常態，有時一天甚至關閉好幾次，有時又連續整整一週正常運作毫無故障。然而當所有人認為發電機已經修復或換新時，它又停了。

發電機對我們極盡擺布之能事，它在我們腦中甚至轉化成某種行動者，還擁有人類動機。有時被囚者會用人類特質來形容它：「愚蠢的發電機」、「發電機你這渾蛋」、「混帳發電機」、「發電機這婊子」。換做一星期沒出現半點毛病的時候，就改用好聽一點的稱呼：「發電機先生」。然而發電機先生可能隨時關閉，把一切搞砸，把所有人搞瘋，很快又回到「渾蛋發電機」或其他類似稱號。我發誓，發電機先生展現出比被囚者更狡詐的智慧。

水電問題持續得比平常更久的時候，衛浴的存在變得毫無用處。頭一個小時所有隔間就會充滿空水瓶，馬桶則被排泄物淹沒。整個地方髒到幾乎沒人敢靠近，當然也不可能有人坐在馬桶上閉眼享受方便之樂。馬桶一旦陷入此種狀態，被囚者就不得不尋找替代地點，最後去到水塔後方或P隧道後方的區域，甚至排水溝。這些地方堆積著大量腐臭的排泄物，流滲進周圍空間。惡臭噁心到連自己都因身為人類羞愧難當。

§

監獄裡有一位工程師背景的先生，矮個子，剛過中年，頭頂渾圓光禿。他的五官不太突出，臉紅通通的，太陽穴處冒出整齊有序的白髮。他大概是福斯監獄裡最受尊敬的男人。這位工程專家在獄中人盡皆知，他是可敬的人、真正的領袖、企業家、破產商人，總的來說，他是清楚瞭解自己的行業、技術高超的專家。我們叫他**首相**。

他是備受尊敬的愛家男人，他的盡責對家人和親族來說無疑是上天的禮物。他對女兒們無條件的愛是我從未見過或聽聞過的非凡父愛。他有溫暖熱忱的笑容，在獄中也持續發揮父愛本色，經常給予年輕的難民體貼關懷。他的和善毫無保留，為人慷慨。總之，他是德性高尚之人。

他屬於一種特殊類型的人；舉例來說，你跟他下西洋棋或雙陸棋，贏了反而會感到不好意思。當這樣一個特別的人物進入群體時，大多數人不會在他面前任意癱躺或雙腳大開。他在場時，人們說話通常會有所節制。儘管他為人如此正派，同這樣的人關在監獄裡也挺討厭的，在首相面前表現得規規矩矩實不容易。

他的監禁就是矛盾的體現。在監獄這樣混亂衝突的環境裡，他卻要尋求常規與高尚的舉止，而這間監獄根本無法忍受集體責任感或禮儀要求的存在，甚至容不下一絲道德秩序的氣息。於是像首相這般有原則且實踐原則的律己之人，他的存在無可避免地變得難以忍受。我們可敬的知識分子首相的確讓人無法忍受。其他難民實在受不了這位有教養、循規蹈矩的首相，於是他們對年輕人更加關切了。

首相的臉上帶著明顯的鬆垂溝紋，這似乎反映了某些不幸的經歷。從他的皮膚和體態可以看出他過去生活優渥，正因如此，臉上的皺紋才顯得格格不入。接二連三無法控制的事件在臉上留下溝紋，不知不覺顯露了痕跡。他失去畢生努力掙得的一切，卻完全無能為力。身敗名裂驅使他踏上充滿未知危險的道路，旅途的險惡對他這樣身分的人來說是陌生的。克服漫長而險象環生的渡海之路所需的特質與他的個性之間存在過於顯著的矛盾。

惡劣監獄裡一位德高望重的人士——首相與馬努斯監獄是對立的兩極。

首相如今身處一個必須排隊等上數小時用餐的環境。即使上廁所如此簡單的事也必須吃盡苦頭。可以想見，過去所有的職員及管理階層若看見敬愛的首相穿著寬垮衣物排隊等廁所的景象，肯定無法理解；這畫面與一名曾備受員工擁戴的人物實在太不協調。而這肯定是他的女兒們現在必須掙扎面對的事實：她們的父親關押在馬努斯監獄。你看，她們對父親的愛始終與他的地位相關連，與他位居有尊嚴的位置不可分割。

首相甚至也可能認為周遭的人難以忍受。他寢室正對面的房間住的是妓女梅薩姆。兩種性格，兩個極端。於此同時，他仍保持著高尚與莊嚴的光環，即使現實中是失敗的經理人。他維持著如此的形象，甚至妓女梅薩姆也對他幾分敬重。

傑出的首相並不像四處遷徙飄蕩的類型，彷彿他只是弄錯了，不小心出現在馬努斯監獄。而可敬的首相有著羞赧而習慣固定的腸胃，必須在某個特定時間上大號。有時他一如往常，根據精準的計算和計畫，順利一次解放兩天的分量。他的例行如廁程序經過精密的計算，並將身邊所有相關細節都納入考量。但總有時候，向來自律、有條不紊的人也會計算失誤，最後當場動彈不得，前進也不是，後退也不是，有如高懸在崖壁的攀岩者，只要一小步便可能失足葬身谷底。這進退維谷的狀況可能發生在人滿為患、天氣炎熱、極度緊繃的日子。有次這樣的情況發生了，而我們尊貴的名義領袖首相完全首當其衝。對於一名受到最高尊崇的人物而言，這是再糟不過的情況。

當天他必須上廁所時，偏偏碰到空水瓶和排泄穢物已在廁間堆積如山的狀況。一群被囚者沿牆站立希望供水恢復。我們尊敬的首相陷入空前麻煩。一方面，他無法在幾十雙眼睛直盯廁所的目光下走進任何一間廁間，就算他打定主意進去，裡面也沒有任何地方可以如廁。另一方面，他的腸胃已經緊張到整個人像隻受傷的動物般狂躁。或許那時他正在心裡咒罵他的計算。或許他過去兩天相當克制，以免需要特地跑一趟廁所，然而當他毫無疑問必須要去的時候，水斷了。或許他吃得太多。也有可能他喝了不潔的水導致腹瀉。

所有揣測在此刻毫無意義，對他的處境沒有絲毫幫助。對我們尊敬的知識分子首相來說，眼下最重要的莫過於找到地方完成該辦的事，並在任何人發現之前拉上褲子。有時某個區域太過擁擠，眼前堆積的分量實在難以直視，到了任何禮儀規範都置之度外的程度。我們重要的知識分子首相不應該錯過良機。他在監獄四處移動，搜尋每個偏遠角落，卻還是錯過機會。

妓女梅薩姆事後加油添醋地向一群難民描述事情的經過。可惡的渾蛋⋯⋯當我們偉大的首相像隻被斬首的雞一般倉皇地四處奔跑，妓女梅薩姆到處追著他。像妓女梅薩姆這樣的人對於這種事擁有強烈的直覺。於是當監獄在我們面前陷入混亂危機，他就到處去尋找最驚人的場面、最獨特的話題：這次，就是首相躲在偏僻角落上大號。妓女梅薩姆無疑在這場貓追老鼠的遊戲玩得開心不已，他向其他難民使盡渾身解數的描述，甚至亢奮得笑到眼淚都迸了出來。

妓女梅薩姆說，最後，我們的名專家在一座水塔後方找到位置，脫下褲子，無視任何規範，無視任何社會習俗……在那一刻，無視此前認同的一切準則……解了兩坨臭氣沖天的深色排泄物。妓女梅薩姆卯足全力描述每個細節，甚至鉅細靡遺到形容糞便的顏色。聽眾聽完妓女梅薩姆的敘述後坐在座位，內心留下某種不適感。現場的氣氛很是複雜，混合著羞愧、笑聲與屈辱。有一兩人無法忍受描述中嘲諷挖苦的程度，憤而離開聚會。其他人不這麼認為，且不反對妓女梅薩姆。尊敬消失了，取而代之的是憐憫，其他被囚者亦無法停止想像當時的場景。他們容許這整件極度不當的事進行，只因故事實在太逗趣。

尊敬的首相名譽一夕全毀，彷彿他的屍首已擺在地上任由整社群的人過去狠踹幾腳。但事實上，該場景的的確確對人造成極大羞辱，且這令人洩氣的被踐踏經驗並非我們有教養的模範先生獨有。再一次，妓女梅薩姆成為獄中苦難的一面鏡子。被囚者藉著諷刺詼諧的戲劇面具掩護，避免直面過於沉痛的屈辱現實。他們除了相信妓女梅薩姆與他戲謔的演出，再沒有其他庇護。或許這是對抗屈辱最簡單的方式。

監獄要求被囚者接受自己某種程度上是糟糕可鄙的，這是體制專為其設計的運作面向之一。**君尊體系**的一個目標即是：沒人有權利表達人性的慷慨，而這與我們尊貴的朋友首相這樣的人的個性全然相悖。被囚者體驗到某種被虐狂式的、因屈辱而產生的愉悅。他們加入妓女梅薩姆的行列，貶損我們高貴的思想家首相，實際上卻是按照**君尊體系**的意志行動，並同時貶低了自己的尊嚴。被囚者無意識地認同敬愛的首相遭到詆毀的人格，亦即他們在他人身上重新想像出的自我意識。是以，伴隨著嘲諷與戲謔同時發生的還有羞愧與屈辱。一方面，他們在誹謗名專家的舉動中獲得某種釋放感。妓女梅薩姆的玩笑行為踐踏了非常珍貴之物，但被囚難民這次並不理解自己的情緒，他們甚至從梅薩姆大肆摧毀的東西中獲得更多樂趣。他們已經厭煩每次見到尊貴的首相就得畢恭畢敬，留心自己的措辭用語。

他們仗著妓女梅薩姆的保護猛踹屍體，作為逼使他們長時間表現得溫順服從，並在社會互動中遵守膚淺的禮儀規範的代價。我們重要的知識分子首相與他的一言一行即是奉公守法的具體代表，而這是需要毀棄的。被囚者只能接受一套法律，**君尊體系**務求消弭任何其他規範。監獄的靈魂不容接受監獄以外社會的道德規範；一切規範準則被拋在一旁，奪走它們的正是妓女梅薩姆。

妓女梅薩姆打破了一切限制及引導社會參與的障礙。這對疲憊的被囚者宛如注入一股新鮮空氣。隨著時間過去，監獄建立了一項原則：被囚難民來自何處、他的謀生方式、社會地位或年齡不會造成任何差別。就馬努斯監獄的社會關係而言，人人在這個環境裡是統一一致的。每個人最終都化約為一種社會地位。

監獄是一個具有高度重複性和一致性的地方，因此最芝麻綠豆的反常事件都會成為營區話題，並在短短時間內傳遍監獄，連關押在隔壁監獄的人也會聽聞。跟上監獄新聞是一種簡單打發時間的方式。假如話題事件涉及像我們誠實的首相這般嚴以律己的人，消息會以光速席捲每個角落。

平日根本沒人真正關注可敬的首相上廁所，但是今天冒出了新聞，一個前所未聞的新奇故事。故事在通常沉悶而陰鬱的監獄裡大肆流傳。

在被囚者的想像中，可敬的首相不止等於在他的所有原則上拉屎，也澈底摧毀他在獄中樹立的身分地位。此事件與被囚者所受的社會制約有如此巨大的衝突，以至於他們將其詮釋為高尚的首相把監獄的一大部分都變成了化糞池。隔天首相看起來就像一隻在髒臭沼澤的青蛙群中掙扎的蟾蜍。

兩星期後，監獄裡投下一顆震撼彈：溫和善良的首相離開了。他先是要求移監到奧斯卡監獄。每個人都很驚訝當局竟然接受了請求，這是有史以來第一次，也是唯一一次。然後某天，距離他到奧斯卡監獄沒多久，他在清晨離開了，沒向任何人道別，甚至沒向他結交的年輕人朋友道別。他必須回去，他必須接受遣返——他的家人陷入險境，他們需要保護否則無法存活。獄警轉達消息時微笑透露，首相離開前說，他想回到女兒們身邊。

§

據說要造訪馬努斯監獄的律師仍未傳來任何消息。但是某位匿名的澳洲人告訴一位被囚者，其實根本不需要律師或法庭審理。他說被囚難民將在兩個月內獲得釋放。喜悅的浪潮淹沒了整座監獄。

在福斯監獄西側，圍欄後方的叢林被澈底鏟除了。一隊工人在烈日下繼續工作，揮著鋤頭和鏟子推進到主要區域。整塊地似乎已被夷為平地。另一邊，工人們在移動巨大的金屬貨櫃，引發一陣嘈雜的騷動。那些白色貨櫃屋要移往空地的位置。他們在蓋什麼？也許是獄警宿舍。也許是機場跑道。也許……。

八、排隊酷刑：馬努斯監獄邏輯／快樂的大牛

一條扭曲的飢餓男人鎖鏈
身體在炙熱烈日下突變
頭顱於太陽點燃的烤爐
進行令人作嘔的變形術
一長排身高體重年齡膚色各異的男人隊伍。

監獄裡的一天從鬧哄哄的排隊開始——令人崩潰的大排長龍。一大早，飢餓的被囚者就衝出溼黏的床鋪，一窩蜂湧向用餐帳篷。這裡說的飢餓實際上意思是快餓死了。因為一旦晚餐時間結束，就再也沒人能找到吃的。夜深人靜時，整座監獄都飄散著飢餓的氣味。任何人都不允許從用餐區帶走食物，即便是一顆馬鈴薯。任何可以吃的東西都必須在帳篷裡吃，那是填飽肚子的最後機會，而你的胃掌控了頭腦，掌握了全身大權。

用餐區的前方總是站著幾位一臉嚴肅的無腦 G4S 警衛。他們像在執行攔截搜查一樣，目光集中

掃視每位離開帳篷的人。如果誰的口袋稍微鼓起，警衛就命令巴布進行搜身。這是完全控制身體策略的一部分。巴布邊搖頭表示不贊同，邊搜查所有的口袋、小腿、軀幹及腋下。有時搜查會發現一顆馬鈴薯或一塊碎肉。巴布若有所發現，便像它們是從垃圾桶滾出來的一樣把東西撿起。此時澳洲 G4S 警衛會再次提醒被囚者：「帶走食物違反規定。」

年輕男人在太陽底下站好幾小時，就為了排隊吃骯髒劣質的食物。那肉像汽車輪胎碎屑般難吃，每個人的顎骨都在費力咀嚼。

被囚難民知道，帳篷前的隊伍起始處有幾位 G4S 坐在椅子上，指示難民成五人一組入內用餐。馬努斯監獄邏輯即是宰制的邏輯。

宰制：五個人離開用餐區，後面五個人才能入座。難民必須先等五個人離開，然後獄警就可以用手指控制下面五個人，准許他們進入。我們就如被操控的傀儡，手指輕輕一彈就動了起來。每個人都全神貫注於一個過程，一個正規化的馴化過程。

這位獄警對自己的手指也毫無自主權或控制權，甚至無權選擇自己坐的方式。每件事都受到微觀管理，都是機械性的。監獄管控物品的數量和時間限制，建立起一套完全機械性、嚴格規範的流程。

五的邏輯

五個人跟在五個人後面

出去的時候警官轉向五個人
下面五個
自動化的手指示意五個人
另外五個進入
五個人替代五個人
五個人進來，坐落隊伍最前面的五張椅子
數字五
隊伍最前面準備的五張椅子
其餘的人排隊等待
一切都簡化為數字五。

有時，負責控管的警衛不用一根手指示意，而是用全部五根手指發號施令。

人類的能動性受制於數字五。

排隊隊伍是工廠生產線的複製品：全面規訓，經過計算，要求精確。第一階段是隊伍末端一處有篷蓋遮蔭的地方，從這裡沒人能分辨隊伍終點的位置。隊伍在斯里蘭卡人的房間後面轉彎。你要至少等半小時後抵達轉彎處，才會發覺隊伍又延伸了三十公尺。

五個人吃飽

五個人離開帳篷

五的邏輯繼續循環。

排隊的是一輛輛等待裝貨的卡車，卡車進入熾熱的挖掘現場工作，進入地獄的露天礦場。先清空，再填滿。

在轉彎處，飢腸轆轆的被囚者會湧現各種強烈的情感。快樂和痛苦，希望與絕望。抵達轉彎處代表階段性的成就，但被囚者也離開了陰涼的庇護，邁入烈日直接曝晒的區域。這意味著準備面對太陽。正是這太陽用刺人的光線穿透每間牢房，如千萬根火燙的針戳進千萬個相互連接的點。被囚者從轉彎處的最前頭望向隊伍，便知前路艱難。

話雖如此，抵達轉彎處仍會喚起一點歡欣鼓舞之感，一點點希望感。被囚者意識到他到那裡了，意識到那個位置的意義，意識到包含轉彎的階段已經過去，而他離食物更近一步。前方仍有三十公尺的路程，但被囚者別無選擇，只能緊貼牆面繼續前行。

隊伍沿著牆延伸，完全暴露在炙熱無情的陽光底下。但是牆上有一小段突出，約可遮蓋到一個中等身材的人的肩膀處，剛好在被囚者頭上投下一道細窄的影子。被囚者不得不貼著牆移動，躲避太陽的灼烤。這位置，如果他們稍微移動一下，陽光就會直逼光裸的頭頸。部分肩膀仍然暴露在陽光直射下，仍然被放逐到陽光與陰影交界的另一邊。

麻煩並非到此為止。隊伍經過一段三十公分的水泥平面，這個平面高出地面五十公分，看上去像是很高並向前延伸的臺階。被囚者必須爬上去，站在上面靠牆前進。這段三十公分寬、五十公分高，高而長的臺階上站著一堆人，由於畏懼太陽的高熱，爭先恐後地擠在一片狹窄的陰影下，使得這段隊伍比其他段都來得筆直。監獄外面其他處的排隊隊伍往往像條鏈子，鬆散歪扭，可能呈小弧線，也可能是大曲線。然而這段隊伍是筆直的排列。隊伍很擁擠。對食物的渴望導致人們向前推擠，這是極度飢餓之人的本能反應。身體在此被嫁接在一起，肉貼肉的程度比其他隊伍更為顯著。

一群男人貼牆站立
一群男人嵌入牆中
監獄排隊的奇觀是酷刑活生生赤裸裸的強化。

有幾位 G4S 警衛監督整條隊伍。這幾位 G4S 似乎與眾不同，不像在隊伍最前面的警衛，也不像在帳篷裡執行其他任務的人。他們站在隊伍對面兩座水塔的陰影處，什麼也不做，只是盯著這排嵌在牆上的隊伍。真的什麼也不做。他們現身的目的很簡單：向眾人宣告有老大盯著隊伍。他們像是牧羊人指引羊群走上一條極其明顯、無論如何都得走的道路。有時警衛可能出於習慣會在小本子做筆記，或用對講機交談。不過他們仍有些相對友善的行為。例如，有時他們其中一位會從用餐區推來一箱瓶裝水，放在隊伍旁邊。但是瓶裝水變得太熱，喝了胃反而不舒服。

與此同時，我們中間總有些人像想撲上去偷塊肉的流浪狗一樣，試圖從水塔後方跳到隊伍前面。他們的跳躍技巧嫻熟無比，並清楚知道該何時執行，選定少有人注意的時機。即使有人注意到了，但他們的動作之快，根本沒有機會，比如說，讓隊伍末端的人認出是誰插隊——無論如何，都沒有讓腦袋記住和回想的機會。他們跳躍的方向經過計算，執行的過程確保正臉不曝光。從隊伍末端看去，他們有如幻影，一閃而過的黑暗形體。

跳躍發生在隊伍的最前頭，有如在階梯往上跳階。跳躍成功時，犯人會若無其事地站起來，肩膀和臉部表情看起來與隊伍中的其他人完全沒兩樣。這是徹頭徹尾的詐欺，需要精湛的技藝。

單純的說謊和有說服力的說謊之間有著極大區別。這些人善用身體傳達諸多印象，例如：「我實在好累」、「那太陽簡直渾蛋」、「排得也太長了吧」，或者：「老天，我累死了，我已經排了八百年了。」

這些人技巧出神入化，你實在難以分辨他們和其他頂著大太陽枯站很久的人的區別。硬是將他們從隊伍中分開往往會引發肢體衝突。他們對口頭抗議不會有所回應，所以必須有人到隊伍最前面走近指認，將他們或踢或扔趕出隊伍。對於已經站得精疲力竭的被囚者來說，這舉動需要雙倍體力，偶爾還要大吵一場告終。

有趣的是，大多數的衝突不需要G4S警衛介入就會化解。幾聲咒罵、幾下沒殺傷力的拳打腳踢，整件事在幾分鐘內就結束了。

另外有意思的一點，違規者自己也承認，他們就是卑劣、幼稚、無羞恥心的屁孩。

表現得像個小孩是一種快速獲取食物的方式。但有另一種人成功取得食物並因此獲得尊敬。這些人在食物分發前好幾小時就開始等。他們占據排頭，整個隊伍的起點。而他們唯一優於其他人的強項在於，他們有辦法頂著肥碩的屁股連續等上好幾小時，一動也不動等待好幾小時，不論是坐在硬邦邦的椅子上或站在太陽底下。他們有鋼鐵般的意志，騾子般的淡漠。

你實在難以想像，一個人怎麼能在原地不動等上好幾小時不曾離開？他怎麼能待在那兒未移動分毫？我總把他們想像成家畜的特徵和形體。多麼奇怪，他們的個性竟只剩下牲畜的貪饜。每個人都反映了騾子的特質，清清楚楚寫在臉上，沒有正直，沒有尊嚴。像牛，貪婪好吃的牛。像水蛭，賴著不走的水蛭。他們的行為像個職業乞丐。

我承認我對他們在監獄裡的存在有點感冒。每次看到他們在前面，一股暴烈的衝動便在我體內爆發。假如我對自己的肌肉更有信心，我可能會衝到隊伍最前面暴打他們一頓。我並非害怕和那些位居排頭的人打架。不是的。根本不值得麻煩。此外，我也確信自己沒有足夠的力量來解決問題、堅持自己的主張，並且澈底揍扁他們。

所以我想像一個肌肉強健的男人。他沉著冷靜，步出隊伍，向所有人宣布他要伸張正義。男人們——甚至那些排最前面的人——都好奇看著。但是這場演出不是為了他們設計的，甚至也不是**騾子們**，而是為了引起站在水塔陰影下的警衛注意。警衛簇擁在一起，饒富興味地看著。

我想像那個孔武有力的男人刻意走向隊伍的排頭。他趾高氣昂的邁步更加引誘且增強了旁觀者的好奇。他走到隊伍前面時，騾子們困惑地注視著他。

水塔旁的警衛開始放鬆，放心自己不是目標。他們的簇擁散開了，所有注意力仍集中在那個強壯男人身上。突然間，強壯男人拎住隊伍第一個人的脖子，將他抬離地面，然後大腳一踢，就讓第一隻騾子飛到水塔後方落地。強壯男人有條不紊地沿著隊伍執行工作，一個接著一個驅逐出場……。

但這只是幻想，從我飢餓的肚子裡創造出來的。我不是那麼強壯的人。我承認其他人比我魁梧有力。我接受他們偷走我的一切。有時我的想像甚至讓他們變成獅子，而我是一隻卑微的狐狸，虛弱無力，等著撿他們的剩菜剩飯。

這是現實狀況。體制的設計就是如此，較早進入用餐區的人吃到較好的餐食，有時甚至得以享用一片水果，但是排在後面的人得到的除了垃圾以外什麼也沒剩。廚師聽從主廚的指示工作。一開始，他們會為率先抵達的人打開一盒色彩繽紛的蛋糕和一盤盤水果。第一組離開用餐區時，蛋糕沒了，只分發水果。接下來，品質好的水果漸漸被劣質水果取代，品質每況愈下。最後，排在隊伍後半段的人只剩下像是用海水煮的黑色肉片和米飯。

排隊隊列具有能動性並確立了：監獄裡行為越卑劣野蠻的人日子過得越舒適。隨著監禁時間越長，這種公平轉化為一種原則，越來越多被囚者試著配合這少數幾位占據排頭者的文化。

當然，廚師可以改變分配餐食的方式，讓每個人都拿到蛋糕。或者至少為第一組保留一些，為最後一組保留一些。也許也給中間的人留一些。或者，舉例來說，蛋糕分配給前面的人，水果分配給後面的人，反之亦然。要不就是誰都沒有，人人平等。或者，有幾天為最前一組保留，有幾天為最後一組保留。或許最完美的正義形式是不涉及任何人來決定誰獲得什麼。但事實不然。最好的東西總是給最早到的人，也就是騾子們。

增加幾位工作人員也可以加快配餐的速度。或者，若他們不願意增加人手，至少可以再搭一個帳篷，如此一來排隊就不會那麼痛苦。但監獄體制告訴你，想要食物就必須受苦。

像我這樣的人總是最後進入用餐區。幾個月下來，我從沒拿到任何水果或甜點。在那兒我只是一隻虛弱的狐狸。這是最精確的描述。沒錯。

只是一隻虛弱的狐狸

盯著排隊隊伍

從遠處
盯著隊伍
一遍一遍
再一遍。

我繞著監獄轉了一圈，然後看看排隊隊伍，來來回回幾次之後，隊伍已經縮短了，我才站到隊伍的最末端。我用任何剩下的東西填飽肚子，最後抽一根菸。

飢餓是把鑽子
鑽進胃裡
再深入腦中
鑽進每條神經
鑽入，開孔
最後一路向下。

這些日子裡，我意識到自己精疲力盡了。身體所有的細胞這麼告訴我。有時我會問，為什麼大腦不能用身體的力氣拿到一點甜的東西。我的身體強烈渴望甜食。我需要吃點甜的。

一個人太餓、快餓死的時候就看不見了
我的眼睛是兩顆血管腫脹的紫色球體
不透明的視野
只能看見黑色
我想像自己是一具骷髏
只剩骨頭體現我的存在
邁著虛弱步伐
遊蕩的骷髏
但我想像一群人
站在隊伍最前面的一群人
一群渾身是肉的人
一群飽餐饜足的人

一群模樣令我作嘔的人

一群嘴巴總是大張的人。

§

競爭出現了，然而獲勝者永遠是同一個人，我們叫他大牛。他總是第一個進入用餐區的人，這也是綽號的由來。他三十多歲，有一顆大腦袋，老鬣狗般的頭骨，短短的脖子像櫟樹粗糙的樹樁，還有一雙又大又長的好色眼睛。這男人遭到壓抑的性慾重新導向消化器官及上下顎之間。令人驚訝的是，他無異議接受了大牛這個綽號，事實上還頗為自豪，沒有表現絲毫反對。

我們當中有些人醒得非常早，於是我們短暫經過廁所區，直接前往排隊處。只見他坐在第一張椅子上，雙手抱胸，一動不動地坐定。他直盯前方好幾小時，完全不曾離開位子。其他被囚者在不同時間姍姍來遲，占到排在他後面的椅子。隊伍的第一個位子成了他的專屬保留座——其他人之間的競爭對他毫無影響。此人的存在似乎超越了排隊隊伍。每一天，同一時間，他都在等。他就在那裡，不成比例的身材穿著不合身的可笑衣服，坐在老座位上。他看起來像是只有巨大的軀幹，等好幾小時就為了聽廚師宣布開動，聽鍋蓋掀開的聲音。

獄警下達指令後，隊伍開始移動，接著大牛展開行動，入侵用餐區。每天他都保持著這個紀錄。

他全神貫注於廚師的動作和一鍋鍋上桌的食物，並留意 G4S——警衛就定位。他狼吞虎嚥吃完早餐，幾小時後又回到同一地方。他的飽餐儀式在晚餐時間原封不動重複搬演。這傢伙的存在與驚人的食量引發眾人困惑，但他無畏地承受住輕蔑的目光，不屈不撓堅持每日的行動計畫。

久而久之，其他人都習慣了大牛的存在，並承認他的地位。他堅持不懈、堅定不移、堅忍不拔維持每日的慣例，以及他對有辱名聲的惡意嘲笑的抵抗，為他在被囚者之間博得某種特殊的惡名，甚至可說是聲望。無論他到哪裡，被囚者們都會辱罵他嘲笑他，儘管他們知道他不會有任何反應。大牛不會感到受傷，也不會做出激烈的反應；他甚至陪他們玩，讓他們創造出更厲害的嘲諷詞語。他似乎真的很享受詞語被轉變成嘲諷的過程。彷彿對他的諷刺越傲慢無禮，他就越驕傲。這就是為什麼我總是用大牛來形容他。我毫不猶豫且毫無保留地叫他大牛，因為他似乎真的接受這個角色。

大牛在監獄其他地方的舉動同樣引人矚目。他會用毛巾裹著裸裎的身體，悠緩緩走在一排排衛浴間。他的腿粗壯無毛，小腿因而有種特殊的光澤。他像是冬天怕冷的蟾蜍，被迫去尋找舒適處。他的眼中反映著不信任，恐懼和緊繃交戰，懷疑的目光掃視四面八方。有時他又像一隻盲眼老鼠，行動快速敏捷。他無所不在，每一種氣味、每一個角落、每一件吸引他的東西都有他的影子。他似乎為著莫名的缺憾所苦，無意識的掙扎總在試圖填補某個空缺。而這存在的空虛彷彿全都集中到他的第二思考器官：龐大的消化道。

他閒晃時，腋下通常夾著一個裝滿衣服的臉盆。監獄裡沒有洗衣機，被囚者不得不用塑膠臉盆洗，在浴室旁的水泥地隨便找個像是小水窪的地方進行。他們往往一團混亂鬧哄哄洗完，把衣服掛在金屬欄杆上晾乾。監獄裡每個人每星期可以拿到一些洗衣粉，只是要排隊領取。

大牛吃完早餐，就帶著他的臉盆和那條出名的毛巾離開走廊。他開始朝浴室方向拖著鞋子走，沿路發出拖鞋磨刮地板的聲音，那姿態彷彿他是某處的守衛，由於一個聲響打斷了人們的睡眠，迫使他開門查看。早晨的怒容讓他晒得黝黑的臉上皺紋更多了。他走路的樣子就像有人剛把他從淋浴間趕出來，靠近浴室時先停頓片刻，左顧右盼。他查看第一間空浴室，那通常是最髒的。接著他像嗅遍每個角落的盲眼老鼠一樣檢查每一間浴室，一邊咒罵、大呼大叫，直到發現每個人都意識到他的存在，並有合適的浴室空出來，他才進去。

他遲遲才找到浴室是因為大排長龍嗎？或者因為他想用最乾淨的那間？非也。我敢肯定，對大牛來說，在哪裡沖洗身體並無分別。對他而言，只有一件事是重要的。他希望每個人都注意到他想洗澡的這件事。他希望每個人都感受到他造成的不便。他想讓每個人都知道他在那裡。他似乎是藉由干擾他人來建構自我意識。

大牛在其中一間浴室窩了一段時間，其他想用浴室的人發出越來越大的抗議聲。結果，他出來的時候換了一個模樣。平常他三不五時就會為他稀疏的鬍子弄新造型。要知道，像他這樣的人從來不缺刮鬍刀這種基本用品，而刮鬍刀在這裡很稀有。即使是他成天帶著的臉盆也算奢侈品，因為只有他和少數幾人能忍受漫長的排隊時間取得。他打開浴室的門，放聲大笑。前幾秒才在猛敲門的人，面前現在站了一個外表煥然一新的傢伙，以滑稽劇場的登臺方式出場。他們發出爆笑回應，紛紛用最粗俗的話評論大牛的新造型，開心消遣他。每個人都試圖說出最逗趣的描述，到處宣揚。

大多時候大牛會在鬍子上做文章。有時他長而薄的小鬍子讓他看起來像隻剛從一袋木炭裡抬起頭的都市野貓。又尖又亮的小鬍子覆在扁平的圓臉上，形成滑稽的組合。他的生活充滿這種小活動，更別忘他最重要的角色：排隊隊長。

§

誰知道呢，當我們其他人都在餓死邊緣勉強求生，或許大牛度過牢獄之災的方法才是最好的。我們活在無意義的早餐、午餐、晚餐三段循環中，用餐時段與所受的屈辱息息相關。尤其早餐是最有問題的一餐，因為晚餐與早餐的間隔時間太長，餓得胃都收縮絞痛。

每天晚上，飢餓的氣味從監獄的一端傳到另一端。我說飢餓的氣味並非憑空編造。我相信飢餓有味道，那味道與我們最深層的本能相連，使人類置身野外可以像狼一樣行動。人挨餓時，完全有能力把自己的大牙埋進同類的肚子裡，如動物一般瘋狂狼吞虎嚥。

早餐比任何一餐都像扭曲的遊戲。許多次，裡面幾乎沒剩半點東西可吃，什麼也找不到。幾個獄警坐在椅子上。他們在我們的編號旁打勾，指示我們走向一大堆空盤和一身專業裝束的廚師。我們到的時候發覺什麼都沒有，沒有提供任何食物。餐盤舔得乾乾淨淨，空空如也。當一名被囚者憤而指著自己餓扁的肚子，大聲喊餓，他會得到以下禮貌性的回答：「很遺憾，早餐已經供應完畢。」當那名怒不可遏的被囚者聲嘶力竭，質問廚師為何站在位置上，只會讓憤怒的臉再吃一記耳光，得到另一個禮貌性的回答：「很遺憾，我們奉命在位置上再站一小時。很抱歉，我們只是在履行被分派的職責，我們並不清楚。」

這種情況只會發生在隊伍後半段的人和最後幾位可憐悲慘的傢伙。於是被囚者腦中徘徊著一個惱人的念頭：肯定是大牛一夥人掃光所有的早餐，然後帶著內心的怨憤離去。

有時早餐是一片麵包和花生醬。當這兩樣東西碰在一塊，當被囚者將花生醬抹上麵包吞下，食物便堵在喉間。被囚者活像一隻試圖吃乾麵團的餓雞。花生醬的油脂與麵包和唾液混合後變得像漿糊般黏，需要吞好多次才能成功嚥下一小口。

有時廚師會展現些許慷慨，為每名被囚者倒半杯牛奶。但廚師斤斤計較得很，將牛奶倒入小塑膠杯時小心翼翼不超過中間線，有如從乳牛身上擠奶的村婦。他倒了些牛奶，舉起杯子仔細端詳，如果判定自己倒的量低於**君尊體系**決定的標準，他會多加幾滴。後來廚師們變得熟練無比，通常一次就能倒出準確的半杯。假如廚師碰巧失手，倒了超過了半杯牛奶，他會放到一邊，更精確地準備另一杯。

我不明白他們稍微多倒牛奶時，為何沒有因應對策。舉例來說，為何不把多的牛奶倒入另一個杯子或容器？早餐結束時，幾杯比一半多一點的牛奶集中在櫃檯邊，廚師輪班結束便將所有酸掉的牛奶丟棄，多麼愚蠢的作法。廚師丟棄牛奶時展現的精確度也有其特殊邏輯。一名獄警會站在廚師旁邊，多一雙眼睛確保廚師並未發送任何一杯超過半杯的牛奶。這簡直匪夷所思。獄警如此聚精會神執行這項工作，導致人們認為牛奶肯定含有藥物或化學物——就是專注到這種程度。

然而我們對此情節的認定又突然瓦解。極少數情況下，廚師會大發慈悲，給被囚者滿滿一杯牛奶，意思是，剛好平時兩倍的量。偶爾，他們又只倒四分之一杯。不管哪種任何情況，廚師都精確完成任務，小心不比指定的量多倒或少倒一滴。被囚者目睹他們執行任務時，便放心這白色物質確實是牛奶，因為它是一次倒入的。之所以如此肯定是因為，如果裡面混入了人工物質——或如果它根本不是牛奶——那麼這次為什麼倒了一整杯？

人們無法不去思考這個問題，亦即，杯子裡裝的是牛奶，還是一半牛奶一半藥物？或者正好相反，有沒有可能所有杯子裝的都是牛奶，不論全滿、半滿或四分之一滿？或者全都不含牛奶？這意味著什麼？然而不論是倒滿一杯、半杯或四分之一杯，有一點始終如一，就是廚師展現的精確仔細，以及隨時有警官在側確保廚師充分履行職責。

令人極度困惑的是，完全控制的措施並不見於其他飲料的分送情況，例如果汁。其他飲料的供應相當平常而規律，給果汁總是滿滿一杯。廚師做這動作時不經思考，也未特別留意，就像一個人在家處理日常家務，就像在一個舒服的春日早晨為伴侶準備一杯果汁。

還有另一個差別也值得一書。供應的果汁通常是溫的，但偶爾也會有冰涼的果汁。這對被囚者來說意義重大，因為監獄沒有冷水設備，即使大熱天也不得不整天喝溫水。每當發送冰涼果汁時，被囚犯者會開心得反覆凝視自己的杯子。然後，為了增加享受程度，被囚者會冷靜小心地連續幾口喝光，暢快解渴。果汁的清涼感深植於被囚者的記憶，即使只有溫水可喝時其意義依然存在。人們啜飲涼水的渴望越來越強烈。

以下提供折磨的配方：挨餓的漫漫長夜、飢餓的胃、空蕩蕩的肚腹，加上廚師分發牛奶、果汁與各種食物時，與他們迂迴曲折的互動。即使最精明的被囚者也無法解開其中糾葛。沒有一位被囚者不曾努力參透複雜的排隊系統與食物分配結果的關聯。我敢說每位被囚難民的思緒都繞著這些疑惑兜轉。

有時，一位聰明過人的被囚難民也許會破譯體制裡的某種規律。例如，他會自言自語說道：「很好，這些傢伙星期天給我們一整杯牛奶，然後平日每天都是半杯，星期六是四分之一杯。接下來的一週，不是星期日而是在星期一、星期二給一整杯，星期三到星期六給半杯，星期日給四分之一杯。」或者他會得出某條果汁供應的複雜公式。這位興奮異常的被囚者表示，這些發現揭示了神奇的真相。

在自以為揭開謎底的錯覺下，他甚至會向所有朋友證明他破解了體制的密碼。然後說時遲那時快，他的計算推論立刻被推翻：他走進用餐區，佇立在早餐菜色前，眼前是就算監禁前也未曾吃過的美食。各式各樣的果汁、牛奶、開心果、菇類、奶油、果醬、蜂蜜、烤豆子，擺盤精緻美麗。此外還有些其他東西，包括花生醬。

這位被囚者意識到自己發現的規律是錯的，隨即陷入絕望。他繼續嘗試解開體制的邏輯，在周遭尋找解答。這引發了永無休止的疑問。他朝思暮想，在廚師的眼中尋找答案，或在獄警的眼中尋找答案。或許，不同主廚的個性有異。或許，有些獄警沒那麼殘忍。

監獄人員的工作時間採輪替制。獄警和廚師一班都是兩星期，工作兩週後離島，由另一組新的人員接替。沒人一次工作超過兩週，唯一例外是監獄發生危機時，他們必須額外工作幾天。被囚者們會在這些情況下分析許多監獄規範，並認為規則可能隨著人員換組而變化。

關於早餐和其他餐食方面，有人認為第一組或第一組的主廚，倒的飲料比其他人多一些。或者會提供一點額外的果汁。或者他的食物品質較好。或者第一組的獄警執行規定較不嚴厲。此看法並非毫無根據，因為差異確實存在。第一組工作人員的確沒那麼殘忍。然而一旦這樣的觀點逐漸在被囚者腦中鞏固成形，突然之間，第二組獄警就意外改變了應對態度，變得更友善。反而第一組變得殘暴起來。

總之，治理監獄的是一個扭曲的制度，一個限制被囚者思想的瘋狂邏輯。此極度壓迫的治理形式迫使被囚者將其內化，除了努力適應體制別無他法。

努力理解微觀控制與宏觀控制的條件

努力理解一切無止盡的變化
努力不跌落崖邊
努力不陷入瘋狂。

§

每位被囚者都堅稱他們或他們的團隊是體系基礎的權威理論家，是制度架構的首席分析師。但最大的困難之處在於，沒人可讓你究責，沒人可讓你推到牆邊逼問，沒人可讓你如此審問：「你這個混蛋，這些規範制度背後的道理是什麼？你是為什麼、根據什麼邏輯，創造這些規則和條例？你是誰？」

監獄體系中無論是獄警或其他工作人員，沒有一人可提供答案。他們只能說：「對不起，我只是奉命行事」。事實上，就算明顯參與體制的人，恐怕也對情況一無所知。他們只是進監獄兩個星期，強硬執行規定管制，然後離島。

這個體制可以概括如下：首先，建立一個依賴條件，而此依賴是在微觀控制與宏觀控制的治理性脈絡中架構起來的——儘管相互關聯的方式有所差異。飲食是生存必需，被囚者別無選擇，只能拚命滿足此基本需求。這就是重點，這就是得以持續囚禁的策略。如同被蜘蛛網纏住一樣，掙扎得越努力，就越難脫身。

飢餓有兩個目標：對被囚者的思想施加各種控制機制，並使其深陷體制之中成為共犯。被囚者的胃使他明白了這個體制。他試圖以抵抗回應，並與他人團結合作，經歷心力交瘁而漫長的行動階段……沒有任何結果。

沒有任何結果

完全沒有

他徒勞的疑問得不到答案

沒有進展

除了瘋狂邊緣到不了任何地方。

他遭受某種形式的壓迫，卻無從得知壓迫的源頭。像大牛和騾子們一樣放棄抵抗、與體制合作，不是更好嗎？也許吧。這可能是最簡單的方法。如此一來也許可以減輕苦痛，減少需要忍耐的煎熬。而這恰恰是該體制的根據與設計目標。

馴服

製造金屬碎片

生產線

工廠

我們成了複製的籠中小雞

這座監獄是複製的雞舍

現代

工業化。

君尊體系為被囚者展示了藍圖。沒錯，這張藍圖在大牛身上充分彰顯。簡單說，你若希望少受點苦，就必須像大牛一樣活。吃飯，睡覺，不提問。

你無法理解監獄體制。即使其中的獄警也一無所知。你不應該反抗。只要服從規定與規範的權威。根據我們的基本需求：

- 每位被囚者都需要吃飯。
- 每位抽菸的被囚者都需要香菸。
- 每位被囚者有時都需要使用電話。
- 每位被囚者都可能生病並需要藥物。

我想像監獄後方的區域有著盤根錯節相連的辦公室。行政區的職員穿著制服或正式服裝，坐在辦公桌前成天規律打字、寫每日報告——報告監獄內發生的事件。還有其他員工。手臂夾著大資料夾的員工。他們在各辦公室和走廊之間來回穿梭，腳上的商務皮鞋發出咯噔、咯噔規律的聲響。

待在監獄的時間越長，想像的辦公室場景就變得越大越複雜。辦公廳室的規模持續增加，最後在我想像中，監獄後方矗立了一棟大樓。

這棟大樓的頂樓肯定是由頭髮灰白的老人們占據。他們坐在光可鑑人的橢圓形會議桌前，進行閉門正式會議。是的，這些時髦的老女人老男人，他們需要被挑戰。當正式會議進行到一半，他們在研擬新規定時，他們必須面對突然甩開的門，接著有人在橢圓形會議桌上重重一拍。此時那人必須大喊：「你們這些混蛋，你們被逮了！你們的長官在哪兒？」但是一如往常，長官是永遠找不到的。

無論什麼問題，無論你問監獄裡的誰，答案永遠如出一轍：「**長官**已下達命令。」每當有頑固的被囚者提出疑問並真的找到說「**長官**已下達命令」那個人的長官，然後當面質問時，那位長官也會回答：「**長官**已下達命令。」這是毫無意義的努力。所有的規定、所有的管制，以及所有關於這些規定管制的問題都會轉回到一個人身上：**長官**。令人驚訝的是，**長官**也會以「**長官**已下達命令」回應。這是一條在階層制度中不斷攀升的長鏈。

官僚體制裡的位階由權力關係決定。每個長官都隸屬於另一個長官，高階長官又隸屬於另一個長官。若沿著這條關係鏈往下查，可能會導向成千上萬名其他長官。而他們都重複著同一句話：「**長官**

已下達命令。」

監禁的時間拖得越長，長官施加的壓迫也變得越暴力、越傷害性。某種程度上，我們想像中的長官的概念也變得越來越蒼白淡薄，後來我甚至感覺不到他在監獄後方的那棟大樓裡。

也許長官連同其他長官離開了島，進駐一棟更宏偉的大樓
在遙遠的城市
在遙遠的大陸
在大洋彼岸
一個高樓大廈林立的地方
一個緊鄰國會的地方
一個女人男人打扮更時尚的地方
所有人聚集在橢圓形會議桌開會
肯定也有其他狡猾的老女人狡猾的老男人在場
同樣圍坐在橢圓形會議桌旁
一張紅色飾面的會議桌。

如此體制想像起來就簡單多了。獄警在筆記本裡寫報告，筆記在一日結束時送到監獄後方的大樓，由許多極為敬業的職員將筆記內容打字出來。最後，報告經過摘要，整理成一份正式資料，送至長官的辦公室。長官做出必要的決定，然後送往上一層樓，那裡駐有其他處理資料的職員。隨後，整份資料又摘要成一份較小的文件，然後再一次，送進該樓層長官的辦公室。長官做出重要的決定後，資料轉送上一層樓。同樣地，在新的樓層也進行了類似的流程……再送往上一層樓。接著再從那裡送到上一層樓。

就這樣，資料文件蒐集了一長串官方批准和多位長官的簽名。如此越升越高，最後終於到達頂樓，放置於橢圓形會議桌上。當資料一路抵達位於遙遠城市專屬於馬努斯長官的大樓時，它還經過簽名密封。那裡的多位員工滿懷期待地收到了資料。於是，資料經歷同樣的過程，在新大樓轉送多個樓層供長官過目。樓層越升越高，最後抵達長官們的長官的橢圓形會議桌，直接送達那些時髦老女人與時髦老男人，那些散發香水及古龍水味、永遠堅定不移的人面前。

可能還有其他長官。或許吧，我不知道。也許是更聰明更時髦的老女人老男人。也許他們在另一棟樓裡開會。說不定每一條規定的實施都涉及成千上萬名長官。然而相反的流程也完全可能：所有長官中最像長官的一位下達命令，傳下各樓層，再送到馬努斯島，最後長官終於降臨底層監獄。在此情況下，隨著資料向下傳遞，不再是文件越來越濃縮，而是一個小決策變得越來越龐大，整個流程持續到決策送達監獄才告終。決策最終變得如此錯綜複雜，沒有一位被囚者能夠理解。

這些規定條例的源頭不得而知，又或根據某種深奧原理形成的，它們總是如震撼彈般扔到監獄，重重打擊被囚者的精神。你毫無選擇餘地。當務之急是嚴格執行這些規定條例——因此，無論被囚者多絕望，他能做的只有用拳頭捶打貨櫃屋的牆，使勁猛揍，在怒火中用拳頭猛揍。

§

基於神祕不可知的邏輯，排隊領香菸的方式每星期都有新規定——完全深不可測，與用餐區和其他排隊情況如出一轍，讓每個人澈底抓狂。香菸排隊的時間被安排在與瘧疾治療同時進行。幾名當地女性會推著推車往小辦公室走去，推車上的箱子裡裝有幾十包香菸。她們的步伐洋溢著自負，因為她們是眾所矚目的焦點。她們也確信自己攜帶著有價值的物品，就像開車往返銀行運送現金的工作小組。從大門到小辦公室短短幾公尺距離，被囚者們有充分的理由從頭到尾熱切盯著推車上的箱子，有充分的理由細聽女人的腳步奏出的樂音。有充分的理由滿懷渴望。對那些女人而言，感受到被囚者對她們的著迷肯定很超現實。

推車從後門匡啷匡啷進入小辦公室。隊伍的緊張氣氛高漲。接著，女人們從小辦公室的窗口後面發給每個人一兩包菸，並在大日誌本記下每位被囚者的號碼。

小辦公室的招牌寫著「販賣部」，事實上叫「菸草舖」會更貼切。每位被囚者每星期有二十五點的消費額度，足夠買三包菸。沒用來買菸的點數，理論上可以購買其他物品，例如：棒棒糖、餅乾、筆和筆記本。但是後面這些品項只存在於理論。因為推車運送的只有香菸，被囚者除了菸以外什麼也買不到。點數也無法存下來累積。每星期一，每位被囚者的帳戶紀錄會一筆勾銷。即使有人沒買任何東西，剩餘點數也會刪除，再登錄上新的二十五點。

奇怪的是，儘管大牛不抽菸，依然總是排第一。不可思議的景象。也許大牛發現最聰明的生存之道。他知道香菸有多珍貴，知道被囚者們有多急切想擁有。大牛排隊領菸收集起來，藉此謀取私利。

香菸排隊自有極複雜的規則。最初，他們每三天在整點販賣散裝香菸，後來變成每兩天，之後是每天。每天發售香菸的時間頻繁變動，有時指定時間為一小時，有時兩小時，或一個半小時。比方說，不會每次都在兩點到三點，或兩點到四點之間販售。有時小辦公室早上九點或十點開門，中午前便銷售一空，之後什麼都沒了。頭一個星期，小辦公室窗口上會張貼告示，告知當天是否有菸，並且宣布前往小辦公室櫃檯的時間。

這不表示你能一次花掉全部的二十五點。若真如此，每週只需排一次隊就好了，且鑑於監獄裡的情況，這只會是好事一樁。然而這件事逃不過監獄**君尊體系**無所不在的凝視，排隊規定偏不讓人如願：「每次只能領取兩包香菸。」這意味著每位被囚者每週至少要忍受兩次排隊的折磨。

監獄提供香菸有如體制慷慨贈與被囚者的禮物。最初的反應必然是驚訝：為什麼要給囚犯香菸？當一個體制盡其所能挾持被囚者的各種基本需求，並將這些基本需求限制於自己部署的暴力鐵籠內，它怎會允許被囚者抽菸？舉例來說，體制為什麼不從第一天就執行「禁止吸菸」的規定？為什麼禁止踢足球，香菸卻總是買得到？幾個月過去，每個人都清楚了：香菸是監獄的命脈。更準確來說，香菸是被囚者的脈動。每當體制認為必要時，就會勒緊動脈。

這體制極為聰明老練，若想解決危機，就把香菸當作工具。體制總是可用這個工具對付被囚者，或藉其驅使頑固的被囚者放棄目標，放棄對規定的抵抗。每逢星期天，吸菸者忙著東奔西跑找菸，他們一步步變成乞丐。監獄裡出現了一個乞討文化階層，一個體制中的底層群體。新的社會鴻溝、新的社會分化於焉成形。吸菸的被囚者變得必須依賴不吸菸的被囚者。

大牛一夥人對監獄精神的理解相當透澈，他們在床墊和枕頭裡塞滿一包包香菸；與此同時，吸菸者的癮頭越來越凶，討的數量越來越多，人變得越來越虛弱。不吸菸的被囚者慷慨把香菸贈與吸菸的朋友時並不考慮後果。監獄裡的社交規範漸漸受到吸菸影響與制約。

另一個問題是巴布對香菸的狂熱程度。這是他們的阿基里斯腱。只要一支菸便能贏得巴布善良的心。狡猾的被囚者深知這一點並予以操弄。每當巴布一看到菸，眼裡便閃耀著喜悅。他們會接過菸，把一整支抽完，在監獄的偏僻一角澈底享受。基本上，對巴布而言，吞雲吐霧的行為是神聖的。這適用於男女老少。你幾乎不可能給巴布香菸又要他們拒絕，更不可能聽說他們戒菸。巴布愛極了抽菸。

§

排隊打電話大概是利用香菸的最佳時機，因為此時巴布被賦予較多權力。但每隔幾天就會有一名澳洲獄警（通常是最嚴格的那位）摘下巴布身上的識別證，親自執行規定，維持秩序。若要想像監獄裡的景象，必然少不了排隊打電話的混亂場面。電話排隊絕對是最混亂的。排隊人數比任何排隊場合都來得多，因為排隊地點在電話室附近，而馬努斯三個獨立區域的被監禁人都會在此聚集。

電話室是一間設有七八臺電話的大房間，但總有幾臺電話是故障的。位置就在福斯監獄西區右手邊角落的圍欄旁，也就是工作人員砍樹整地，用卡車運來貨櫃屋放置的地方。早上到中午為福斯監獄囚犯的專屬使用時間。被囚者從清晨開始就在警衛室前排隊等候。然後，等獄警叫到編號，幾人一組便進入電話室。他們如飢餓的獅子撲向電話，卻不知道哪幾臺是壞的。被囚者必須凶猛出擊，並快速測試電話。如果壞了，就得找另一臺。

很多時候兩位聰明的被囚者同一時間發現他們的電話壞了，立刻搶至角落的另一臺。一個人抓住話筒，一個抓住底座，展開激烈的爭奪，電話可能會一分為二，或者力氣較小的那方退出衝突，像放棄獵物的野生動物，退到角落踢打牆壁。有些情況導致火藥味四射並開始拳腳相向。那裡總會站著幾位身材魁梧的獄警，隨時準備用暴力將他們分開。一組七八人裡，只有幾個人能使用到功能正常的電話。於是被囚者士氣低落，神經極度緊繃又一無所獲地回到監獄。他要不接受失敗，要不重新排隊。一天就這樣虛度。

整個過程可以如此描述：兩名獄警站在隊伍的最前端，其中一位全神戒備，在被囚者通過大門時監看編號，另一位則每隔一小段時間喊出編號的順序，並核對身分證件照片和走進的人是否一致。

接著，大門後方的兩名獄警打開鎖，待一組人進入電話室後，又將大門鎖上。站在門邊的獄警整個值勤時間的任務就是反覆將同一道門開鎖上鎖。試想像，該獄警結束一天的工作回到家，聽到伴侶問他：「親愛的，今天在忙什麼？」他若誠實就會回答：「親愛的，我今天從早到晚開開關關鎖了幾十次門，現在終於可以在你懷裡了。」

在此體制下，各監獄使用電話的時間有所不同。奧斯卡監獄是星期日，德爾塔是星期一，福斯是星期二。但是目前，福斯監獄的難民每天早上至中午都可以使用電話。他們比其他監獄的人大幅享有更多時間。此安排並非永久不變——例如，有幾個星期，福斯監獄的難民完全無法打電話。相關規定每週一改。有時一週的一開始，所有人的編號都登錄在令人困惑的時間表上，例如：MEG45 確定可在星期四上午十一點十分打電話。但好景不常。下一週規定可能又變得較不嚴謹，誰排得前面，誰就可能打到電話。

有時電話排隊從早上九點開始，有時八點，或十點。電話時間可能持續到中午為止，有時到下午一點或兩點。這樣的規則似乎維持了數星期不變，然而當被囚者習慣之後，新的規定便突然出現。不可理喻的體制中存在更多扭曲，將人的意識深深吞噬。體制使被囚者碎片化、茫然迷失，甚至與自我意識都變得疏離。

奧斯卡與德爾塔的被囚者都由一輛小巴士載送到電話室。巴士路程有三、四名獄警監車，他們像路障一樣擋在前後方座位上。試想像被囚難民在奧斯卡和德爾塔監獄排隊上車的場景，一個身體緊挨著一個身體，競相占據距離車門最近的位置，這樣的爭奪會一路持續到電話室。車內的競爭則是盡可能搶到離車門最近的座位，以確保快速下車前往正常運作的電話。

毫無疑問，製造巴士的人從未考慮過這種性質的短程移動——設計者從未想過自己設計的巴士會用於僅約二十公尺的路程。巴士必須在監獄外的泥土路面行駛，因此除了繞監獄一圈似乎別無選擇。最重要的是，使用巴士進行這趟短程移動是監獄安全措施的升級。**君尊體系**無法預期或相信被囚者可在護送之下走過這段短短距離。該體系的目標可能是確保被囚者永遠不踏上不屬於監獄的土地，一刻也不行。

簡單來說，奧斯卡監獄和德爾塔監獄仍繼續在巴士裡前進。巴士是監獄向外衍生的有機體，是監獄的延伸。或者說，巴士是監獄朝電話室伸出的分枝，一旦被囚者打完電話，便沿同一條路蜷縮回母體。在這短暫的時間裡，被囚者難掩離開監獄幾分鐘的喜悅。他們向在圍欄後方觀看的福斯監獄囚犯打招呼，從巴士緊閉的窗戶後面揮手。有時他們會高聲歌唱，有如從寄宿學校回家度週末的男生，或是為球隊獲勝歡呼的球迷。

獄警在執行電話相關的規範時無法想像地嚴格，極度嚴厲限制。

並非不可能相信
只是難以置信
處在很多事都難以置信的情況是痛苦的
一個人對於太多事的進行方式感到難以置信
……這處境便成為痛苦的肇因。

九、父親節／宏偉的芒果樹與溫柔巨人

一名祖父，一名父親，一名幾個月大的嬰兒
父親的日子，屬於所有父親的節日
這裡永遠是父親節
這就是這裡沒有父親的原因
君尊體系內不存在父親。

我看見一名身上帶著瘀傷的年輕人，好奇他是怎麼因為奮力想打電話而負傷的。這男人是個父親，兒子幾個月大的父親。

整段監禁期間，他給自己的稱號就是**父親**：他對男性氣概的全部理解似乎深受父親概念的影響。有次，某個星期天，父親想跟自己年老多病的父親，也就是**祖父**，通話。祖父先前發了一則訊息給朋友們，朋友們再將訊息轉達過來：他想和兒子說說話。

這可不是普通的訊息。祖父在極其特殊的情況下發出訊息，跨越到另一個半球，抵達我們居住的半球，這個包含我們所在島嶼的半球。

祖父透露，他來日無多了。

這是一則告別訊息，一則承認死亡將至的父親的留言。他的兒子，**數月大孩子的父親**，在那一刻感受到身為人子的意義；崇高的父親身分暫時讓位給人子的情感。是的，數月大孩子的父親收到訊息後，立即直奔電話排隊隊伍。

首先，他那位蓄著濃密鬍子的朋友（很可能也是一個或多個孩子的父親）通知排隊的難民，這個人的父親病了，情況很危急，他需要馬上和父親通話。告知的過程相當尊重，小聲地傳到隊伍前面。畢竟這不是值得張揚的事，大多數人不喜歡家務事被公諸於眾。幾位排在隊伍最前面的人搖搖頭表示同情——帶點憐憫的同情——但他們不打算讓出自己的位置。

在此情況下，每個人都表示同情，同情成為一種集體情感的表現，最後隊伍最前面的人也同意讓他使用電話。第一步達成。**濃鬍子男**似乎在和一名巴布協商，但巴布朝澳洲獄警的方向搖了搖頭。巴布表示遇到道德困境時他沒有權力破例。每個人都曉得澳洲獄警才有最後的裁決權。濃鬍子男努力用蹩腳的英語向澳洲獄警解釋來龍去脈，獄警回答道：「抱歉，這違反規定。很遺憾，這是不可能的。」

濃鬍子男又解釋了一遍，這次試圖以不同詞彙喚起獄警心中的憐憫。他甚至更進一步放聲說：「……但這個人的父親重病快死了……說不定已經死了。」顯然，濃鬍子男並不擔心他的朋友聽到別人說自己的父親可能已經逝去而悲傷。濃鬍子男決心無所不用其極打破規定，幫朋友進到電話室裡。然而，澳洲獄警只是不停說道：「我理解你的感受，但是很遺憾，這違反規定。抱歉。」

彷彿濃鬍子男的一切努力只有一種結果，就是一而再再而三聽見「我理解你的感受」這句話。但這句話並不意味著可以破例。儘管如此，濃鬍子男加倍努力訴諸道德感與同情心說服獄警通融。他的陳請說詞越來越誇張，甚至扯進澳洲獄警的家庭狀況。像是說：「你自己也可能是父親，想必非常瞭解父子之情。就算不是，你至少也身為人子，你有父親，或曾經有父親。」

這時換兒子——數月大孩子的父親——出面嘗試說服獄警。他熱淚盈眶，請願時比濃鬍子男更激動。隊伍前端的熱烈對話引起所有排隊難民的注意，這下子每個人都知道發生了什麼事。然而澳洲獄警吃了秤砣鐵了心，聲明他無法違反規定。幾分鐘後，那位兒子——數月大孩子的父親——和濃鬍子男設法爭取其他人的支持，幾乎所有排隊的難民都為他們聲援。眾人發出抗議的鼓譟向獄警施壓。沒有任何影響力的巴布只是旁觀，顯然要是他能決定，他會毫不猶豫通融，或者若澳洲獄警不在場，他也會為一根菸而破例。

這位獄警的壓力越來越大，最終後退一步，宣布他最好請示長官。獄警拿起對講機告知長官：排隊隊伍的氣氛緊張，有一個人想和生病的父親通話。他等候長官裁示。此時眾人鴉雀無聲，在絕望的氣氛中試圖分辨對講機另一端長官的聲音。通話結束，獄警獲得長官授權，自信而果斷地宣布：「很抱歉，沒有辦法。」

此話隨即造成隊伍的混亂，每個人行為的混亂。許多熱心參與的人立刻預期濃鬍子男會發出行動號召，因為這男人對此事抱持更深的責任感。但這次他使用多種風格的語言，融混了以吼叫聲壓過對方的語言、憤怒的語言、反抗的語言、暴力的語言。濃鬍子男提高嗓門呼告：

「長官在哪裡？

「我們想見長官。

「這個人必須立刻獲准打電話。」

有一兩人高舉自己的身分識別證，表示準備把位置讓給那位兒子，即數月大孩子的父親。

隊伍變得一團混亂，導致其他福斯監獄的被囚者也靠攏過來，站在大門前。許多人只是遠遠站著，並不清楚情況。獄警立刻又拿起對講機跟長官通話。現場一片安靜。幾分鐘後長官到了，但有十或十二名壯碩的警衛護送。一見到長官和他的護衛，行動立即改變策略。這一次，濃鬍子男試圖向長官抱怨不准打電話的獄警，藉由訴諸道德責任進行說服。然而，不論他和其他人如何精準合理的陳述了哪些基本道理，都迅速被那十或十二名護衛粗壯的二頭肌反彈回來。

在監獄裡，肌肉的力量經常可以決定事情結果。長官完全相信其團隊的二頭肌，因此果決而禮貌地宣布，「抱歉，這是規定，很遺憾無法通融。」

長官如此斬釘截鐵，被囚者們著實大吃一驚，包括濃鬍子男和那位兒子——數月大孩子的父親。

其他被囚者決定最好不要干涉，中立旁觀。濃鬍子男和數月大孩子的父親繼續訴諸道德情感，並以不同的方式解釋情況。長官變得更有戒心。顯然，濃鬍子男舌粲蓮花道盡父愛的詞藻令他產生了動搖。然而，長官在這件事上唯一的彈性是伸手搭在兒子的肩膀上——搭在數月大孩子的父親的肩膀上。長官把手放在他的肩上說：「很抱歉，這件事非我能掌控。長官已下達命令，實在沒有辦法。」

長官為自己卸責，推得一乾二淨。

濃鬍子男接受了拒絕的結果，只是握著他朋友的手安慰道：「別放在心上，你知道這群混蛋的德性。我敢說你父親一定平安無事。三天後，你就可以按照你在時間表上排的時間打電話了。」然後他們離去。

§

三天後，星期三，天氣多雲。一群人聚集在大門外，許多人的身體都貼到圍欄上，甚至還擠進將電話室與外界分開的牆壁接縫。他們在向外窺看。被囚者開始亂七八糟地聚集起來，想必發生了不尋常的事。幾名被囚者大聲咒罵，他們的身分不明。幾個人用拳頭捶打圍欄。不過大多數的被囚者沒有輕舉妄動，只是旁觀。

四名在圍欄後方的警衛將數月大孩子的父親放倒在地。有一個看起來最壯的將父親的雙手往後扭，動作迅捷地上銬。另一個用雙膝壓住他的背。另一個扣緊他灰撲撲的光裸雙腿，腿上布滿各種小傷口。另一個則抓住他的頭，將滿是血跡的頭部固定，讓他動彈不得。還有其他六、七名獄警也站在那裡，只是看著他們的同僚。同時在另一邊，有三、四名獄警試圖拉開從圍欄另一側看熱鬧的被囚者。

數月大孩子的父親使出渾身力氣、集中所有能量，好讓自己的聲音能被聽見。他用聽似破損的喉嚨喊道：「你們這些混蛋，放開我，你們這些混蛋殺了我父親。你們殺了我父親。放開我。放開我。」

然而長官變得比其他人更殘暴。他是那種生氣起來眼睛布滿腫脹血管，雙眼因憤怒而充血發紅的人。他取下對講機，對獄警大吼要求更賣力執法。以如此激烈的手段化解狀況是未經授權的。

人類實在是太詭異的生物。你簡直無法相信這是幾天前試圖冷靜解決問題的那個人。當時他甚至關懷的把手放在被囚者的肩膀上以示安慰。而現在他讓許多人重重壓在同一位被囚者身上。我不知道，或許他這天特別想展示自己的宰制權力。

幾分鐘後，數月大孩子的父親被迫屈服。

咒罵停歇

一聲短促的微弱叫喊

一片死寂。

獄警確信他已停止抵抗，或者他只是再也沒有力氣承受更多傷害，或對獄警造成任何傷害。

無論何種情況，他如一具跛行的屍體，被人扔進一輛像是吉普車的汽車後面……移送到名為查卡（Chauka）的單獨禁閉室。

他犯的罪行？

「此囚擾亂電話室，將電話砸在牆上。」

不，實際情形是這樣的：

「這位男人，這位父親，數月大孩子的父親，失去了自己的父親。」

然而，慘案發生的整個過程中，濃鬍子男完全不發一語。他獨自站在圍欄後方，只是旁觀。事件結束後，他回到自己的房間，一個在圍欄邊靠海的房間。他的模樣引人好奇：沉默不語，帶著猜不透的模糊表情。

整體來說，監獄的**君尊體系**構築了被囚者或許畢生從未遭遇的景象。例如在此情境下，濃鬍子男可能做些什麼嗎？他的內在對話也許得出肯定的答案，也許他會問：「我是否辜負了身為朋友的責任？」他也許思考了許許多多的可能性。

混亂破碎的念頭

為朋友設想最好的結果

想像，如果他的朋友後退幾步，牢牢靠著圍欄不動，用一種憤怒公羊般的可怕聲音狂吼，事

情會變得如何
或者想像，如果他的朋友從某處取得藍柄刮鬍刀，把自己弄得渾身是血，事情會變得如何
事情會變得如何？
想像，如果他沒有採取任何手段，而是像一個孩子著火的女人，用指甲深深劃過自己的臉龐
想像，如果他死了
想像，如果他只是尖叫
想像，如果他放聲咒罵
事情會變得如何？
想像，如果他想盡一切辦法集結群眾
想像，如果他激勵人群採取集體行動，推倒圍牆
事情會變得如何？
想像，如果他完全沒採取激進的戰術
想像，如果他平和處理
想像，如果他透過牆壁的縫隙說話
想像，如果他透過圍欄的縫隙說話

想像，如果他恭敬地對警察說話，尤其是對幾天前表示關心善意的長官
想像，如果他請求這些人原諒，放他走
想像，如果他只是專注於闡述父子之情
會不會導致更好的結果？

或許這位兒子——數月大孩子的父親——更希望他的朋友們能稍微克制，不破口大罵。在他被獄警的二頭肌和膝蓋壓制得喘不過氣來時保持克制與冷靜。

不，不會的。

這些反應不會有任何建樹，反而更削弱他的力量。激進的手段只會落得在查卡單獨監禁。和平的手段對他或他的朋友更無半點用處。

在這一切脈絡下，我們該如何理解他們友情的意義？

在所有的選擇中，濃鬍子男決定保持沉默，接受他的朋友已遭侮蔑，接受他已被迫屈服，接受他所能做的唯有見證。如同他的朋友，他必須保持沉默，容許監獄體系這個會思考的有機體運作，容許那些無腦的獄警執行命令——獄警在消弭爭端上，倒是有足夠的必要知識。

§

有太多時候，被囚者被迫遊走人與獸的邊界。你必須決定要堅持人類價值觀，或是像大牛那般過活。在多數情況下，人類會為求生存而淪為動物。然而，並非那種完全依賴本能及先天條件行動的動物，而是一種具有智慧與意志的動物，那就是「人」。要知道，一隻在這世界無憂無慮睡覺的單純山羊，和一個腸子扭曲夾纏、為求生存殘暴獵殺的邪惡人類，兩者之間有著顯而易見的區別。為了生存，人類甚至會不惜獵食自己的同類。這話聽來憤世嫉俗，卻是事實。人在飢餓時，會衝向任何聞起來像食物的東西。假如有競爭者，會更凶猛出擊。

有時，晚上會有一位好心的獄警進入監獄，帶來色彩繽紛的蛋糕。他創造出一個意義上堪比農家庭院的場景。那名獄警離開警衛室一會兒便進到監獄。每個人對任何細微的食物氣味都高度警覺。獄警把盒子扛在肩上，緩緩走向監獄最遠的一角，平靜且好整以暇地散步過去，而我們即將見證**君尊體系**一種特殊活動的運作。警衛室裡的幾名獄警緊盯著肩上扛著盒子的同僚。當他筆直走過時，幾十名被囚者從監獄各個地方竄出，開始朝他前進的方向快速移動。每位被囚者眼中和行動中散發的貪婪與渴望，就像一群剛看見牧羊人手提袋子的綿羊。牠們陷入狂熱，一隻眼睛盯著牧羊人，另一隻眼睛盯著光滑的石頭表面，也就是牧羊人預定分灑幾把鹽和礦物的位置。這座監獄變得有如羊圈。糧食不足的寒冷冬日，牧羊人會在圍欄角落丟一些大麥或苜蓿，化解羊群的飢餓之苦。綿羊對此友好的舉動心懷感激，朝著牧羊人的方向一擁而上。但是人類聰明得多。被囚者和綿羊有一點特別不同：他們不會像綿羊一樣直接衝向獄警（牧羊人），而是朝他行進的方向移動。

可以想見會有一些基本的競爭。誰先到，誰就更有機會吞下一塊或幾塊蛋糕。蛋糕雖然小但相當美味。被囚者到達他們的目的地時，獄警頓時變得像牧羊人，只是牧羊人把手伸進裝了鹽、礦物或苜蓿的袋子裡，他則一塊接一塊拿出蛋糕。但是他確信自己不需要分配蛋糕的數量，因為蛋糕一旦揭開，就直接從紙板上被吃掉了。

分送蛋糕的方法無法注意到誰拿了多少塊。盒子一打開，幾十隻手就伸到獄警面前。獄警別無選擇，只能抬起盒子，高舉過頭頂和肩膀。有時人群的力量過大，獄警還會失去平衡險些摔倒。為了避免跌倒，他不得不將盒子連同內容物一起丟開幾公尺遠。結果顯而易見。這些手的身體突然改變方向，一齊湧向盒子和散落在地的蛋糕。這時被囚者變成的生物絕非綿羊——也許更像一群掠食的狼，隆冬裡飢腸轆轆的狼。他們變成了毫不留情撲向獵物的餓狼。

大牛真是不可思議的男人。

在這種特別時刻，他絕對不會讓自己餓著。他也許不是率先抵達現場的人，但你無法想像整件事落幕時，他手裡沒捧著一兩塊蛋糕。我從沒去獄警那裡拿過蛋糕。我從不曾朝那團混亂踏出任何一步。並非我是個極度驕傲自負的人，甚至也不是因為與其選擇變得像羊一樣，而寧願保持自己的人性。不，我發誓絕非如此。這個驕傲的決定背後有個特殊原因，促使我在食慾支配靈魂的時刻下此決定。

籠罩全身的無力感才是影響決定的原因。我的身體很虛弱，像隻飢餓的狐狸。我認為這種特殊的感受是保有人類基本意識的證據。從獄警開始展現友好舉動的第一刻起，我就明白自己是隻落敗的動物。正因如此，我總是從遠處觀看這齣奇景，眼巴巴看著那些漂亮可口的蛋糕給狼吞虎嚥下肚。

有幾次我剛好站在警衛室旁，那位獄警突然不知從哪兒冒出來，帶著他的盒子從我身邊走過。那是一個千載難逢、像大牛這樣的人夢寐以求的時機。我是第一批在現場的人，這意味著我有更高的成功機會。然而一股巨大的虛弱感再度襲來，所以我只是遺憾地看著其他被囚者，看他們紛紛從這角落、那角落竄出，看他們集中注意那個區域的驚人速度。我不認為自己有能力與大牛和他的朋友們競爭。對我來說，比大牛這樣的人先搶到一塊蛋糕，光是想像可能性都很困難。

§

M走廊在監獄另一邊，靠近臨海的圍欄，被稱為小庫德斯坦。這裡出現一種不同形式的食物競爭。

庫德族被囚者住在緊鄰圍欄的一排排房間裡。他們將被打壓的政治抱負帶進了監獄，其中一間房還裝飾了三色旗：白色、紅色、藍色，中央繪有燦爛的太陽圖樣。有趣的是，儘管他們連一支筆都沒有，某天早上醒來竟發現門上掛著庫德族的旗幟。簡直是奇蹟。或許是某個有庫德血統的獄警畫的。不管放置旗幟的人是誰，旗幟的存在意味著這個小區域的識別標誌不再只是一個數字。

就在那兒，在圍欄邊，一棵樹幹宏偉的芒果樹筆直的拔地而起。這棵樹挑戰監獄的圍欄，長長的枝葉往監獄的方向伸展，伸進監獄內部，爬上走廊區的屋頂，垂向被囚者的房間。芒果樹開枝散葉的模樣從走廊裡是看不到的；人們只能從遠處和廁所附近才看得清楚。樹幹光滑的外皮與粗壯的枝幹是如此驚人，幾乎沒人能輕輕鬆鬆爬上去。

多汁的黃色芒果依偎在寬闊的樹葉間，這棵熱帶樹在炫耀它的果實。任誰看到這樣一棵樹，心頭都不由自主被喜悅占據，因為一棵洋溢善意的樹而喜悅，因為其豐盛的賜予而喜悅。也許這與男人在妻子懷孕時體會到的是同樣的輝煌感受。毫無疑問，這種令飢餓被囚者目不轉睛、無法動彈的感受超越了單純凝視其美麗的體驗。這不僅是視覺的愉悅。

這棵樹正在經歷的成長並不構成威脅，因此沒有理由砍除。寧靜的光芒從樹的本質散發出來。它象徵了大自然的壯麗與莊嚴，這股巨大的力量延伸穿透至監獄深處。

夜幕降臨時，人們更清楚感覺到它的存在，因為每隔幾分鐘就有一顆果實落在走廊的屋頂上，發出結實物體撞擊金屬牆的聲音。果實似乎在屋頂上翻滾了幾圈，然後沿著貨櫃屋的牆壁落下。過程有幾個階段：

首先，黑暗中來了一隻鳥，挑中藏在樹葉間最成熟的果實
四下寂靜，鳥兒開始享用
被咬食的果實重心立刻轉移
失去平衡
鳥兒啄了一下，果實就懸空

接著掉落到屋頂
翻滾了一圈又一圈，再次墜落，這次落到骯髒的泥土地
最後，飢餓的被囚者循著掉落的聲音
尋到果實的所在
在成堆的泥土與枯葉中找到了它。

被囚者聽到第一次果實落下的聲音時，還無法完全確定水果近在眼前。因為大多數情況不會有第二次落地。第一次掉落後，果實永遠留在屋頂上，行動終止。大約每三、四顆落下的果實中，會有一顆能滾動到屋頂邊緣，發生第二次墜落。儘管如此，就算果實第二次落下——我是說，假如果實落到地上——也不能保證撿到。要知道，果實多半落在貨櫃屋後方或消失於黑暗中，在枯葉中尋獲的難度很高。即使被囚者找到地點，也得在地面仔細翻查幾分鐘才能發現。

被囚者並非受本能驅使的生物，他不會被動坐在角落，等待水果掉落才一躍而起。他必須運用智慧。從第一次落下——水果落到走廊屋頂上——到第二次落下——水果從走廊屋頂掉到地上——他必須將自己的聽覺調校得精細敏銳，如此才能準確估算果實的落地處。

只要稍微一點點分心都意味著可能永遠找不到水果。有些落地的果實剩下一半，有些只被啄了幾

個洞，有些則完全摔爛了，無法食用。

樹梢上進行的是鳥和蝙蝠之間的競爭。然而蝙蝠數量很少，大部分落到地上的果實都是鳥的緣故。熱帶蝙蝠的體型碩大如鴿，這些巨型蝙蝠吞噬水果的方式令觀者為之膽寒。可以想見鳥和蝙蝠的戰爭完全是一面倒的情勢。蝙蝠只要發出一聲短促刺耳的尖鳴，就足以把鳥兒嚇得飛逃另覓他樹。

有時被囚者恍神沒注意聽，無法辨別水果落地的位置。他摸黑四處搜尋一會兒，只能空手而歸。但這一次坐著準備時，他會認真集中精神。大自然會決定果實的命運。早上，被囚者發現每顆果實除了巨大的籽以外，幾乎沒有餘下任何果肉。果實落在貨櫃屋下方，籽從果皮脫出，果肉則在馬努斯小紅螞蟻的協助下給螃蟹全數搬走。

螃蟹是專家。牠們把芒果一個個從貨櫃屋下方拖出來，毫不遲疑搬走每顆掉落的果實。螃蟹在與被囚者的競爭中毫不遜色。據我們所見，螃蟹的視力比被囚者的聽力更敏銳。若有被囚者靠近，螃蟹儘管有對大鉗子，通常仍會退後避開。我認為螃蟹展現了某種特殊的智慧，至少就這些例子而言。

這個區域標示為庫德斯坦。凡是熟悉庫德族的人必定瞭解他們彼此尊重的程度。然而，隨著飢餓日復一日的啃蝕，庫德文化固有的尊重也開始消逝。久而久之，飢火燒腸迫使他們降下自己的旗幟。

庫德族被囚者宣稱自己是芒果樹的唯一主人。起初，其他人也會在那裡遊蕩，希望能撿到一些果實。但是庫德族被囚者會報以高傲的怒視，對任何靠近的人施以拳打腳踢。即使只是看著果子也不准，更別說待在那兒享受期待的喜悅。他們阻斷享用水果的競爭。他們情願自己人爭搶，也不允許外人坐上這張小餐桌分一杯羹。他們無法容忍任何人分享芒果樹的奉獻。

現在不比最初的日子。剛開始，先拿到水果的人還會把水果切了分享。現在，被囚者找到水果便在黑暗中獨自吃掉。等他回到走廊，手上已經沒剩什麼可與朋友分享，也不會對其他人有任何禮貌表示。

久而久之，仇恨在庫德族區的被囚者之間逐漸滋長。雷札是監獄裡力氣最大、個頭最高的人，然而他待人的方式卻與其他人全然不同。監獄到處是努力維護自身尊嚴的人。但是雷札的舉止比其他人溫和得多。一般而言，即使在特別善良寬容的人身上也會存在一種自我中心，這賦予他們堅毅的力量，得以容忍生活、瞭解其中的複雜並以平衡的心態看待。但是雷札不同。他的慷慨令周圍的人驚詫不已。所有庫德族人，以及監獄裡的其他人，都叫他**溫柔巨人**。雖然過了一段時間後，我們將形容詞「溫柔」省去，因為名字太長了。我們只喊他巨人。

對於與他相熟的人來說，「溫柔」或許更富感情。但是對於大多數在排隊用餐、排隊上廁所以及在監獄不同區域看見他的被囚者而言，他的形象恐怕更像巨人而非溫柔巨人。事實上，這暱稱最初還是開玩笑的產物。你看，對於那些住在芒果樹區附近的人來說，實在難以相信像雷札這樣的大塊頭可以如此溫柔。

與許多人相反，巨人拿到水果時會分送給其他人，他這麼做並不抱特定期待，而是孩子般表示禮貌的舉動，並且充滿孩童特有的豐富情感。正是這樣的行為使另一方陷入思考並意識到自己完全無法做到。這是我們創造他者的方式。人們無法理解高尚的行為時，他們會陷入絕望與困惑。他們感到不安。然後，他們便竭盡所有可能的手段將其壓抑。

庫德族被囚者形成一種互助默契，他們希望自己獨占芒果樹，其他人都不得分一杯羹。他們要求任何找到水果的人必須開開心心吃光，不得與他人分享。溫柔巨人以他純真的慷慨挑戰了這種思維。他以一種不同的生存方式直面這些人，為他們打開新的視野，展現更美好的現實。

一個飢腸轆轆的夜晚，人們坐在組成M走廊的貨櫃屋——也就是小庫德斯坦——的房間前面。此時有一名年輕人走過。他邁出的每一步都引來目不轉睛的凝重注視。他彷彿想做些不尋常的事。而其他難民的臉上明寫著：他不該在晚上這時間到這裡徘徊。他沒有權利去芒果樹查探。但我們還不確定他為什麼會逛到這裡來。

機靈年輕人繼續往前走，來到貨櫃屋後方大部分芒果掉落的地帶。說時遲，那時快，一顆落下的芒果擊中走廊屋頂，迴盪著撞擊聲，然後正巧落在機靈年輕人的腳邊。這顯然是芒果樹直接送給機靈年輕人的禮物。或許藉由這份大禮，這棵樹想測試被囚者的人性。機靈年輕人似乎不甚明白那一區的人腦中在盤算什麼：他們都對這名外來者很是納悶。基本上，他根本不應該站在那兒喜孜孜的從地上撿起水果。

機靈年輕人站在那兒，只是抬頭望著芒果樹，臉上帶著微笑佇立。這棵樹看起來比以往都更光輝耀眼。順道一提，他把脖子伸得老長，光是凝視著樹，顯見他因為這從天而降的意外之禮多麼欣喜若狂。他的微笑是感激的笑。被囚者們左右互看眼色，迅速達成了共識。他們注視彼此的眼睛，深切明瞭——這個人沒有權利自己拿水果。他們必須出擊。這二、三人一起弓著身子蓄勢待發，但只有其中一位，也就是這群人中最愛説笑的**小丑**，負責上前像強盜一樣當面對峙，狠狠教訓那年輕人一頓。小丑就像嘴角帶著一抹獰笑的小學生。他不發一語，用手指向機靈年輕人示意：「把水果給我。」機靈年輕人看起來非常害怕，他搖搖頭，準備把水果扔給小丑。

就在這時，巨人出現在他們身邊。他俯視盯著小丑，然後將機靈年輕人的手指包覆住水果。他説水果是屬於他的。小丑和其他人停止動作，陷入完全的沉默；他們因為巨人的魄力大受震驚，只是呆視。一股安全感從機靈年輕人心中湧生，他意識到自己受到巨人強大肌肉的保護，從剛才的恐懼中解脫了出來，他笑了。他用手指抓緊水果，迅速離開現場。

那晚

大牛

濃鬍子男

數月大孩子的父親

妓女梅薩姆
機靈年輕人
小丑
還有溫柔巨人都上床睡了
如往常一樣睡了
餓著肚子
躺上汗水濡溼的床鋪
螃蟹……
螞蟻……
蝙蝠……
鳥兒……
還有獄警……
全都醒著
微風窣窣吹動宏偉芒果樹的枝葉
浪濤聲飄了進來
海洋的聲音傳了進來

那聲音自叢林的背後悄然潛入。

§

在福斯監獄的西區，工人們正在忙碌工作。幾十個白色的大貨櫃被堆疊起來，建成一棟滿是廊道的多層大型建築。叢林從視野中完全消失，並且豎立起新的圍欄。他們建造的是什麼？給軍隊住的現成屋？或許吧。

流言在監獄裡傳開，說律師已經從主要機場被送回他們的來處。

這些日子裡，第一組難民被轉移到永久住處
島上的定居地
幾個星期後，第二組進行安頓
然後第三組被安置
然後是第四組
最後每一組都得到安置
查卡鳥棲息在最高聳的椰子樹上持續鳴叫

查卡鳥在歌唱
歌聲的深處隱藏了什麼訊息？
夕陽總是憂鬱的。

十、蟋蟀鳴唱，殘酷儀式／馬努斯監獄的傳說地形

人類出生時忍受痛苦
人類活著時忍受痛苦
人類死去時忍受痛苦
人類意識到痛苦
人類知曉關於痛苦的一切
悲歎
吶喊
哀號
哭泣
這些人類全都經歷
這些人類全都熟稔於心。

那天晚上，我說的是我因牙痛而抽搐的那晚。我用頭撞擊浴室的金屬結構好幾次。

然後聽到一聲微弱的呻吟。

那聲音中迴盪的烈痛與恐懼使我僵住不動。那是痛苦呻吟的聲音。好像一個男人在痛苦中抽搐的聲音。這樣的聲音尤其教人毛骨悚然。

最沉痛的聲音
絕望的聲音。關於夜晚的夢魘，關於孤獨的夢魘
黑夜熱鍋裡的呻吟
漂流海上的呻吟
呻吟費力穿越圍欄外的叢林
呻吟拖著步伐混入其他聲音
呻吟聲，如弓箭手弓上的毒箭
呻吟聲，沒入夜的漆黑不再彈回
呻吟聲，隨即消散於廣闊宇宙間。

監獄陷入沉寂，監獄墜入沉睡。唯有蟋蟀聲，將寂靜深處鑿得更深。沉靜的重量令那呻吟充滿毀滅的力量。

老天，監獄太可怕。監獄太壓迫。監獄太無情。

在我聽來，那呻吟甚至可能是雲層裂開的聲音，與春雷轟鳴時迸發的憤怒與力量如出一轍。那呻吟也許是比雷電還強的電壓從雲空劈下的深深傷口。椰子樹任微風將髮絲吹亂。它們顫抖、害怕。一名巴布背倚貨櫃屋坐著，他的帽子擱在腿上，嘴裡叼著一根木枝。我想他正處於嗑檳榔的愉悅感最強的時刻；他的思緒是自由的，他閉上眼睛，毫不關心周遭發生的事情。這種半夢半醒、混合藥物誘發狀態的體驗，是巴布們獨特的解放時刻。巴布對穿透空氣襲來的呻吟聲毫不在意。他的身心完全沉浸於自己的檳榔幻境。

呻吟還在持續。然而每次它都藏在幽暗夜空的深處，同時透著另一種顫抖和力量。每一聲呻吟都格外喚起屬於叢林、海洋、監獄的那種森然的莊嚴。

我的牙痛開始緩解。也許當兩種不同形式、不同來源的痛苦力量碰撞時，其中一個會不得不因衝擊與阻力而屈服。發生在我身上的或許就是這樣的情形。我的牙痛與牙齦深處錯綜複雜的神經直接相連，而我的痛苦與幾公尺外另一個人的痛苦對峙——那痛苦在圍欄後方，聽來好絕望，像是從一個極度絕望的地方傳來——於是我的牙痛被迫消退。也許我們感受的痛苦是相同的，那呻吟的痛苦根源，與我靈魂深埋的痛苦，實為同樣的性質。

巴布對此依舊漠不關心，他在自己的幻境裡馳騁飛翔，一邊捲繞著嘴裡那根小木枝。除了呻吟之外，此時還伴隨著哭泣聲，這片恐怖肆虐的土地籠罩著一股詭異的氣氛。置身其中的人們只有兩種選擇：要不信任巴布，別再胡思亂想；要不追蹤聲音，找出它的來源。知識使人自由。因此我必須承認，我在尋找攀到高處的方法。沒錯，為了爬過圍欄或貨櫃牆。

越接近呻吟聲的來源，我對自己的猜測就越篤定。一切跡象都指向人稱「綠區」的單獨監禁室。圍欄後方的電話室旁邊，就是綠區。

我不能爬圍欄。不過並非我爬不過；只要費點功夫，肌肉再瘦弱的人也能輕鬆翻越。但是爬圍欄的聲音會引發驚動，那聲音就像企圖翻牆進入民宅行竊的小偷。幾名巴布和澳洲獄警坐在遠處的圍欄邊。如果圍欄發出隆隆聲，再加上隨之而來的晃動，他們肯定會起疑。我的下場只有一個，就是被拖到單獨監禁牢房，跟在呻吟的人作伴。爬牆不是考慮選項。

記得小時候有段時間，我是個無所不能的熟練小偷。那些日子，我常常一兩步就快速跳過鄰居花園的圍牆，像貓一樣躍過去，然後猴子般坐在胡桃樹的樹枝枒上。我望向離家幾公里遠的果園，在園裡的庫德櫟樹間搜尋鴿子窩。現在我確信，只要有辦法順利爬上粗糙的櫟樹樹幹，必然也能輕而易舉攀過最堅硬光滑的障礙物。這可不是開玩笑的——我是山裡的孩子，跟貓沒什麼兩樣。

巴布太茫了，感覺整個人已經飄浮到海面上空。我很清楚這種感受。此時沒有任何事能打擾他的情致，就算突然間雷電交加他也不為所動。我也許誇大了些，但我想如果真的發生這種狀況，巴布可能會睜開眼，提起精神，理理手腳和放在腿上的帽子，暫時停止捲動嘴裡的小木枝。但是毫無疑問，一旦雷電平息，他又會再度飄飄忽忽回到雲端。

這是巴布特有的解放，他們的自由、開懷。而我已忘了牙痛，因為我進入了貓的情緒和精神狀態。事實上，我要做的大跳躍動作必須忘卻牙痛才能完成。是的，心靈有時也能有意識地控制生理的疼痛。我用三個動作迅速登上走廊區的屋頂。首先，我跳上離地面半公尺高的金屬桿，這是走廊區底基。此時天仍微明，我集中視線，進行下一個動作；我以獵人追捕獵物般的專注，仔細掃視走廊區的屋頂，選定最佳抓握點，再躍上半公尺握住，懸吊在屋頂邊緣。仔細想像，我就像一隻高掛在樹枝上的猴子。猴子和我之間唯一的區別可能在於我以雙手支撐吊著，而猴子通常單手吊著目光向前。猴子單手懸吊的動作展現其對樹木、枝枒與重力的優秀控制能力。有時調皮的猴子這麼做只是為了好玩。牠們就愛玩鬧。無論如何，人類只要像我這樣雙手撐吊著就足以感覺自己像隻猴子，相似的程度遠勝其他動物。

我的手抓得很牢。現在是向自己證明能化身猴子到何種程度的時候了。我用盡全力前盪，在雙手未鬆開的情況下，使勁把自己甩上屋頂。這一切努力的結果是：我高坐屋頂，感受完成攀登的成就感，以及隨之而來的巨大勝利感。

我就在那兒——坐在黑暗中——在屋頂上——離芒果樹很近——靠近那棵樹一直是我小小的夢

想。巴布已不在我視線所及的範圍，連在下面看到駐守大門的獄警都不見蹤影。

天哪，監獄後面實在太黑了。鋪天蓋地的黑暗遠遠超出我的想像，事實上，海洋與叢林也消失無蹤，沒入闇中虛無。我分辨不出蟋蟀在哪棵樹或哪個區域築巢，空氣中到處迴盪著蟋蟀聲。蟋蟀……黑暗……寂靜……肅然……便是此景的全部。

這乍似矛盾，但蟋蟀會在鳴唱中暫停片刻，此時沁入心中的寂靜便分外巨大。蟋蟀的聲音，寂靜的聲音，兩者理應互相矛盾。多麼不可思議。畢竟，誰能在嘈雜中聽見蟋蟀的叫聲？蟋蟀鳴唱是寂靜旋律的和聲。寂靜的存在因著蟋蟀聲而越發清晰，反之亦然。

呻吟聲停了。

從這裡可以看見綠區，我是說，從走廊屋頂上。對於這座單獨監禁牢房，我始終只聞其名，如今只覺膽顫心驚。

一盞昏黃的燈微弱地照亮周圍。藉著燈光可以看到兩座相對的貨櫃屋，窗戶沒有玻璃，而是以木板覆蓋。這些房間儼然是只有一扇門敞開的火柴盒。一支旋轉的吊扇發出單調的聲響，看上去像是隨時會停止運轉似的。旋轉的風扇看得教人發暈，轉動的葉片似乎也很疲倦。一群彷彿與蝴蝶同屬的蚊子在昏黃燈光前飛繞，繞成一片透明的雲。我的眼睛終於適應了黑暗。

綠區也有一落三、四公尺長的院子，院子盡頭靠近圍欄處豎立著兩棵椰子樹。這椰子樹有些嚇人，散發一種令人生畏的氣息。它們的樹幹是黑色的，似乎比監獄裡的椰子樹還要高聳。你必須努力抬高頭，一路往空中瞧，才能看清樹的完整高度。然而要是站在那兒恐怕也無法確知椰子樹頂的位置，因為大部分的樹頂都融入雲層。椰子樹的葉片與果實都與黑色的雲、黑色的天空融為一體。

我還看到圍欄旁邊有間非常小的看守室，宛如一隻不明動物的身軀。看守室也很暗。一名巴布躲了起來，抽著布魯斯菸[19]。跟那位嘴裡叼著木枝的巴布一樣，這位巴布背靠著椰子樹抽布魯塞菸，吞雲吐霧，同樣的巴布習慣。

有那麼一瞬間，我想我看到了他的眼睛，認出了他的眼睛，儘管四下一片漆黑，看不清他的臉。我無法看清他的鼻子嘴巴，所以認出他的眼睛似乎是不可能的。我必須老實說，從我坐的位置看過去，根本無法確定吸菸者是否是巴布；因此，我也不可能隔著那段距離分辨出他在抽布魯斯菸。他真的是巴布？我不知道。他在抽布魯斯菸？我也不確定。人類的頭腦是否也如此善欺，甚至凌駕了眼睛和鼻子的作用？是的。因為對荒謬的信念。

無論如何，我認定這名吸菸者是巴布。我甚至更進一步論斷這是位上了年紀的巴布，像老人一樣抽布魯斯菸。然而，呻吟聲好一會兒前就停止了。我想在我第一次試圖抓住屋頂的時候，有人封上了他的嘴。四下一片靜默。

這支吊扇是唯一無視周圍環境的東西——它只是旋轉……嘎嘎作響……鬆散地懸掛著。吊扇旁邊，飛蛾一家子正在舉行狂歡儀式，圍著黃色的燈盤旋。有短暫片刻，我忘記自己來到屋頂的目的與經過。我在此時感到解脫，從監獄解脫，從監獄體系解脫。我甚至為自己驕傲，因為我是唯一一個如此靠近芒果樹的人類和被囚者，如此靠近這棵不可征服的芒果樹。我在這裡，鼻子甚至都磨蹭到寬大的葉片。我在這裡，我成功爬上來，攀到高處，登上監獄的屋頂，見證了這一奇景，而在觀察叢林與海洋的同時，自己也沒入黑暗。

甚至連蟋蟀也沉默了。蟋蟀非常清楚另一隻動物現在占據了自己的領地；一種不同皮膚的動物，不同血液的動物，不同氣味的動物。彷彿整體景觀與其中和諧一致的所有元素意識到這隻格格不入的動物。因此它們現在選擇靜默，收斂起活力。只有巴布還在那裡，沉浸於自己的國度。即使洪水來襲，他也不會關心外面世界的動靜。

我的眼睛適應了黑暗，能夠更熟練地辨認景觀，感知無聲的外部世界。唯一的問題是我必須保持靜止不動，因為走廊屋頂是由薄薄的一層金屬片構成，稍有移動就會發出巨大聲響，擾動四周的寧靜。我承認，我最害怕的是被撂倒在地，拖到綠區或監獄的其他單獨監禁室，一如數月大孩子的父親的遭遇。尤其我強烈想像自己與呻吟的人陷於相同處境。那男人的呻吟吸引我到此處，他的存在迫使著我前來。誰知道呢，或許未來的某個夜晚，換我淪落至呻吟不止的境地，可能是我獨自悲號哭泣。

19　布魯斯菸（Brus），一種當地的深棕色菸草，非常濃烈，具興奮作用，馬努斯叢林中蘊藏豐富。巴布會將枯葉放在報紙上捲起來抽。

當我呻吟時，也許會有另一個人來到監獄的這一側，就在此處，試圖尋找我的位置。他會站在走廊區的屋頂，倚著芒果樹的闊葉，與宣稱在這個帝國稱王的成群蟋蟀並肩。

我不應該移動，儘管享受這暫時的自由就好。無論如何，不管我是出於何種理由前來，無疑都違背所有我能援引的邏輯。吸引我的原因是什麼有何差別？重要的是感受這美好的自由。我忘卻牙痛，總算舒坦了。雖然疼痛不時在牙齦裡流竄，但是自由的感覺如此強烈，於是疼痛就這樣衝過去，立刻打住，然後消失。

蟋蟀是如此不可思議的生物。我一進入這個空間，牠們就全部同步靜默。彷彿一群音樂家正演奏到樂曲的最高潮，然後在交響樂團指揮的一個指示下，全體停止演奏，站起身來。現在，牠們完全肯定這隻擾亂平靜的新來動物不具威脅，又繼續鳴唱。然而這次演出不同；歷經連續好幾階段後，牠們又回到更早的節奏。首先，一隻我認為肯定較年長的蟋蟀，用嘹亮的聲音——比其他蟋蟀聯合起來的聲音還要響亮——開啟一首非常不同的曲子。歌曲以平穩的單音調開展，接著，其他蟋蟀漸次加入唱和。成果顯而易見，這是一個完美和諧的唱詩班。

夜晚的寧靜與平和如今有著雙重意義，夜晚成為悖論般的存在。現在恐怖更加駭人，天空更暗，椰子樹更瘋狂，顫抖的枝枒與摩擦的樹葉聲音放得更大、更清晰，海浪聲甚至也猛烈地撞擊島嶼的身體，並與夜晚的聲音相融交織。最後，我依然要說，一切都被蟋蟀神祕的鳴唱聲連繫成為一體。

這生物與夜晚形影不離
這生物深諳夜的語言
這生物熟知黑暗的面目
這生物對恐怖有著全然的理解。

於是我完全固定在這個地方，成為風景的一部分。風景裡的所有元素都認可這隻躺在走廊屋頂上的綠眼或藍眼生物是領域的一分子。這種令人耳目一新的平靜感以及全新自我意識帶來的超越感令我想待得更久一些。我甚至沒想到要回監獄。

每到這種情況我就想抽根菸。我的壞習慣，但也可能不壞，我不曉得。不過我始終不抗拒吸菸的欲望，衷心擁抱我的癮頭。偶爾我會忘記帶菸，就像這天晚上。我抬頭仰望黑暗的天空，有沒有帶菸其實沒有分別，無論如何我都無法抽菸，原因很簡單，監獄裡沒有打火機。假如我帶著菸，或許欲望會更強烈，驅使我從走廊的屋頂下來找火點菸。那麼我就得打擾巴布，嘴裡繞轉著小木枝的那位。

放棄吸菸意味著我可以待上更久的時間，聆聽蟋蟀鳴叫、海潮拍打，聆聽更多夜晚的聲音、椰子樹的聲音，讓各式各樣的聲音在耳中迴盪。漸漸的，我忘了綠區傳來的呻吟與哀號，而最初是那個聲音吸引我來的。因為根本沒差。我沒有能力改變任何事。我只是個無能的小偷，一個只懂得爬上屋頂的生物。

人難道必須為每個行動都想出合乎邏輯的理由嘛？老天，人類大腦真是高明的騙子。我獨自在夜晚的肅穆與莊嚴之下呼吸。今晚的天空瘋狂，但很安靜。雲層蒙上厚厚的一層黑，我只能感受黑暗最遠處的星星，感受星星持續散發自身的光亮，努力感受直到消逝不見。

轉瞬間，我的身體完全轉向綠區。我的右手像柱子一樣將身體撐起，頭部與堅硬的走廊屋頂保持合理的距離。這是我的另一個習慣。我的身體不知不覺移動了；身體各部位在我的控制之外逕自決定，我的想法並未參與，身體對我的感覺並不關心。這是由我的骨頭而非大腦做出的決定。這段時間裡，我漫不經心的身體違抗我，想出自主行動的辦法。我並未以意志施加任何壓力，命令身體回到原來的位置。身體轉向右側時，我並未表示抵抗。我的身體恰如其分轉向右側，手臂如柱子般撐起，頭不偏不倚靠在手掌上，使右側的肌肉與手臂自然呈一直線，完全協調一致。

眼睛則有別於身體其他部位，由於眼前畫面陡然一變而經歷了不尋常的獨特感受。

我像貓一樣短短幾個動作跳上屋頂必有其原因。毫無疑問，我在這裡時身體的運作似乎獨立於思考之外，也許我那閒置的腦袋正在處理究竟為何置身此處的問題。

於是我在這裡，以這個特定的姿勢躺臥。此刻我欲闡述全世界彷彿僅剩蟋蟀而已。但是不對，因為我也在。

也許是夜晚的寧靜
也許是巴布對周遭事件的漠不關心
也許是芒果樹的撫慰人心
無論是什麼，大概都包含這全部原因。

也許還有一種互動正在形成，我的無意識中某些內在而深刻的東西與眼下的整體情景產生了連結，喚出潛在無意識中充滿的各種遙不可及的畫面。

腦中充滿火藥與戰爭的氣味。充滿愛與櫟樹，充滿小麥、鴿子與鷓鴣鳥，充滿群山。最重要的，還有那份對於平靜日暮時分的念想，以及這寧靜的思索喚起的深深恐懼；這思緒帶我離開，帶我回到遙遠的過去，回到遙遠的故鄉土地。

說實話，我是戰爭的孩子，我生於戰火之中。在戰鬥機的轟炸之下。在坦克車旁。面臨炸彈威脅。呼吸空氣中的火藥味。一具具屍體圍繞。置身寂靜的墓地間。那些日子裡，戰爭是日常的一部分，戰爭在自我認同的血液中流淌。那是一場毫無意義的戰爭，莫名其妙的戰爭，荒謬而目標可笑的戰爭，與歷史上所有的戰爭並無二致。戰爭摧毀了我們的家，戰火焚毀了我們生機蓬勃、蒼翠富饒的家園。

我是戰爭的孩子。我不是要說自己被犧牲了。我從不願貼上犧牲的標籤。那場戰事已然犧牲慘重
……並持續造成更多犧牲。

在熾烈的戰火中犧牲
在戰爭的廢墟上犧牲
在生死交關犧牲
一張張為存活傾倒的笑容，一個個哭泣浴血的母親
這地方到處是痛苦的倉庫，堆滿苦難與飢餓
我不得不說。請聽我呼喊：我是戰爭的孩子
地獄的孩子，烽火餘燼的孩子，庫德斯坦櫟樹的孩子
我瘋了，瘋了。這是哪裡？
夜晚為何變得如此可怕？我為何無法入睡？
容我叨叨絮絮，容我臣服於想像與失憶的地域。

我從哪裡來？
從河流之地，瀑布之地，古老吟誦之地，群山之地。

更貼切地說，我來自山巔。我呼吸山上的空氣，在山上歡笑，在山上任頭髮隨風飛揚。我來自一座被古老櫟樹林環抱的小村莊。

過去，我們因戰火紛擾倍感厭倦。鄰國的戰象決定在我們繁茂而甘美的種植園裡長年興戰。他們沉重的腿、鼓脹的肚腹到處肆虐，所到之處無不化為焦土。那戰爭不是我們的戰爭，暴力不是我們的暴力，上演的戰爭劇場不是我們的作品。戰火不請自來，災難從天而降，有如饑荒，有如地震。

我母親總是嘆道：「我的孩子，你來到這世界上的時候，我們稱為逃亡年代。」這個詞在那些悲慘歲月如老生常談。那時人們畏懼戰鬥機，盡可能帶上所有家當往山裡逃，最終在櫟樹林間尋得庇護之所。

除了山，庫德族有其他朋友嗎？

驚恐的母親……母親們以母性本能裹住自己的孩子，躲進山間。年輕女孩在男人心中尋夢，男人卻集合成一群群——成群結隊——被領到戰場前線。一群群——成群結隊——變成屍體返回。又是這片櫟樹林成為安葬夢想的慰靈地。

櫟樹感到驕傲
櫟樹加入哀悼
山中的櫟樹
只有它們知道少女的夢多美
那些安眠於岩壁
埋葬於深谷
倚靠粗糙樹幹的早逝夢想
那些結束於幽暗林中的短暫生命
逃亡年代
恐怖年代
黑暗年代
苦難年代。

他們每一個人都用盡雙腿的力氣往山上走。

他們克服重重困難，在懸崖上、在黑暗的洞穴裡躲避。而村子雖然遭到遺棄，房舍屋簷下依然保有家庭生活的痕跡。老人家手持長長的陶製菸斗抽菸，如同仍在燃燒但撐不過一夜的殘燭。老年人……被犧牲了。強壯的人逃離，年輕人逃離，他們則被犧牲。他們徹夜待在那裡，回憶著，懷抱記憶待著，直到飢渴交迫死去，直到最後一刻來臨。他們之中較年老體衰的日漸凋零。到達不了山裡的人唯有死路一條。這是規則，是那時候事情進行的方式，也是人們的預期。

這是自然法則，不論多麼殘忍。大自然折騰的肚子裡同時冒出一個人類與一個搞破壞的好戰分子。萬物融混成一片黑色，融混成一股苦澀。夢，希望，繁盛，微笑，美……全數摧毀殆盡。

這是戰爭法則。在恐怖與死亡王朝的統治之下，沒人，完全沒人可倖免於難。父親對抗兒子，兒子反叛父親，都是因為恐懼，因為那匹死亡之馬的嘶鳴。一切都被描繪得像場夢魘，到最後的日子……才是愛。

仇恨到達頂峰，人們因深惡痛絕而張牙舞爪。舊傷口被揭開，戰爭的利刃探入仇恨的歷史臭水溝，將憎惡散播於曾經的良善之地，我們生氣勃勃、蒼翠富饒的家園。整個地方繼而瀰漫著腐敗的臭味。敵對雙方也難辨彼此。一方是有著鋼鐵意志、以宗教之名戰鬥的軍隊，另一方的軍隊也同樣為宗教而戰。一方的伊拉克復興社會黨人[20]炮火猛烈，另一方的伊朗狂熱分子也勢必還擊。我們的家夾在中間，落得荒無人煙。兩頭雄壯的戰象對峙帶來的惟有傷害。

20　復興主義（Ba'athism）為薩達姆・海珊（Saddam Hussein）執政下鼓吹的阿拉伯民族主義意識形態。

「自由鬥士」也在山中作戰。他們的名字正代表著對家園與尊嚴的捍衛。一如歷史上的所有戰爭，這是一場無止盡的戰爭。戰爭的根源在更早的戰爭，早年的戰爭又源於其他戰爭。這是一連串源於歷史下界的戰爭鎖鏈。怨憤的種子經過數個世紀，又再一次綻放血紅色的花。

群山見證了這場奇觀
古老的櫟樹悲嘆。

我出生於戰爭的熱鍋之中。糟糕的誕生時刻甚至帶著難聞的牛糞味。大約是所有生靈聯手合謀，以集體意志將我拋擲進這世界。如一支弓箭手射出的箭，沒入這充滿苦痛、折磨、憎惡的房間。各種令人髮指的情景與苦痛經過安排和諧並存。戰爭。廢棄的村子。拿長菸斗的老人。然後是骯髒的牛廄。如此整個場景齊全了，就像一個模仿人生的劇場，外加新鮮糞便的惡臭特效。

一個人降生於這樣的世界，在荒村裡，乳牛旁邊，會有何不同？
一個人降生於天堂之境，周圍飄散繁榮的香氣，又有何區別？

那座牛廄難道是特別指定用來隔離新生兒的排泄物？用來圈住一名初初降生於世的嬰兒的汙穢？一名飽受戰爭摧殘的新生兒？來看看這句簡單的格言：「房子須時時保持潔淨。」是這樣嘛，真可笑。真荒謬。事實上這簡直侮辱人。一名脆弱的新生兒，還有甚至更脆弱的母親，怎可能是汙穢的攜帶者？怎會把汙穢帶進世界？什麼汙穢？這個地方還有哪一處沒被汙染？每條巷弄，每座村莊，每個城市，都到處是屎。每棟建築，每座果園、花園及農場，每座喚拜塔，全被玷汙。那麼，讓一名新生兒出生在牛廄裡的必要性是什麼？而且在成堆的糞便間？我奔騰的思緒無法停止。我敢肯定，當我發出第一聲啼哭時，所有的牛都搖著頭驚呆了。

一頭牛意識到周圍有特別的事正在發生、有獨特的東西正在形成時，這是了不得的事情。一頭牛在飽受戰爭摧殘的城市裡搖晃腦袋，可能會被飽受戰爭摧殘的人們解讀為某種令人敬畏、蘊含道理的現象。

我母親曾告訴我：「你拚命要闖進人世，用你的小腿朝我的子宮壁踢最後幾腳，然後我就眼前一黑，失去意識了。」我知道你們在想什麼：因為產道很窄，我的頭很大！我天生調皮？不不不。那是生活優渥、得以享受先進剖腹產手術的人才這麼想。我的母親是餓昏了。

我在戰火中出生，那是一場天外飛來的戰爭。連只有一天大的孩子，他的心理基模與精神狀態也飽受創傷……好比子彈碎片嵌在體內重要部位……永遠留下烙印。然而童年比戰爭更有生命力。此刻道出這些話的感覺恍如戰後的平靜，戰火肆虐後一切事物變形變異，變得毫無分別那樣的平靜。

童年是我們的第一場戰鬥。童年是一則神話，一部完整的史詩。每個人生來都是赤裸的，小小的身體毫無掩飾，完全暴露，自此開啟終其一生的旅途。我所經歷的童年是複製死亡的童年，永遠與死亡糾纏，永遠動盪不安。

但我寫下回憶的時候，自己卻彷彿是從高處觀察，這視角使我能像刀一樣剖開自己的經歷，狠狠切開，訴說的舌頭如劍砍向內心深處，深深刺入。就像噩夢初醒的時刻，而你剛夢見一個又乾又寒的夜，一場描繪生命本身的噩夢。

我最早的童年記憶是無情襲擊天空的戰鬥機。將一座櫟樹林環抱的村莊上空劈開的戰鬥機。我最早的童年記憶是恐懼，打從骨子裡的恐懼。天哪，當警報尖鳴、飛機怒吼、坦克咆哮，女人們成了最急切的觀看者。有好幾次，我想像百噸炸彈落在屋頂，而人們躺在炸彈留下的毀滅痕跡、在他們出生的房子裡死去。廢氣熏天，煙塵瀰漫，霧霾、衝擊波、高溫、五顏六色的火花迸射……這些全部穿透到內心的最深處。然而這是人們認為最不痛苦、最仁慈的死法。對我來說似乎也是最平靜的死法。一個人瞬間澈底消逝。

很有可能，我是經由母親接收到這場戰爭的印象與傷害。戰爭在女人眼中有如洪水或颱風，是一場生存的奮鬥，而女人從頭到尾存活了下來。在我對這場戰爭的所有記憶中，甚至找不到任何一個男人，只看見小孩和女人。

我是戰爭的孩子
戰爭就像神話，就像巨人的攻擊
戰爭是四胞胎之一：戰爭與匱乏、貧窮、恐怖一同降生
生命的意義遠遠超過戰爭、貧困或匱乏
生命總是從荒蕪中向我展現
荒蕪的血腥人人明白可見，然而生命總是從荒蕪中隱藏的美麗向我展現
生命的顯露如敞開的書，如女人絲滑的腿，纖長的脖頸，如她酒紅色的秀髮
生命像一場意外，而命運的節拍繼續擊打；世界光明乍現有如一場奇蹟，如一場最終冷卻的爆炸。

我四分五裂，殘敗的過去支離破碎，不再完整，也無法再次完整。所有的記憶場景就像以光速翻過一篇短篇小說那樣跳換。我認為由於東方社會的某些框限，人的心智成熟得晚，心智太晚實現潛能了。人們往往不明白這樣的實現與解放意味著什麼，一生的成長與進展便是持續從家庭生活的基礎跨越到與朋友的相處……從朋友到其他朋友……從我們的城市到另一個城市……到另一個愛……到另一種生活……到另一次死亡。

我必須承認，我不知道自己是誰，也不知道自己會變成什麼。我一次又一次反覆詮釋自己的過去，部分的過去因所愛之人的逝去而解開，其他部分則凍結在腦海中固著下來。隨著年歲增長，這些畫面成了連貫的島嶼，但那種斷裂與錯置感始終存在。生命充滿島嶼，每座島嶼相形之下都是全然的異邦。

還有學校，學校結構一直束縛著我。我聽說有人逃學。逃跑，是至關重要的必要實踐。逃跑，將現實生活中的遭遇改造為夢幻般的場景與事件，以最精彩的方式重構現實。

逃跑，由於一隻看門狗出現，襲擊繁茂花園的後門
逃跑，於是可以扮演小偷
潛入壞脾氣老頭的杏樹園，而拐杖是他唯一的武器
逃跑，於是可以從暈頭熱戀的火雞那偷拿雞蛋，迷失在金色的小麥田，屬於我們村子的田野
逃跑，逃離學校
逃跑，於是可以躲開果園裡農人的魔掌
躲避更迭的季節，漫長的冬日沉睡。

逃跑與堅定不移是兩種無法妥協的分歧立場。兩者各自的價值反映於一個人如何透過堅持不懈與叛逆精神來展現自己的能力與意志。

我戀愛過幾次。愛，可能是一生中最無解的難題。兩個人之間的愛戀，充滿古老誦唱的和諧，像是礦泉清涼的泉水湧升，如無所不在的湛藍天空下的一切景象令人欣喜若狂。愛情的邂逅次數不多，每一次都是特別的人，每一次都是特別的相遇。

愛到死的地步
愛到淚水潰堤的邊緣
愛到胃腸抗議拒絕消化的程度
一種特殊的吸引形式
一種獨特的誘惑生態
一種特殊的逃跑策略
兩個人捆束起來的最豐富的真理。

愛，就如當年對阿沙耶[21]女孩的情感，她是部族裡最璀璨的王冠；愛，是對阿沙耶女孩的渴望，

21 阿沙耶（ašāyer）是生活在鄉村地區的半遊牧民族，隨著季節更迭在兩處有新牧草的主要地點之間移動：qeshlāq（冬季在較低谷地放牧的定居點）和 yailāq（夏季在高地放牧的定居點）。大多數的阿沙耶人已融入都市化生活，但仍有部落維持季節性的半遊牧活動和傳統生活文化，保存著部族的共同精神與自豪。

渴望在親族中身分尊貴的少女，渴望隨季節遊牧遷徙的女孩。愛慕騎在紅鬃母馬上的少女，愛慕騎馬快意馳騁、逐水草而居的女孩。

我在一座小山上墜入愛河，那裡帶刺的朝鮮薊香味迷人
我在一個春日墜入愛河
我在洋甘菊的芬芳裡墜入愛河
我坐在山中石頭堆成的寶座墜入愛河
我在淹沒於希望與夢想時墜入愛河
我在陷入青春焦慮時墜入愛河
我在凝望地平線時墜入愛河
地平線帶走遊牧部落的榮耀，部落也帶走他們的女兒，我墜入愛河
部落漂泊而過，旅人穿梭其間，我依舊在藏身櫟樹林的村子裡，我墜入愛河
他們一步步，慢慢地，朝向失落的目的地遠去，我墜入愛河。

如今我年過三十，回首自己的作為和情感，已經沒有回頭路，沒有辦法恢復過往。然而，我還保有那些感情的餘燼——找回這個遙遠的時刻，是這些追尋的日子裡最大的收穫之一。

§

貓的叫聲非常深奧，這深不可測、甚為神祕的聲音令人寒毛直豎。綠區後方傳來微弱的貓叫聲。貓總是意味著某些神祕之事，尤其當這些神祕之事在薄暮時分發生，更會引發奇怪的恐懼。即使只是在夜色中坐在家裡，寵物貓踢翻盤子把廚房弄得一團亂，人們也會心生恐懼。所以，想像如果這隻貓的顏色和外表都顯得陌生，發出哀號似的聲音而非喵喵叫，會是什麼感覺。

夜的黑暗、貓的眼睛、蟋蟀鳴唱、飛蛾旋繞，最後是貓叫聲——顯然有一種難解的關聯形成。這之間有種詭祕的牽動，在人的潛意識中暗示重大事件即將發生，且就在眼下四周。動物因其利用直覺的方式不同，總是比人類提早預知。馬發出陌生的嘶鳴，狗異常的安靜徘徊，豬叫聲瀰漫不安，不合時宜的公雞鳴啼……每一個都可能預示著即將降臨的可怕事件。

此時我試圖運用自己貧乏的知識來解釋貓叫聲的意涵。我斂起手腳，灌注所有的身體和精神力量準備。最後，這隻貓從房間旁邊現身，就是從我的角度可見有門的那間房間。貓以穩定的節奏接近，步態就像貓試圖一口氣穿越，絲毫不想浪費一秒鐘的樣子。我讀了牠的貓腦袋，牠只想離開這區域。因此我覺得牠的小腳彷彿也踩著逃離的步伐。

我們到達黃色燈的光亮與夜色交界處時，貓一躍而起消失了。從遠處我無法確定牠的顏色，但無論牠是什麼毛色，都在我腦海中烙下一抹黑色的影子。貓在最後躍過光明與黑暗的邊界時撞上了幾張桌椅，劃破現場的寂靜。

突然，就在幾秒鐘內，好幾個鬼一樣的身影從房間裡冒出。一個人以驚人的速度朝黑暗的方向逃跑，接著其他幾個身形魁梧的人進入畫面。第一個逃跑的人大喊好幾次，發出刺耳的尖叫聲。過了一會兒，他站到背靠椰子樹的那名巴布旁邊。那幾個體格壯碩的人——我很快認出他們是澳洲獄警——把手電筒對準逃跑者的臉。顯然，他是其中一名被囚者。現場總共有三名獄警，事實上應該是四名，加上剛才靠著椰子樹休息的巴布。我並未將巴布視為真正的警衛而是額外人員，因為巴布在監獄裡基本上被剝奪了任何自主權或權力。他們的存在僅僅是因為體系必須將其納入履行協議。

現在那名被囚者在手電筒燈光下無所遁形。燈光直接照射他的臉孔和全身上下，相當容易辨認。一個幾近裸體只穿內褲的男人。可以看出他不久前還衣衫完整，不知何故脫掉了。可能有其他人剝光他的衣服。根據我的初步印象，我注意到以下情況並為之驚愕：他骨瘦如柴，瘦到肋骨突出；他個子很高，一張臉像是光裸的頭骨，臉頰下方有兩處大大的凹陷。異常的消瘦使他手腳看起來很長。他的眼睛……不，眼睛我說不準，因為我看不清顏色和大小……但我能感覺它們的樣子。兩隻眼睛看上去肯定都嚇壞了，從深陷顱骨的眼窩便表露無遺。

被囚者背對警衛室的方向，眼睛直視刺目的手電筒燈光。他氣喘吁吁，呼吸聲遠遠傳到我這裡，加入我們，加入蟋蟀與我的行列，與現在沉默下來的蟋蟀聚集在一起。他的姿態是一名被敵人包圍的戰士。

巴布不久前還靠在椰子樹上神遊雲端，現在趕上來加入獄警，也用手電筒直射被囚者疲憊的臉。事實上，他一到現場就立刻走向獄警所站的位置，只為了和他們站在一起，甚至排隊似的走到他們身後等待。被囚者的目光與手電筒相互瞪視，毫不退讓。他們對峙僵持了一會兒。獄警將手電筒筆直照向前方時，會習慣性地向前邁出一兩步。

被囚者一動也不動，只是緊握拳頭。他放低腰桿，像一隻準備撲上前攻擊的動物。他忿忿咬緊牙關，嘴唇張開露出牙齒。被囚者彷彿化為一隻迫於類似可怕力量的狗，發出模糊的低吠聲。但那微弱的聲音反而讓獄警又往前跨了一步。手電筒光束似乎以更強烈的集體攻擊性瞄準被囚者的臉和眼睛。也許他們先前商量好用手電筒的亮光直射他的瞳孔，讓他頭暈目眩。或者他們希望短暫打亂他的思考，最終目的則是持續轟炸。

突然間傳出一聲出乎意料的怒吼……被囚者下意識地憤怒大叫回應。這一吼逼退了警衛，使他們放棄先前邁步占據的領地。

被囚者的吼聲之凶猛令人難以想像；這麼小，僅由肺部提供動力、由少數身體部位和器官支撐的人體音箱，怎麼能發出如此轟然響亮的聲音？他只那樣吼了一次。但毋庸置疑，我所描述的這聲咆哮已經傳到德爾塔和奧斯卡監獄。夜裡這個時候，其他監獄肯定也有人醒著，聽到這突如其來難以捉摸的聲音。他們聽見後互相瞥了一眼，然後全神貫注聆聽，卻無法得出任何解釋，最後目光又繼續回到原先呆視的虛空。

被囚者不滿足於單單發出一聲怒吼。他像是格鬥運動員般將右腳高高抬起，然後重重踏上地面。他再次大聲喊道：「你們這群混蛋，王八羔子，狗娘養的！」在那之前，我從未看過有人的腿可以那樣靈活，抬得那麼高，甚至高過頭頂。他的腿著地時的力道和氣勢就像一條真正的鞭子猛然一甩，足以讓獄警們縮成一團。他們退了不止一步，而是好幾步，有一會兒手電筒的控制也亂成一團。我敢說他們若是人數再少一點，肯定會嚇得尿褲子。或許他們的褲子已經溼了，只是從我的位置無法確定。我低頭往下看，確信自己沒有尿溼，我沒感覺到任何溫熱液體沿著腿流下。我確實震驚，但這一點至少能夠肯定。

獄警陷入恐慌。其中一人立刻打開對講機，粗聲粗氣地嘟囔些什麼。他們顯然亂了陣腳，一塌糊塗。

這名被囚者太不可思議了，多麼了不起的人，簡直難以置信。不久前我看著他的肋骨，還湧生一股奇怪的憐憫與反感。但現在他搖身一變成這可怕駭人的生物，讓我震懾不已。而那雙眼睛……我覺得我正注視著一隻豹子的眼睛。

巴布是現場最平靜的人。他依然舉著手電筒照向被囚的方向。他鎮定自若地握著手電筒，看似不費力氣。他基本上就是一個冷靜放鬆、波瀾不驚的人，這說明了他為何可以如此淡漠地站在那裡。他完全不像身邊其他人一樣害怕——他的同僚們都嚇得呆若木雞。最重要的是，巴布將手電筒燈光照向被囚者，似乎是想再次確認他消瘦的狀態。他揮舞手電筒的方式就像一名調查員，掃過被囚者的手臂、雙腿、肋骨、脖子和二頭肌。這名巴布無疑也在尋找答案：這見鬼的到底是什麼情形？他好奇這個人力量的來源，想知道他是用了哪些肌肉，納悶這些肌肉的性質。

人都是這樣的。即使面臨出乎意料的狀況仍會感到驚奇，不由自主深受吸引。然而不可預知也是可怕的。在此情況下，我認為害怕是很自然的反應。

講對講機的獄警已經完全離開現場。被囚者則始終握緊拳頭，以目光逼退獄警。我確信這一次他有足夠的內在力量，只要再吼一聲就會讓所有人落荒而逃，將獄警和漠然的巴布全都嚇跑。

此時一群人突然出現，從持對講機的獄警消失進行聯絡的地方進入現場。他們是好幾組人馬，包括從房裡出來直奔被囚者的幾個人，以及包圍被囚者的獄警。每個人的體格都壯碩無比。手持對講機的獄警跟在他們身後，精準掌控局面。他召集了突擊部隊，也就是狠狠虐待凌辱數月大孩子的父親的那組人。

我對數字頗有天賦。我把四人一組的小組乘了幾倍，算出二十人，再加上二，二十二。還有原本就在場的兩人，所以一共是二十四人。最後加上巴布和持對講機的獄警，全部總共二十六人。犀牛對抗豹子，這是我想像這些人在競技場裡的樣子。沒錯，二十六隻犀牛對上一頭孤豹。犀牛——基本上我指的是獄警，不過以犀牛代稱更好，我認為這個名字更合適。至少，對於這一夜的場景，這個特定的名字是必要的。沒錯。

每一名犀牛都戴著黑色手套，像是拳擊手綁帶之類的手套，表面布滿小金屬釘。我相信手套和上面附著的小金屬釘從遠處看並不明顯。這是我先前從遭受過這手套報復的人那裡聽說的。後來確實證明那絕非普通的手套。

他們的作法向來如此，我是指突擊部隊。一旦出現需要動粗，或者在多數情況下，需要把人壓制在地的狀況，他們就會出動。在介入事件之前，他們會先戴上手套。戴上手套本身就是警告，意味著戰鬥的舞臺已準備就緒。於是那名被囚者快速跳到一棵椰子樹上，牢牢用身體抱住。這舉動很奇怪，他的手臂完全抱住樹幹，頭則轉向犀牛的方向。這畫面活像兩者之間的親熱，我是說，椰子樹和被囚者之間。他的手臂甚至大腿無處不緊貼包覆，加上擁抱椰子樹的那股熱烈，更強化了愛戀的印象。

被囚者抱在樹幹上時，犀牛不止向前邁步，而是朝他的方向直奔，刻意催趕他，把他逼急，如此便容易將他困在獵人的小網中。他們的目標是圍困被囚者，然後將他澈底踩在腳下，用他們犀牛般的手腳踐踏碾壓。或者，從他們的角度來看，目標是成功完成行動。

被囚者毫不遲疑地吻向椰子樹的樹幹——從遠處看去，椰子樹的枝椏像是充滿愛意輕撫著微風。被囚者為椰子樹送上的吻彷彿也讓枝葉果實添了特殊的光輝，賦予吹拂過兩者之間的微風幾分美感。被囚者吻了椰子樹後離開樹的身體，面朝犀牛。他握緊拳頭，但給了一根手指自由，姿勢彷彿一名獨裁者在發號施令：

「聽著，大家聽好了，我是**先知**。」

此話一出口，他突然從最初盛氣凌人的姿態轉換為莊嚴的先知，此刻正要對門徒宣講。這次他採用較舒緩的語氣，延伸情感澎湃的詞句，繼續演說：

「我是先知。我會一直在這裡，直到指引每個人走上正義的道路。我的同伴，我親愛的門徒，你們一直不離不棄，相信你們也將永遠陪伴我左右……今天是復仇之日。對於那些毀棄美德代之以不公不義的人，那些昨夜殺害我妻子奪走我孩子作為戰利品的人，今天是報復的日子。」

拿著對講機的犀牛繼續透過設備通話。其他犀牛的情緒與精神狀態則與初到時大不相同。他們只是盯著那位被囚者，其中有幾位用手電筒照亮他，好見證這一事件。

被囚者繼續說道：

「我們都是人，人類相互扶持。這是正義之路，這是人類之苦。人類相互扶持，人類反對監禁，而非人類相互對立。人甚至也不該反對這棵椰子樹。這棵椰子樹也是一個人，這棵椰子樹是我的摯愛。難道不是我們當中的邪惡之徒殺了我的妻子？然而今晚這棵椰子樹飛升到黯無星光的天際，這棵椰子樹體現了我妻子的靈魂。是的，我的同伴。**人類相互扶持，而非相互對立**。今天，我的門徒，今天是復仇之日。我因此遵循摩西的傳統，我因此遵循耶穌的傳統，我因此遵循這個時代先知的傳統，我因此在這一日，此時此地，在這棵椰子樹，在我的愛人身旁，向你們每一個人揭示這則箴言：人類相互扶持，而非相互對立。歡迎表示贊同。」

其中一名犀牛試圖與他對話，說道：「你想要求什麼？像個好孩子穿上衣服，上床睡覺？」

先知的語氣再次轉換，回應道：「嘿，巴布，你知道你是這個島上最受尊敬的人嗎？」

顯然，他關於地理和地方研究的思維依然運作良好。同時，他非常瞭解所面對的人的文化身分；這句話意味著他與普通人的世界和他腳下的土地有著共生關係。

他繼續說道：

「我知道你是島上最受尊敬的人。我也知道你穿的那雙靴子散發的氣味。我知道它們臭得像屎。但這沒關係，重要的是這句箴言：**人類相互扶持，而非相互對立**。你是一個好人，但是我收到的啟示告訴我，有一天惡魔的權貴會命令你殺了我。別害怕，我不是說你殺了我妻子。然而此時此地，就在這棵代表我的摯愛的椰子樹旁，在這裡，我指控你有一天會攻擊我，有一天你會遭到欺騙，吃下惡魔的果實，然後攻擊我。」

他一說完這句宣言就再次擁抱了樹，並獻上一連串的吻。然後他回到最初的位置咆哮：

「接受這一點，接受這棵樹是我的守護神，這棵樹是我的救世主。我想與它的樹幹融而為一。我說我，我！」

他以驚人的力道與氣勢再次演繹了「我」這個字。

巴布顯然嚇呆了。這個謀殺預言肯定令他心驚膽戰。然而與此同時，巴布對待先知的態度也多了幾分仁慈和善，因為他被稱為「島上最受尊敬的人」而受寵若驚。巴布移動他的手臂，似乎既想擁抱先知又要上銬。過程中他用微弱的聲音對被囚者反覆說：「兄弟啊，兄弟，離開這棵樹。過來這裡，回你房間去。」

先知不准他繼續說，回吼道：「你殺了我妻子？對，是你殺了我妻子嗎？」他又回到攻擊模式，朝向相隔一段合理距離的巴布挪動。就在此時，他人還在半空中，犀牛瞬間撲上，幾秒鐘內就將他撂倒，手縛在背後。他們的手法迅捷而殘暴，先知成了被犀牛手腳碾壓的肉塊。兩隻強而有力的手抓住他的頭，拳頭裡滿是他的短髮和脖子。他被壓制在地。

這姿勢使他的臉猛砸到地上，地面如此堅硬粗糙，我實在無法繼續想像。他的身體完全被力大無比的犀牛蹄宰制，其中一名犀牛用膝蓋向下抵住他背部的凹陷處，施加壓力。整個過程中先知無法移動一分一毫。所有壓倒性的箝制和暴力恐怕都是針對這場慘敗的一開始，他的腿施展的甩鞭子動作。無論如何，這都只是犀牛想出的辯解。原則就是以牙還牙。事實上，施加在先知身上的暴力程度相當於他從他們身上奪取的力量。

整個任務的目標是消滅他，我想他們精銳盡出達成了目的。就在幾分鐘前，他還是先知，現在則被澈底擊垮。

先知的臉被壓在地上時，他大聲呼喊，其中好幾次呼喚他的母親，但從未提到任何女人的名字。

他只是喊著：「媽媽，媽媽。」但他試圖說「媽媽」這個詞時中斷了，只說一半，因為他的嘴和嘴唇部分平貼著地面。他的話語就在地上遭到撲滅。

那位用膝蓋壓住先知背部的犀牛，似乎有著異常的決心要增強施壓。先知試圖說出幾個字直接表達身體的痛苦，他吐出破碎不全的語句，像是：「我的手。我的脖子。我的背。」

據我所見，巴布此刻真情流露，滿是同情和憐憫。這次遭遇之初經歷的恐懼已經煙消雲散。他張開雙臂，表示想將先知從犀牛的巨蹄下解放出來。但他比任何人都清楚，他無力進行任何有意義的介入，無法大聲說出可能釋放他的話。他無助、焦慮，因為他知道自己什麼也做不了。

全程一直在講對講機的那名犀牛，依然退居後方持續通話，對眼前的進展未表現出任何情感。或許他正在向上級彙報，並且給出一切控制得當、順利化解的印象。此時先知的雙手已經銬上，剩下一兩名犀牛扣住他的腿，大多數犀牛都放手，脫下手套。

先知發出呻吟。像是將我引到走廊屋頂的呻吟。

不含任何字詞或意義的呻吟
呻吟，或許也有哀號
或許還有哭泣

或許全部

他叫喊，呻吟，哀號，哭泣。

有幾刻，先知躺在那兒，身上釋去重負沒有任何壓制。他的胸部平貼地面，由於頭和脖子扭曲，只露出半張臉。他可能口吐白沫，但從遠處無法看清。

只有一名犀牛蹲下身，其他都散了。過了一會兒，有另一組人進入現場。穿白衣的人員從醫院方向過來，他們與所有醫護人員一樣帶著包包。在所有具有組織作為的社會裡，這群人通常被稱為「行動醫療隊」或「急救醫療隊」。有時這個詞需要附加說明，像是「行動醫療隊——人員受傷事故立即處應協助小組」。「立即」在此是必要的補充語，宣布者通常會特別強調。無論如何，該團體的身分與時間概念無法分割，這很重要，並且是必要的。有趣的是，任何時候，他們照護傷者的樣子看起來都很匆忙或很驚慌。至於現在，專業作為也準確無誤地執行。幾個人的小組攜帶醫療包，穿著白色服裝，匆匆忙忙行動。他們當中永遠會有一名或多名女性，彷彿女人的存在必不可少。

他們到場治療先知時，犀牛已經完全撤退。是的，在犀牛的認知裡，行動醫療隊到場，他們就必須撤退，並宣告行動大功告成。來說說那個女人。我指的是其中一名女護士或女醫生，或女心理學家……就是有這樣一名女性人員。這女人跪下身，檢視那具飽經摧殘的身體，先知遭到膝蓋重壓的身體。

醫療團隊立即著手進行檢查。白衣女性在強烈的燈光下碰觸他的背部凹陷處。他的身體抖了一下，好像感覺刺痛似的稍微動了一下。這一次，女人碰了他的肋骨。先知的身體再次顫動。與其說顫動，不如說突然跳動。接著，女人的手指觸碰他的脖子及頭部。先知又一次抖跳。彷彿手套施加的感受澈底毀壞了他的身體。那些手套果真如此粗刺尖銳？但無論如何，問題不在於手套及所用金屬器具的刁鑽質地。那不重要，重要的是先知的身體。每一次觸摸都讓先知的身體抖顫。更貼切地說，他是驚跳。

一名白衣人員在檢查過程中打開他的手電筒。他們也賦予自己以任何他們認為合適的方式使用設備的權利，例如隨意使用手電筒。這對他們的角色顯然是必要的。穿白衣的女人幾乎觸碰了先知身體的每一處，然後彎下腰，低身對他說了什麼。

她在先知耳邊低語的內容無法確知，但無論如何似乎可行。在沒有爭論的情況下，她請一名白衣男人打開一瓶水，然後給先知一些藥丸。先知的頭和下顎看起來更像接受牧羊人遞送藥丸的山羊。他吞藥沒靠自己的手，而是由女人稍微用力把他的嘴撬開，倒入一把藥丸，再用水將藥丸沖下肚。

先知喪失了行為能力。先知是被動的。他蒙受羞辱，被迫屈服，完全就像羊或其他類似的動物。我彷彿看著一頭羊和牧羊人，這就是我腦海中浮現的畫面。

他一吞下藥丸，女人就打開她的箱子，那種醫生隨身攜帶的箱子，雙邊打開，裡面裝滿藥罐、包紮傷口的用具配件和消毒藥膏。先知依然在地上奄奄一息。顯然犀牛認為鬆開他的手讓他坐起或連最起碼的翻身都不安全。女人幾個動作快速在先知背上敷好藥。現在很清楚，他的背上沾染了血跡。所有步驟都完成得明快精準，結束後，女人用手指輕撫先知的頭髮，舉動就像試圖安慰孩子的長者。護士團隊似乎對於任務達成感到滿意，其中幾人還露出微笑——對犀牛微笑。然後他們離去。

現在先知總算獨自一人。犀牛的人數減少了，其中幾位在護送護士離去時也離開現場。整個治傷過程中，先知的胸部始終平貼著地面。他的脖子歪扭，雙腿麻木毫無生氣。對他而言唯一的差別在於背部下凹處和肩膀上了藥，並且沒有犀牛以擒抱的姿勢緊抓他的腿，將他撲倒。他就像被丟棄在戰場外圍的傷亡者屍體，一動也不動。犀牛站在離他幾公尺遠的地方，不再有必要用手電筒光束對準他。

§

夜幕降臨。夜晚終於降臨。夜晚的壯麗，那使夜晚之所以為夜晚的壯闊，總算重掌局面。四下靜寂。靜默悄悄滲入夜色之中，先前那矛盾的寂靜又逐漸籠罩整片土地。椰子樹沙沙作響，徐徐微風拂過枝葉，聲響在寂靜中放大，誘惑著耳朵。海洋狂躁起來，浪濤隨著瘋狂加劇，痛擊島嶼的身軀。

鋪天蓋地的黑暗包圍感官。彷彿雲層決定像階梯般降至地面，或是地面的梯子延伸直上雲霄，讓天空的黑暗藉機向更高處竄逃。到處瀰漫著天空與雲的香氣。

我的手臂。我的背。我的肋骨。還有我的頭又開始天旋地轉。在走廊屋頂上，最輕微的移動都會發出匡啷聲響，這個動作恐怕會引起騷動，但是再一次未經我空茫腦袋的許可發生了。我是指，我的大腦再度聽命於那不服從的頑強身體。話雖如此，我們不能將此行為視為對命令的違抗，因為大腦並未發布任何指令。容我修正措辭，實情是這樣的：我的身體說服了昏睡的腦袋，使我完全依賴身體行動；我的大腦陷入睡眠，由反叛的身體作主。現在我的手臂充當腦袋瓜的枕頭，我仰望著天空。所幸如此，我抽離了先知與犀牛的舞臺。

從這個位置只能看見一些芒果樹的枝葉，以及部分的天空，然而天幕的圖標卻完全無法辨識。天空絲毫不像天空。舉目無星，也不見浮雲。除了黑，沒有其他顏色。夜晚再次沉寂。然而周圍的觀眾席旋即變換場景，展開一場宛如蟋蟀慶典的匯演。

這一次與我們的初次邂逅相同，由同一隻老蟋蟀帶頭鳴唱。牠的歌聲先是規律地停頓，然後經過一段較長的醞釀，再度爆發那嘹亮的單音調吟唱，這是蟋蟀演出的核心。其他蟋蟀陸續加入應和，合唱的樂音澎湃迴盪，點亮夜的光輝。

有一條河從歷史的暗窟中重新湧現。這條充滿曲折的河描繪了地球的形貌，從中銘刻了自身的命運。這條河反映了一段與櫟樹互為鑲嵌、密不可分的歷史。在山的頂巔，人們可以清楚看見這條河，如一條蜿蜒盤繞的蛇自那遙遠的山脈深處竄出。遙遠的山脈上頭覆蓋一片乳白，山脈過去還有山，層巒疊嶂，峰巒相接，映照出連綿的千山萬壑，山色越來越乳白、越來越清透。

河水奔流過群山，最後抵達環抱那座峰頂的山脈，我墜入愛河的峰頂。空氣中飄散著多刺的朝鮮薊與新鮮土壤的芬芳。我在山頂獨自挺立的櫟樹下逗留，同行的狗兒也許剛溜開獵兔子去了，但我感覺得到牠的存在。

下頭櫟樹林散布
下頭滿是茂盛的野生無花果樹
下頭坐落著我再熟悉不過
離開又歸返的小村
哦，那喜悅，奔馳過青春的開闊景致
奔馳過春天的氣息
奔馳過千萬朵洋甘菊
這是春季，充滿青春期盼的季節，釋放清新青草味的季節
我在山巔之上朝山腰趕赴
翻越山嶺起伏
踩過鮮美蘑菇
途經一窩鷓鴣

繞過一窩沙雉
踱過一窩麻雀
遊經一窩夜鶯
直奔河畔處。

我跳過石頭寶座，事實上，應是飛越我的石頭堡壘。感受狂風撲面而來、呼嘯而過、在兩側太陽穴旁咆哮的感官洗禮。我衝刺狂奔。奔向洶湧的河流，奔向滿是蘆葦的田野，奔向愛情的焦心煩憂。她在那裡。少女**潔絲宛**[22]停駐在那裡，凜凜閃耀。她是高貴的遊牧民族之女。她的裙襬綴滿無數枚金幣與金色飾片，腰間繫帶裝飾著上千朵鮮花，兩朵深紅色的花棲於胸前的起伏之上。鴿群飛越河流，朝向唯一夢想的森林飛翔。

我站在河邊的石頭堡壘上，赤身裸體泰然自若……一絲不掛的忍著寒意。遠處，我可以看到潔絲宛端坐在她的母馬上。自豪的，威嚴的，高貴的。她正騎著母馬小跑前來，任憑狂風吹亂酒紅色的頭髮。她的裙褶隨風起舞，腰帶環繞的花朵、裙子裝飾的錢幣飾片全都飛騰起來，在風中翻旋打轉。天空變成鮮花花束，千萬隻蝴蝶盤據空中飛舞。潔絲宛感覺得到我的渴望。潔絲宛讀得懂我的心。她微笑著靠近，一面褪去衣物，逐漸露出她的胴體……很快，我們倆便能裸裎相見。她發光的小腿浸到河裡，腰也沉入清涼河水中，最後消失於一波波水流間。從石頭寶座的那個位置，我目睹河在呼吸吐吶，向我訴說她的香氣。

一股擔憂襲來
我捧起水喝，河水帶來她的芬芳
擔憂不肯離去
我深吸一口空氣的味道
依然憂慮
我凝望四周環繞的群山
還是擔心
我盯著洶湧的河水目不轉睛
放不下心中憂慮。

終於，我的潔絲宛出現了，全身只被覆著她的紅色長髮。她散發王者之風。她是自由不羈的美人

22｜Jezhwan，庫德語女性名，這個字也用來描述愛侶約定的相會地點，波斯語和英語中均無可翻譯對應的字眼。

魚。她閉上的雙眼映現自由，眼中如飄渺仙境。

我對河流總是深具信心。如今在這最後階段，我從石頭宮殿一躍而下，片刻就將潔絲宛擁在懷裡。她一如我想像的脫俗，一如我認定的自由，一如我描繪的美麗。她的微笑綻放成一個吻，我嚐到了核桃。

夢再現人生
夢即是人生
夢是詩歌
呻吟、苦難、哭泣與愛
多麼不定的意識之流，多麼混亂的意識狀態
多麼無意義的往事回溯
這糟糕的心情，如何直面人生
這糟糕的心情，如何理解愛
這糟糕的心情，如何與人交流
而星光自始至終隱匿

我看不見星星，但我知道星星在，深陷於天幕的內裡

你怎能想像沒有星星的天空？

§

我聽見呻吟聲。我聽見貓叫聲。我聽到有人說著：「媽媽、媽媽。」我翻身面對綠區，眼睛又歷經一番調整。貓回來了。牠踩著與剛才相同的步伐，彷彿被驚擾似的匆匆穿過，最後輕輕一躍，融入黑暗消失無蹤。

先知已經不在先前的位置。我想有幾個人把他拖到了牆邊，任由他躺在那裡。不過這次他的姿勢完全相反，面朝上，仰望天空。有兩名獄警坐在椅子上，漫不經心瞥一眼先知傷痕累累的身體，儼然像是圍坐在營火邊取暖。其中一個獄警不時會用一根短而細的棍子打先知。他看著同事，兩人說了些什麼，然後笑了起來。他們敲打營火，他們擊打先知，把棍子戳進他身體腫脹的部位，撥弄營火的木柴。先知的身體對攻擊毫無反應。只有偶爾被稍微推動時，發出隱約的呻吟。

巴布也在場。他坐在幾公尺外，神情無動於衷地直視前方。

此時氣氛似有變化，變得更加詭怖。一個人影從其中一間房冒出，有如身穿白色醫院制服的幽靈，後面緊跟著兩名獄警。幽靈夢遊似的移動，步伐緩慢，小心翼翼前進。而獄警只是旁觀，沒有任何肢體接觸，持續監視。我看見了他，我透過昏黃的燈光認出他來：是**灰熊**。

就在前一天，他們在一間貨櫃屋下發現他，自殘割傷身體後失去意識。大家都說他是瘋子。從踏上這座島的那刻起，他就沒和任何人說過話。就算說了什麼，也沒人理解。他的招牌滑稽舉動是在走廊區脫光衣服，當眾撒尿。現在他離開房間的原因頓時清楚了。只見他徑直朝椰子樹走去，脫下褲子，開始撒尿，尿了很長、非常長的時間。顯然他帶著飽脹的膀胱入睡，醒來時還睡意朦朧，神志不清。一旦完事了，他就像先前那樣緩慢小心地走回自己的房間。

這段插曲從頭到尾，兩名獄警只是袖手旁觀——兩名獄警始終安靜坐在先知的軀體旁邊，巴布也待在一旁。蟋蟀繼續喧鬧鳴唱。

海浪持續痛擊島嶼的身軀，聲響一波波漫淹過來。椰子樹在顫抖。黎明悄然降臨。我餓了，而且完全忘了牙痛。該是回去的時候。我完全沒看獄警一眼立刻行動，轉瞬一躍而下。圍欄上覆蓋著金屬隔板，跳下來後我和綠區的聯繫就此完全切斷。監獄裡寂靜無聲。只有溫柔巨人坐在房間外。他只是微笑。不多久，我躺上床，挨著電扇，挨著睡在前面的室友。呼吸的臭味飄來。汗臭。口臭，人類呼吸的腐敗味。人類汗水的酸臭味。

§

移民部的律師團在一個大熱天進入監獄。這群年輕美貌、穿著合身西裝的女人冒著汗，胸部和臀部線條引人注目。真是神奇的畫面。監獄裡出現迷人的女性不得不教人眼睛一亮。許多被囚者誤以為這些律師是為了協助釋放他們，前來安排所需文件。然而，獄警宣布她們是移民部的律師，且將立刻提交申請庇護的案件。

眼下的兩難是：申請取得難民身分，在島上永久定居，或者填寫自願遣返申請書。律師不參與討論；律師只是微笑。香汗淋漓。女人的氣息。都市的氣息。自由的氣息。生命的氣息。各種香味瀰漫監獄，充塞每道空隙。

女律師的出現引發巨大的轉變。一見到這些女人，被囚者變得像小男生一樣欣喜若狂。他們咧嘴竊笑，甚至熱烈歡呼。但同時他們也很焦躁。他們不安，他們憂慮。最終，他們心生恐懼。每個人都知道勢必有段曲折複雜的路等著自己。這些女人並不尋常。她們的美麗顯然令人起疑。一股不信任感油然而生，凌駕了情感……但仍不構成不笑的理由。

現在福斯監獄的西區有一棟建築，四周豎立著鋼製圍欄。那個地方是為誰建造的？那是一座監獄。有白色鋼網，不折不扣的監獄。他們砍樹的原因很簡單，就是興建另一座監獄。一座監獄在那個空間逐漸成形。

接下來幾天，或是接下來幾週，或是幾個月，一群關押在福斯監獄的難民被轉移到新監獄。新監獄叫做邁克監獄（Mike Prison）。這需要一點時間。在這個空間完全發展出一個身分、吸納一個監獄的身分之前，在這個空間將被囚者的汗臭與呼吸臭味充分吸收之前，需要好一段時間。這個空間最終變成一座監獄，並採用清一色的白；白色地板，白色圍欄。

被囚者歷經一天到數天的時間，當著炎熱的午後，將個人物品轉移過去。他們多半互相認識。熟悉的面孔，用拉桿行李箱搬運熟悉的個人物品。一張泡綿床墊，一個泡綿小枕頭，一張塑膠床單，然後就沒了，什麼都沒有。

妓女梅薩姆移監時一邊唱著歌。他唱歌。他燦笑。他翩然起舞。大牛滿心期待著新監獄，在他從此揮別福斯監獄的那刻，不忘用手勢向自己不知饜足的欲望致敬。他離開時一隻手拖著行李，另一隻手擺在肚皮上。我不願誇大其詞，但他最後一次望向福斯監獄，目光仍緊盯著用餐區。他是消息靈通的人物；最後倒數的日子裡，他老是大聲向朋友宣布：邁克的用餐區白色裝潢，布置精美。一旦用餐區乾淨潔白，令人眼睛一亮，餐食毫無疑問也會一樣：當然不是白淨美麗，而是豐富、熟得恰到好處、豐盛、豪華。

溫柔巨人也離開了。他這段時間對大多數的被囚者傾盡善意，然後離去。他擁抱福斯監獄的每名被囚者，用大大的擁抱將他們圈住，然後離去。當他離開時，當他即將永遠告別這座監獄、即將步出監獄大門時，他大聲喊道：「朋友們，希望很快有一天，我能在自由的國度再次擁抱你們每一個人。」他以肯定的語氣向所有人宣告。

這些人的朋友緊跟在後離開。福斯監獄再也不一樣了。靜悄悄的，似乎有些沉鬱。這一晚，以及往後的夜晚，查卡鳥持續唱著那支曲子。牠的啼叫預示著恐怖。牠的啼叫表達對未來的憂懼。牠的啼叫令人寒毛直豎。

查卡鳥害怕監獄
夕陽令人恐懼
夕陽散發死亡氣息
查卡鳥唱著死亡迫近的歌曲。

十一、似洋甘菊的花朵／感染：馬努斯監獄症候群

雨天的島嶼有著不同的顏色與香氣
大雨傾盆，蚊子銷聲匿跡
人們感覺不到浸透身體的熱意
似洋甘菊的花朵
舞不歇停
彷彿戀上清涼海風深深呼吸
重重喘息
我愛那花朵
滿溢抵抗的熱情
莖的盤繞蜷曲迸發強大的生命意志
伸展身體向所有人展現自己。

一個沒有星星的夜晚，我在水塔後方的圍欄邊，面朝海灘，坐在一塊砍下棄置的椰子樹幹上。經過傍晚的一陣大雨，周遭的大自然煥然一新，空氣中飄散著雨後的芬芳甘甜。那段樹幹周圍開滿了像是洋甘菊的白色纖長花朵，彷彿有人巧妙地沿著木頭邊緣撒上種子。有好幾朵花不可思議地從殘破的樹幹底下探出，一個優雅的扭身，向天空昂然挺立。我感到花朵與這棵早逝椰子樹的精神有著難以言喻的連結。年輕椰子樹的屍體被無情的鋸子砍下。它會躺在那兒好幾年，一點點衰敗、腐爛、分解，返回最初孕育它的土壤。

稍遠的另一邊，靠近排水溝處，還開有其他的花。由於被囚者懼怕水溝的汙穢，沒人敢輕易靠近，排水溝因此保護了花朵。排水溝周圍地帶擁有豐富的土壤和養分，花兒因此出落得格外挺拔、生氣盎然。這些地面四處盛放的花朵能感知人類的存在。假如有人伸手靠近它們旋繞綻放的寬闊花瓣，花兒會立刻打住縮回，因此被稱為「含羞花」。每當我伸手觸摸，它們便眉頭一皺，斂起身體。過一會兒又緩慢地、小心翼翼地展開花瓣。我再故意招惹，它們又回到同樣自我孤絕的狀態。我過去從未見過這種生物。我唱歌的時候，它們彷彿意識到某件重要的事正感染著存在的世界。我能感覺到是因為，它們以緩慢而細緻的動作悄悄抬起頭。

馬努斯島多樣化的生態系正沐浴在薄暮微光中。與灼人的烈日相反，馬努斯島的月亮是自然界最慈愛的元素。滿月時，月亮彷彿水彩畫家，在厚厚的雲層上暈染出斑斕色彩。

巫術色彩匯聚
黃色、橙色、紅色的
護身符……
供物……
每一夜的贈禮。

每次馬努斯的月亮露臉，都伴隨著不同罕見顏色的光環。光暈與赤道帶天空的永恆雲海相互襯托，是大自然最令人嘆為觀止的贈禮。

福斯監獄裡最安靜的地方，就在**似洋甘菊的花朵**旁。在這裡我可以獨處好幾個小時，遠離他人的呼吸和氣味，遠離喧嘩、騷動、混亂的一切。在監獄無情的環境裡，即使最健談、最鬧騰的被囚者也需要獨處，尋找一個安靜、遠離喧囂之處。

最好沒人跟我說話。然而每當我想與世隔絕，總會有幾人在附近徘徊，或跟我在同一處把腳擱在圍欄上。總會有幾名被囚者或 G4S 警衛出現。而只要有一個人出現、跟我呼吸同一區的空氣，感覺馬上變得討厭。

我慶幸被囚者沒有爭相擠在監獄的偏遠角落，他們不認為有必要破壞這空間相對的寧靜。更重要的是，他們不會來踐踏似洋甘菊的花朵。骯髒水管附近的潮濕地帶是人們唯一不會漫無目的遊蕩的地方。那裡不適合閒逛。

剛開始，圍欄周圍和廚房髒兮兮的管道旁邊都開滿了花。植被潮溼時，彷彿叢林蔓延到了監獄裡。然而不到幾星期，植被和花朵便在人們的踐踏下消失殆盡。隨著每一朵花、每一片植物的消逝，監獄顯得越發野蠻和殘暴。這變化似乎沒引起四處走動的人們半點關注。

§

我與似洋甘菊的花朵一起度過的那些夜裡，一位名叫哈米德、總是面帶微笑的年輕人也會造訪那個荒棄的角落。微笑是他不變的正字標記。也許其實他根本沒在笑。也許這微笑只是因為經歷生命中的某個事件或一連串事件而移植到臉上的草圖。

他的微笑無聲
起初是顫動，然後綻放
他的微笑籠罩整張臉
是安靜的微笑
也可能是焦慮的微笑
微笑在顫抖

但迷人依舊
他的微笑有感染力
與臉上的漣漪攜手漾開
與潔白的牙齒沆瀣一氣。

這種人的笑容難辨真心，儘管哈米德的微笑從不讓人感到虛假。重點是微笑本身，它在說：注意我，注意我，這是我，帶著歡樂笑容的我。**微笑青年**就是如此，胖胖的臉上永遠掛著笑——厚敦的嘴唇、飛揚的濃眉，還有強健的體格。他甚至對花微笑。有些時候對圍欄微笑。抬腳擱在圍欄上休息時，他對夾腳拖微笑。他安靜，孤獨。他踩著謹慎的步伐走進僻靜的花叢區。我想他格外留心不讓自己的腳步破壞似洋甘菊的花朵。他的每一步如此溫柔，彷彿他認識這些花。而他的確認識。有時他會跟花鬧著玩。他撫摸花兒的頭，花一如往常害羞，這逗得他十分開心。他的快樂像孩子。

偶爾會有其他被囚者感到好奇，無端出現在這寧靜角落晃蕩，大多數人造訪一次後就再也不會露面。他們四處遊蕩，漫不經心地邁步亂闖，到處留下頸子摧折、花瓣破碎的似洋甘菊的花朵……這些人毫不以為意，沉浸在自己的世界裡。他們只是蠻不在乎走過，嘴上不停閒扯，摧殘了花朵，把整個地方弄得亂七八糟，然後如羊群般慢慢遠去。

然而，正如我在這塊小天地度過的無數夜晚，正如圍欄後面的海洋，正如似洋甘菊的花朵，微笑青年是快樂的，微笑青年是平靜的，微笑青年體會到至高的莊嚴時刻。

微笑青年與我鮮少交談。我們像兩顆冰冷孤獨的黑色石子，置身一望無際的沙漠，承受天幕與所有鑲嵌其中的星體之重。我們僅有的互動發生在此處，這方舒適的小天地。我想有幾次我們各自來到這裡，然後感覺到彼此的存在。當我們朝不同方向往回走時，便化為兩道冰冷孤獨的影子，澈底分離——甚至不打招呼或手勢。

我知道微笑青年頻繁出入P隧道，成日與那些生鏽的風扇、蚊蟲、汗溼赤裸的身體為伍。然而每當看見他在似洋甘菊的花朵旁，我總會深受觸動。那畫面是如此燦爛而優雅。身陷囹圄的人很難對獄友產生這番感受。因為監獄在人身上施加了某種殘酷和暴力。一旦這種與暴力相連、與監獄密不可分的感覺迎面襲來，被囚者別無選擇，只能像烏龜一樣把頭藏進龜殼裡，準備承受攻擊或壓力。

抵禦圍欄

抵禦獄警

抵禦其他被囚者

直到死去

直到感受自由

佇立仰望無邊蒼穹心生敬畏的自由
佇立凝視星斗的自由
佇立眺望浩瀚海洋的自由
佇立迎向壯麗叢林的自由
屬於昂首挺立的椰子樹的自由。

簡單說，一名被囚者沒有能力為另一名被囚者難過，也沒有能力將那個人的痛苦融入自己的痛苦。這是監獄的現實。微笑青年與我的狀況稍微不同。我們都對監獄無情的現實變得漠然無謂。正因我們承受莫大苦痛，於是更無法容忍獨處遭到絲毫侵犯。即使展開並加深我們的友誼可能是重要的，我們寧願維持關係裡的界限。這界限亦不妨礙我們產生友好的連結。兩個人共享沉默，如此簡單。

有時我會在那舒服的角落認真反躬自省，儘管思考內容在理性上或情感上都教人不安。有時這些想像、幻想、夢的狀態反映了現實，便會刺激我的身體動作，以行使個人的權利。

§

被囚者依據自由的概念來建構自我的身分。他的想像永遠關注於圍欄外的世界，並在腦海中形成一幅自由國度的景象。他的生活無時無刻不受到自由觀念的影響。牢籠或自由，這是最基本的對等。

夜晚最黑、整座監獄陷入沉睡的時候，我發現自己異常渴望體驗圍欄外的世界。大自然在圍欄與大海之間的狹窄地帶自豪展示著一小片濃密叢林。叢林有鳥、昆蟲、青蛙和蛇的聲音。叢林由各式各樣的樹木、爬蟲類、昆蟲組成，甚至包含拂過枝枒間的微風。

叢林

對叢林的恐懼

對叢林的愛

叢林是這所有的一切。

海洋就另當別論。海洋一旦陷入瘋狂，轟然巨響便穿透圍欄大舉入侵，連最遠的房間也逃不過。一名獨自躺在床上的被囚者會被迴盪不去的浪濤聲帶進想像的國度。然而，海洋一旦寂靜無聲，你從它吐吶的氣味，從海的濃郁氣息便能感受到大海的壯闊。若想接近大海與海浪，你沒有選擇，只能跋涉過漆黑的叢林。圍欄不太高，連接鐵絲網的橫桿也有足夠空間讓腳穿過，踩著翻越過去。

年輕人再次用細瘦的雙腿爬上櫟樹的粗糙樹幹

那個找尋鴿子窩的竹竿腿小子

再次迎向崎嶇山壁與巨大光滑的岩石邊界
小腳卡進峭壁的狹窄凹縫
為生死一線緊張屏息
他再次感受攀登的輝煌
以及墜入幽深峽谷的恐懼
再次拚命爬上高聳光滑的山壁，吊掛在最高抓握點俯瞰睥睨。

半夜下起毛毛雨。有段時間，這地方完全荒無人煙，不見半個人影。我鼓起勇氣迎向圍欄外的世界，兩三個快步跳躍就翻了過去。片刻之後我置身於灌木叢中，四下漆黑。這是反叛，這是叛變；我發現了自由，觸摸到了自由。

我到了監獄牆外，我在監獄圍牆的另一邊。現在我跟蛇、青蛙、昆蟲、鳥兒一樣，與叢林融為一體。我就是叢林，叢林就是我。我沿著叢林柔軟的地面觸摸、探尋，在黑暗中摸索著朝大海前進。天知道抵達海邊前有多少棵樹和灌木被我揣在懷裡感受，我的腳還觸到青蛙和螃蟹。這一段距離雖短卻充滿驚奇，充滿喜悅，也充滿對黑暗與自由的恐懼。我害怕自由。但我繼續前行。幾分鐘後，我的腳感到沙子的柔軟。還有海浪。眼前的海浪多麼可怕，多麼壯麗！

到達海邊時我第一次回頭，轉過身回望監獄。這匯聚了痛苦與噩夢的深淵，隔了層層枝葉卻幾乎無法辨識，只有幾道亮光隱約可見。在微弱燈光下，監獄看起來像是偏遠叢林深處的荒棄村落。從海灘上，我較能體會小島的雄渾，那是汪洋中失落小島自有的壯麗，帶著雷鳴般的氣勢。然而在浩瀚無邊的海洋之前，島嶼相形之下顯得如此卑微，宛如世界之盡。

我慢慢鼓起勇氣沿著海灘散步。手提著夾腳拖，讓雙腳浸入潮水。腳跟陷進柔軟細沙的感覺太棒了！從夾腳拖解放的腳趾和趾間獲得最大的自由。我在沙灘上看不見自己的腳印，但我能想像一個凡人經歷漫長的跋涉，自由的跋涉，叛變的跋涉留下的足跡。

方便完後，有時我會躲進灌木叢很長一段時間，用灼灼目光穿透似的凝視監獄。圍欄邊可能坐著一名獄警或被囚者，但總會出現短暫空檔讓我趁機回到監獄。

我進行監獄—叢林—海洋之旅的那些夜晚，微笑青年會把腳放在圍欄上，一邊搔著。表面上微笑青年和我彼此漠不關心，實則相當注意對方的一舉一動。我想他是唯一知道我在翻牆的人，雖然他不會告訴我。目睹我匆匆爬過圍欄對他來說沒什麼稀奇，說不定看到時還在笑。他不停地搔抓傷口。他的小腿有多處感染。他把腿靠在圍欄上搔抓傷處，搔抓腫包和破開未癒的傷口。

有幾次我看見他要去診所。我聽說他被蚊子叮了，狀況很糟。監獄裡經常聽到這句話。被囚者總愛說：「他狀況很糟。」心頭籠罩著恐懼。

§

承辦監獄醫療服務的單位是「國際衛生與醫療服務中心」，簡稱IHMS。這是一個以觀察患者為樂，扭曲而複雜的系統。一旦有人生病，便是醫生護士宣洩權力情結的最佳時機，被囚者只能淪為無用的俎上肉。這豈不正合**君尊體系**的意？將毫無防備之力的肉塊送進預先決定的系統，任其遭到摧毀、吞噬，直到最後僅剩丟棄這一選項：將難民扔回他們最初逃離的國家或家園。

所謂的診所是搭建在監獄盡頭、緊貼奧斯卡監獄的幾個貨櫃。這地方很髒，為了讓診所看起來像間醫院，還下了一番可笑的表面功夫。診所裡面存放了各種小玻璃藥罐、大玻璃藥罐、成千上萬盒藥丸、裝滿血清的塑膠管及施打用具等等。明明除了撲熱息痛（paracetamol）之外，幾乎不開立其他藥物。醫務人員極盡折磨之能事，給生病的被囚者吃藥丸，直到他們放棄屈服為止。

診所奉行一整套宏觀與微觀的規定運作，目的在於製造阻礙、轉移注意力。一個人的報告送到診所後，任何光怪陸離的事都可能降臨身上。任何事。這些一身專業白衣的男性女性總是笑容可掬，但總是用輕蔑的目光從頭到腳打量被囚者，總是貶低他們的尊嚴。

舉例來說，若有人心臟劇痛，醫生很可能會建議：「孩子，多喝水。別忘了持續攝取大量水份。」或比如像微笑青年這樣的情況，他們可能會在患者全身接上血清輸管，有時護士會一邊注射並一臉凝重地說：「老天，在這裡好好躺著靜養，等候康復。別擔心，只要安靜休息，一切都會沒事的。」

該系統的設計迫使任何踏進診所貨櫃周圍一步的人都要在幾天後回診。這事實上意味著回去好幾次。最後患者若是一天沒回診所就覺得自己病況惡化了。於是患者、IMHS系統、撲熱息痛、護士的笑容之間形成一種極端的依賴關係。排隊領取撲熱息痛的隊伍一天比一天長，且越來越吵鬧，最終成為被囚者日常生活不可或缺的一部分。

被囚者出現病兆時，第一個參照點往往是共同監禁的獄友。他們會格外擔憂——他們跨越一百公尺距離走向獄警室，滿腔的兄弟情義表露無遺。小房間裡的獄警會記下被囚者的號碼，以對講機聯絡上級，回覆通常來得立即：「叫他喝水。」獄友回道：「可是他很不舒服！都意識不清了！」或者：「但是他心臟刺痛！他快死了！」獄警再次拿起對講機，轉向患病者的獄友說：「喝水就對了。」

通報獄友氣得額頭脖子猛暴青筋，再走一百公尺回去。他們合力抬起生病的被囚者，將他攙扶到獄警室。有時體格較壯的會直接將人背起前往，表情難掩自豪，顯得樂在其中。也可能有其他人加入，全程沿路照料。參與照顧的人數則取決於生病被囚者的人緣。顯然……此時展示的是被囚者與其友人的道德高尚程度。

許多次，生病的被囚者就直接躺在獄警室前，除了消極躺著以外什麼也不做，一半是因為病，一半是裝死。他透過疲憊的雙眼看著朋友們展現決心，自己則退居一旁。獄警通常會試著和顏悅色告知：這非他們的錯。他們宣稱必須獲得長官許可。接著再度開啟對講機通話。此類場景最後往往以暴力事件告終。被囚者從監獄各個角落湧出，過不了多久小小的獄警室前聚集一大群人叫囂、咒罵、猛踢圍欄。最後，幾名巴布才帶著擔架抵達，將患者轉送到診所。

這是一個簡單的問題，只需要一個簡單的解決方法。為了將病人轉移至診所就醫，必須大費周章掀起暴力。事實上，體制是這麼設計的：假如有人生病，他們或他們的朋友必須踢倒金屬門、大聲咒罵、用頭猛撞圍欄，直到被轉移到診所為止。監獄君尊體系樂於助長暴力。監獄體制煽動被囚者使用暴力，如此他們的請求才會獲得回應。

生病不適的被囚者被轉移後，人群就散了。只剩一兩名患者的朋友還坐在泥地上等待。然而坐在那兒並不代表他們擔憂，不過是獄友兄弟履行道德義務的表示罷了。

誰知道呢

現在坐著的那位會不會突然變成頭枕泥地的那個人

誰知道呢

也許明天，或另一個明天

他會不會心臟劇痛？

他會不會突然失去意識？

誰知道呢。

被囚者很清楚例行常規。每天身體必須檢查四次。如果生病，傍晚領安眠藥或晚上用藥時要檢查八次。因此每位病人必須接受十二次身體檢查。此外還有另一個領藥隊伍要排，是反方向的。再加上每天早上的另一個排隊，總共是十六次身體檢查。假如關押在德爾塔監獄或奧斯卡監獄的難民想用電話，他進出時還要接受安全檢查。

一場利用數字發動的戰爭
一場數字戰爭
巴布的手執行搜身
澳洲警衛高壓瞪視
被囚者困於緊繃的隧道
這是日復一日
監禁生活的一大特色
極大醜惡
生活最後變成如此樣貌
一種全新建構的人類生存模型

藉由排隊的控制技術磨耗時間
藉由身體的操弄剝削磨耗時間
身體變得脆弱
身體淪為搜查的客體
任他人上下其手
任他人的凝視侵奪
這是一個澈底踐踏生命的程式。

§

微笑青年就是必須從早到晚忍受此般制度的數十名患病被囚者之一。被囚者一旦生病就如雙腿被吸進一個巨大漩渦，漩渦將他們深深捲入其中，不論如何賣力掙扎依然不斷下陷。

於是我面臨的困境再清楚不過了。我的牙齒很痛。然而我太瞭解自己，我有一種容易在那漩渦中淹沒的特殊傾向……IHMS 三兩下就能將我這生物生吞活剝。我絕不接受像人渣般被丟進垃圾桶拋棄，我絕不允許他們將我扔回最初逃離的地方。然而我是塊俎上肉，那般殘忍酷刑會將我澈底粉碎，化為虛空。我很害怕。我像小狗一樣害怕 IHMS。這就是我放棄就診，接受巴布為我手術的原因。

那晚我為牙痛折騰了一整夜。巴布人實在心地善良。夜將盡時，兩位巴布抓住我的手臂，其中一位點亮打火機，另一位將一根燒得火紅的鐵絲插進我那該死的牙洞。我的理智瞬間斷線。牙齦破裂。淚水盈眶。我停止呼吸。但那是好事，牙齒的蛀洞受到澈底的懲罰。我放聲尖叫，巴布將手覆在我的額頭上。他沒說話，但我能從手的撫觸感覺到他內心在說：「孩子，很快就不痛了。」燒燙的鐵絲確實發揮效用。幾次傳統的巴布式手術殺死了那顆牙的所有神經。我知道，我太清楚了。假如我真的面對 IHMS 系統，我的靈魂會被數以千計的 IHMS 信件、報告、表格吞沒，最後摧毀。

§

每晚夜深人靜的時分，微笑青年都和似洋甘菊的花朵待在一起，去那兒搔抓傷口。有時他抓得太過猛烈甚至會感到難為情。他環顧四盼，又繼續將指甲刮進腫脹和破開的傷口。我不曉得他的皮膚下場如何，但不難想像。大概流淌著黑色的血液。可能還流出大量的膿，滲出大量被黑色血液悶窒的膿。你看不見，你無法理解，但這時指甲再也無法被大腦左右。

他的臉上不總是帶著微笑？

對人們微笑

對警衛微笑

對監獄微笑
對圍欄微笑
是的
他對一切微笑
我認為他甚至對醫生護士
這些臉上也笑的人微笑
我確定他甚至對自己的傷口微笑
因流血微笑
因膿包微笑
因骨頭發疼而微笑
因皮膚渴望被鋒利的指甲劃開而微笑
他對一切微笑。

§

IHMS 使患者對就診上癮，將他們捲進來，於是患者陷入憤懣與依賴的交纏之網。就這麼簡單。

最近排隊領藥的被囚者開始打架。他們爭相一睹護士的倩笑，甚至在監獄大門和 IHMS 的入口之間賽跑。這是對藥的依賴性。依賴性在被囚者的血液裡流淌，依賴性如今成為他們的重要生物機制。

被囚者輪到順序且接受完巴布執行的最後一次身體檢查時，他的舉動猶如一匹焦渴難耐、對泉水位置瞭若指掌的馬，不假思索地縱蹄飛奔。然而並非每次都能如願，不一定。

就連年長者也能與年輕人爭搶藥丸。他們乾瘦的肌肉彷彿注入新的力量，若非白鬚洩漏年齡，你根本看不出他們其實年老病弱。

IHMS那區，貨櫃屋裡的氣氛總是很沉重。不過或許只有我這樣想，是我心存成見。那是我極力抗拒的地方。醫療體系對我而言就如監獄風扇的葉片——萬一我有幾根糾結的頭髮卡進葉片，它會將我整個人都捲進去。

抵抗這個體制的傾向
盡可能不讓身體任何部位捲入其中
盡可能離貨櫃遠遠的
遠離護士的微笑。

雖然我有意識抵抗，卻也難壓抑求知的好奇渴望。有時它會呼喚我，對我招手。有時我甚至認為牙神經刻意產生疼痛，讓我受苦。

我犯牙痛，就拿一張 IHMS 預約申請表格，在上面寫道：「監獄長官好，我牙痛想看牙醫，請為我安排會診。」

簡短

既禮貌

也不禮貌

這對體制有何差別？

什麼樣的詞語能建立溝通？

就君尊體系的角度而言，重要的是我感到痛苦煎熬。或許體系讀到我表達憤怒的文字還笑了。即使體系不是人，不會笑，讀那封申請信的某個混蛋也會笑。

我心知肚明根本沒有牙醫。而且我知道一週後，我可以在 IHMS 的大門前恭敬有禮地向獄警表明身分，繼而申請進入官僚程序。換言之，體系會誠摯邀請我進入其中。

徒勞的舉動
徒勞的過程
與護士的無意義會面
掛著徒勞微笑的護士。

所謂「恭敬有禮」是指不需要採取暴力行動，比如說，不需要用拳頭猛搥、用腳猛踢小獄警室。方法清楚明瞭。我到達後，一名護士會翻開一本大日誌本，將我的名字寫入預約表，而在我之前已登記了數百人的名字。在我向護士說明「我的狀況很糟」後，他們會把我的名字——噢不對，我的號碼——從預約表三移到預約表二。我的號碼永遠不會進入預約表一，那是「狀況極糟」者專屬。預定下個月來監獄出診的牙醫將優先處理表一病患的狀況。然後是表二。最後是表三。一個心理遊戲。

表面上，這遊戲看似一個專業且精確的系統，將一個人登錄進大量的日誌、數字和數據之中。

你看，明明從來沒見過牙醫進監獄看診，被囚者依舊甘心被愚弄，他們相互推擠、爭搶進入表一。或者一旦目睹自己的號碼列上表二，就感到至少沒落後太多、還有機會看牙醫。表一似乎是個無法企及的夢想。我從未見過任何人被登記在表一，然而那上面顯然列了一長串號碼。

IHMS 系統對其他病患而言甚至更為複雜曲折。各部位的病症，包括骨、胃、耳、喉、鼻、眼，每一種都有獨立的預約時間表。專科醫生被視為彌賽亞、救世主，但從來沒有一位踏上島嶼或進入監獄。他們預定下個月來，但他們從未到達。

像微笑青年這樣的人必須在此情況下奮力求存。像微笑青年這樣的人在系統中勉力呼吸，還有許多其他人也同樣命懸一線。這個系統將他們一點一點折磨啃噬，碾碎他們的骨頭。

我已經習慣了牙痛。我甚至想像有天早上，我會像個牙齒掉光的老人一樣坐在床上。坐在那兒呆視前方，茫然無覺。有時候想像自己最糟糕的景況可以排解無聊，痛徹心扉的悲傷也會漸漸淡去，化為漠然。進行這種想像活動使我重拾活力。

§

在哀鴻遍野、痛苦籠罩之處，哪怕最微小的變化都可能預示著重大的事件。試想像澳洲移民部部長踏進監獄，想像那衝擊。這消息的到來像一顆巨型炸彈立時引爆。

飛機來來去去引發恐懼。被囚者對於飛機聲養成了特殊的敏感度，即使飛機往往隱身雲層飛掠而過，他們也能敏銳察覺。對於飛機轟鳴的高度警覺伴隨著焦慮。飛機的聲音是不祥的。這可能意味著可怕的消息來勢洶洶。飛機可能帶著大錘一般的惡耗給監獄迎頭一擊。或可能載來大批從聖誕島轉移的被監禁難民，這等於更長的排隊隊伍、加倍嘈雜的人潮。飛機也可能將成群的被囚者從島上載離，這意味著遭到驅逐，遣返回原籍國。飛機的聲音引發了絕望的浪潮，一道道恐懼的波濤席捲監獄。

移民部部長快速穿越奧斯卡和德爾塔監獄之間的短短距離，無暇看周圍一眼。他來到福斯監獄旁的貨櫃屋，在一張椅子坐下。獄警將五、六名被囚者召集過來，他們根本不曉得要去哪裡、要聽部長說什麼。部長以獨裁者的姿態指著這幾個人，語氣急促、刻意用力強調說道：「你們一點機會也沒有，要不回自己國家，要不就永遠留在馬努斯島。」語畢匆匆離去，總結了一日的忐忑紛擾。

部長離開之際，一群移民部官員帶著幾名綠衣翻譯進入監獄。這是每當政府想強調某個問題時的標準作法。他們將所有人聚集在用餐區前，隨後一名移民部的工作人員會站在椅子上大聲宣讀一份文件。此人的表演完全是為了唬弄我們。他將唱起一首惑人的歌曲。

我們聆聽，潛意識想像他是這座熱帶島嶼上最有權力的人。他擺出一副古代傳令人在城鎮廣場向人民宣達政令的姿態，可笑地挺起胸膛，臀部微微向外一頂。他的一隻手捏住紙張上緣，另一隻手固定下緣，讓紙面繃得平直，簡直要裂成兩半似的，然後以一種自以為是的優越神色，宣讀島上的生活規範。

他從中嚐到權力的滋味及某種尊崇感。除了臉上的皺紋、眉間的深陷、挺胸翹臀的裝模作樣，這項任務還賦予其他的東西。他獲得一種虛假的權力，一種透過演出這些話語而產生的權力幻覺，即這些話語的直接效果。或許換做孩子或外貌更出眾的人朗讀那份文件，也會感受到同樣的尊嚴或權威。

他猶如一隻公火雞，翻譯員是他的母火雞。公火雞唸完一句話後停頓，翻譯員接續大聲回應，以多種語言傳達訊息，一邊傳遞字句卻難掩困惑。如此持續到唸完整份文件為止。

就某方面而言，監獄翻譯員似乎是監獄裡最迷惘的人。他們完全與自己的身分認同割裂；他們似乎對於自己是誰、代表什麼感到困惑。他們不具能動性。假如我大發慈悲，我會說他們不過是有意識的擴音器。

職業對性格的影響令人驚愕。就翻譯員的例子而言，影響的程度更是出乎意料。職業令其成為完全被控制的臣民。他們將自己的能動性拱手交出，甘為**君尊體系**的傳聲筒。因此我很容易如此描寫：「在馬努斯監獄，翻譯員是毫無價值的人。在馬努斯監獄，翻譯員沒有決心信念。他們之所變得如此，是因為他們被完全禁止表達任何情感。」

被囚者對他們的個案管理人（移民部官員）或護士表達反抗時，翻譯可能會感到無助，但翻譯沒有權利在臉上流露一絲同情。萬一他們顯露情感，便意味著工作終止、被送離島嶼。我曾多次目睹被囚者與代表**君尊體系**的官員交談，官員卻從未把翻譯員當作人對待。畢竟，演說者會對擴音器講話嗎？

一旦工作人員，不，一旦火雞離開，焦慮就如洪水般從四面八方漸漸包圍，未知的壓力四處漫淹。夜幕降臨，一大群人紛紛從監獄各個角落竄出……奔往洗手間。

呻吟聲

對講機聲

G4S 警衛的恐慌狀態

被囚者的焦慮狀態
他們看似焦慮的狀態
聽不見的騷動聲
啞然無語聲
驚恐徒勞的嘗試逃跑聲
暗夜的漆黑
這是監獄的全景
有人用刮鬍刀自殘
這是剛發生的事情
一切歸結於此一事件。

一名年輕被囚者渾身是血，他的朋友和 G4S 警衛抱著他衝向監獄大門。宛如送葬行列中被抬起的屍體。洗手間的水泥地板血跡斑斑。他用一把藍柄刮鬍刀割腕，深深劃開血管。

此般場景在馬努斯監獄反覆上演。夜晚目睹這類暴力場面變得如家常便飯，每每令所有被囚者陷入騷動。它們填滿時間。它們荒謬。它們散發血腥味。

我可以肯定地說，每位被囚者看到那具血淋淋的軀體，內心必然經歷一番不尋常的天人交戰。這樣的場面令人血脈賁張。被囚者群起大聲宣洩他們的道德情感，針對**君尊體系**吐出一無是處的髒話，甚至包括對自身命運毫無意義的咒罵。他們的反應彰顯了染血夜晚激昂的吸引力，每個人都在這場血腥的戲劇演出軋上一角。了無生氣的身體、鮮血直冒的手腕切口，這畫面攫住所有被囚者的心神與情緒……他們都有勇氣用鋒利的剃刀割開自己的身體嗎？

這景象宛如一場血之祭，死之祭典。目睹血腥的場面滌淨了情感與心靈。眼前場景像是一面映照被囚者的鏡子，他們出神凝視，沒有人有勇氣承認自己感到某種蕩漾著迷，甚至連對身邊的人小聲吐露都不敢。這便是人類這種生物的神奇之處。

入夜後，所有感官變得更加敏銳，所有感官都變成蓄勢待發的獵人的感官，以防洗手間發生可怕的事件。若血液是所有痛苦的主要物質與源頭，鮮血四濺似乎是必需的。這就足以使一個人屈從惡劣的生活狀態，足以使世界在他眼前倒退至最黑暗的黑暗深淵。

一把藍柄刮鬍刀
握在他手
滑過他細緻的皮膚
滑過他因恐懼而顫抖的皮膚。

自殘儼然成為獄中某些人認同的文化實踐。若有人自殘，便會在被囚者間引發某種敬意，而尊敬的程度需視刀割深度與傷勢嚴重性而定。製造越多恐怖，地位就越崇高。這種不成文的標準令人匪夷所思，卻是真真實實存在。

自殘者的表情安詳，那是一種近乎狂喜或欣快的深刻平靜。我向來對臉孔仔細端詳，不放過臉上的每道痕跡與漾開的紋路，所以得出如此觀察。一名被囚者讓自己的血噴濺開來後，似乎會在幾分鐘內進入一種狂喜欣快的狀態、散發死亡氣息的存在時刻。至於臉，整張臉蒼白如紙。

血是如此神奇的自然元素：溫暖，呈深紅色，並帶有一種引發恐懼的氣味。血是死亡的顏色。對流血的強烈渴望、對自我傷害的強烈渴望，道盡了故事的一切。

§

一次流血事件落幕，下次輪到別人。另一名被囚者創造了類似的濺血場景，事發現場相隔兩間廁間。這次，被囚者用刀刺入自己的腹部，在毛茸茸的肚子上劃開幾道深深的口子。細窄的血流沿著他的身體傾瀉而下，數條血之渠道向下奔流。

如往常一樣，大群被囚者爭先恐後前去查看。動作越快、越敏捷的人尤其竭盡所能貼近那具逐漸淹沒在鮮血與汗水中的身體。人潮散去之際，有些人會掃視廁間內部。發霉的地板和牆面上，血濺得到處都是，覆蓋蔓生的黴菌。他們吸入那氣味，低聲咕噥抱怨幾句，然後離去。那些人知道已經看不到完整事件進展，因為一群當地工作人員帶著清潔工具出現了。他們清洗凝固的血跡，沖進骯髒的排水道。

血與水混合之後看起來似乎更為有趣。血之河從淋浴排水孔流向大海。瞧瞧那血！人類的血，痛苦的元素。工作人員清掃時，有些人在一邊期待等候，等待目送血之河一路奔流到與海洋接壤的圍欄處。

一切結束後，為了消化這些事件，我躲避到那一小片椰子樹林旁的空間，躲進那沉穩的空曠，那開滿花兒的小天地。這一晚，我有一股特別強烈的衝動想解放自己，想逃到圍欄的另一邊觸摸植物、腳踩細沙。但是微笑青年來了。

幾名 G4S 警衛立刻拉了椅子在一旁坐下。我很清楚這些混蛋的伎倆。一旦他們聚集的人數變多，還拉了椅子來坐，他們會連續坐上好幾小時完全不動。他們盡是胡鬧瞎扯，偶爾爆出哄堂大笑，發出所有人都聽得見的開懷笑聲，毫無意義的廢話也讓他們狂笑不止。這晚肯定是沒辦法翻牆出去了。所以我只是抬起腳靠在圍欄上，安靜坐著。

我玩玩腳趾，抽我的菸。呼出的煙彷彿別有智慧似的，每呼出一口，整個煙團便裊裊上升，直到觸到圍欄鐵絲網，瞬間煙消雲散，然而那煙一旦穿越圍欄飄到監獄外頭，又像朝不同方向擴散的雲朵般聚攏起來。至於螃蟹，進入監獄似乎是牠們勢在必行的任務。神祕的是，螃蟹越老，冒險跋涉的路途就越長、越遠離海洋。

叢林似乎比以往更加陰暗
但是今晚蟋蟀與青蛙獨大
青蛙與蟋蟀的叫聲迷惑了監獄
監獄被施了魔法
監獄被叢林占據
監獄被叢林吞噬
監獄瀰漫沉鬱空氣
監獄膽戰心驚
老螃蟹的爪子慢慢挖出溼潤的土壤
耐心挖掘圍欄下的軟泥
老螃蟹挖掘不懈直到突破監獄。

微笑青年也抬腳放在圍欄上。幾乎所有被囚者都習慣把腳擱在圍欄上坐著。我認識一個人，他的坐姿和抬腳方式堪稱一絕。他整個人深深陷進椅子裡，上身只露出頭，部分屁股有點懸在半空。他就以這般姿勢維持平衡，打定主意把腳掛在圍欄的最高點。若從遠處看只見兩條長腿，像是兩根與圍欄相連的高柱。

我有自己獨特的坐法，偏好把重心移到椅子後腳，在上面搖來盪去。大多時候，我用兩隻椅腳保持平衡，有時甚至只靠一隻支撐。這只是一種遊戲形式。當身體處於嬉戲的狀態，大腦就可以專注思考那些片斷的影像。身體在玩鬧，意識則組織腦中的精神物件，讓破碎的思緒得以閱兵遊行般行進。

微笑青年總是採取最標準的坐姿，除了腳擱在圍欄上這一點以外，簡直有如端坐辦公室的經理。但這一夜他似乎有些變化，彷彿他正在崩解。他的身體深深陷進椅子裡面。

這一晚，我們顯然都覺得對方礙事，但決定隱忍不發。好像只要我們有人起身，壞事就會降臨。也許是恐懼，或類似恐懼的東西作祟。無論如何，我們別無選擇，只能忍受這種不祥的預感，忍受現狀。我們兩個必須接受造成這痛苦不安的源頭。我們兩個人，兩個異邦人，兩個努力適應異地氣味的人——這種疏離感，這種與疏離的遭逢，是我倆的共同經歷。

共通感戛然而止。監獄的另一頭出事了。G4S 警衛的對講機響起，他們起身飛奔。當所有 G4S 警衛從監獄四面八方跑向同一處，代表紅色警報。被囚者看到 G4S 警衛在跑，也不假思索跟著跑，其實根本毫無頭緒。幾分鐘後，所有的奔跑將在大批人群聚集，將什麼團團圍住的某處止步。

微笑青年和我也跑。我們互相瞟了一眼，心裡起疑，然後拔腿就跑。微笑青年在監獄大門前消失在人群中。毫無疑問，我也從他的視野中消失。我轉過身，背對警衛室的方向。驚駭不已，目瞪口呆。放眼望去，所有人都嚇壞了。

今晚湧出的血如洪水氾濫成災，這景象引發極大的恐慌。這次是一個年輕小伙子。他將自己柔嫩的脖頸狠狠劃開。

§

遇到這種情況，總會有人想出頭扛起更多責任。此類人在監獄比比皆是。他們竭盡所能參與騷亂，不惜一切代價捲入任何事件。這些愚昧無知的小獨裁者坐困監獄，自欺的本領倒是無可限量。這就是監獄的現實。自命為領袖的天真之人，僅僅因為領導身分獲得承認就陶醉於虛假的權力感。他們很容易受影響，成為抵抗君尊體系的工具。

擔任真正的領導者需要勇氣。真正的領導者必須以堅毅的精神引領人群。但各位想想，就算是軟弱的領導人，只要他能滿足人們的目的，也會獲得追捧與支持，在監獄尤其如此。勇敢的領導者需要勇敢的支持者才能創造改變。在我們監獄裡，被囚者卻與展現勇氣與膽識的人保持距離，因為如此一來自己便不需要拿出勇氣。領導和指揮也需要某種愚昧——不同種類及程度的愚昧。這都牽涉到他們與社群之間的關係。總之將自己的生命與自由寄託於另一人的命運與野心，這想法無疑是愚蠢的。因為領導者也可能思想狹隘，領導者也可能缺乏深度，他們也可能頭腦簡單。

唯有體現某種先知性的領導者，才是真正的領導者。先知的特質，沒錯，這是領導者魅力的來源。

先知意味著開闢一條新的道路
先知意味著拓展一道新的地平線
先知的實踐交織詩意
先知的實踐注入感情
先知揭露一種創造愛的途徑。

然而，先知不應該等同神聖。倘若如此，我恐怕現在就從我坐的椅子起來……站到椅子上，點根菸，拉下褲子，朝宇宙間所有神聖的東西撒尿。

§

那名自殘的年輕人被獄警抬出來時，有一位自視為領導者的被囚者幫忙騰出放置遺體的地方。他非常清楚，這是提昇自己領導價值的絕佳時機。這名中年人在福斯監獄的全部時間只專注追逐一個目標：登上領導者的地位。他的名字叫**英雄**。

他具備了某些真正領導者的特質。我認為他善良嗎？是的，他是個好人。他對獄友有情有義。他顯然也是勇敢的人，只不過行為極其天真。這一點有時會使他遭到操弄與利用。每當他加入一群人，都會有人為他空出椅子，接著對他嘲諷挖苦，彷彿他是一個貌似領導者的卡通人物。但他依然勇敢以對。假如其他人認為他的勇敢值得尊敬，他也許真能對**君尊體系**構成巨大威脅。要是他露出畏懼之色，說不定其他人還會更看重他。

每位被囚者都必須找到與自己並肩的夥伴，無論對方的身分、社會地位或性格如何，身邊都需要有人。即使最愚笨的被囚者也會盡可能在這個原則框架內運作。對英雄而言，最重要的事莫過於挑戰監獄的**君尊體系**。但其他被囚者害怕他。他們知道英雄會為他們製造麻煩，於是他們避免表態支持，不願做他行動的後盾。就這層意義上，他們其實間接承認了他的勇敢。英雄是個單純的人，其他人遂以他的天真為藉口，雖不否定他的勇敢，但選擇無視。一種有意識的忽視。

這天晚上事件發生後，英雄立即站到椅子上以領導者之姿發表演說，他如城鎮廣場的噴火表演者般，披著革命的旗幟，向著迷的群眾布道。這天晚上，他站到椅子上要大家散開，發言時顯然相當樂在其中。他享受著自己的崛起時刻，陶醉了一會兒。

場面尚稱平和，直到他重複說了好幾次：「大家散開。」此時有個站在黑暗中的人用一種不確定而微弱的聲音說：「拜託，快下來吧。」說話者顯然不代表任何特定勢力，且不認為自己相較於人稱英雄的那位仁兄更有權力。他純粹是想說點什麼，就說了。只是一種自言自語的反應。他不想大聲宣揚，或插嘴打斷英雄的講話，根本無意讓所有人聽見。然而這句話卻如一記響亮的耳光打在高站在椅子上的領導者臉上，擊潰了他的權威。

英雄沉默片刻。他沒料到有人敢出言反對，沒料到有人會大膽挑戰他。他一怒之下開始搜尋令他顏面盡失的始作俑者。他確定那句話的源頭；他站的位置讓他比誰都能更快揪出說話者。英雄就像一隻只知往前衝的犀牛。不一會兒，拳打腳踢如雨點般落下，唯有毆打聲迴盪在那明暗交界處的昏暗空間。

在多數被囚者心目中，英雄並不代表道德的一方。他們想直接挑戰他，於是將他團團圍住。然而也有一些肯定的意見，許多年輕人因此加入群架聲援。

最終，那晚的事件僅止於幾下拳打腳踢，連英雄本人也選擇和平收場。畢竟他是一名仁慈的領導者，不是嗎？

§

那晚我再也沒見到微笑青年
我再也沒見到他在圍牆邊
我再也沒見到他在那片椰子樹林旁
我再也沒見到他欣賞花兒的姿態
我再也沒見到他的笑容
我再也沒聽到他的笑聲
我再也沒見到他焦慮地搔抓傷口

微笑青年進了監獄後面的診所
微笑青年被大群護士醫生團團包圍
微笑青年淹沒在他們的笑聲，一整群人的笑聲中間
幾年後
或幾個月後
或幾天後
一個酷熱難耐的日子
查卡鳥從島上最高聳的椰子樹頂發出尖鳴
微笑青年死了
當他嘴角的微笑淡成一抹乾燥的虛無
微笑青年哈米德死了。

十二、薄暮時分／戰爭的顏色

暮色微明
我堅信是月光輝映
但或許監獄的燈光製造了錯覺
光線四處傾瀉，成群男人清晰可見
列隊立於監獄旁的馬路兩邊
眾人手持長木杖
小路從中穿過
夾在人群之間
我們必須穿越通道
穿過人群的隧道
我們必須逃離監獄
逃

在獄警的協助下集體逃跑
在監獄長官的命令下逃跑
逃跑卻不得跑
這是受到嚴密控制的逃獄
由監獄長官指揮策劃的逃獄。

馬路兩側站滿了人，排成長長的兩列縱隊，若有人偏離路線，他們手上的木頭工具隨時會如雨點般砸向被囚者的後背與肩膀。

我們被告知要走這條路。我們聽到了公告。所有人都必須成五、六人一組往草地區或稱足球場的地方移動。但球場在哪？

這是個荒謬的問題，因為路徑顯而易見。你只需要從手持木杖待命的人群中間穿過，朝遠離監獄的方向一直走、一直走就好。這是命令。

然而在我們身後，戰爭正烈
一場真實的戰爭上演

彈藥四射
嘶吼呻吟
不絕於耳
勇氣的劇場
恐怖籠罩的戰場
在我們身後，戰爭正烈
或已終結？
也許那是勝者的呼聲
勝利的慨嘆。

澳洲獄警帶領五、六人一組的被囚者通過監獄大門，步向馬路。獄警發號施令，被囚者及站在馬路兩側的巴布們只管聽命。命令是：頭低下，一直走，保持安靜。給巴布的命令則是：有人偏離路線就打，保持安靜，服從所有命令。命令全是由一個像是戰場指揮官的聲音發布的。

這些炮轟般下達的命令與規定揭露了背後的權力階層結構。毫無疑問的，這是一個全面性的壓迫治理體系，由巴布對澳洲人唯命是從這一點展露無遺。被囚者不過是一支被擊潰的部隊，不過是一群因恐懼而渾身顫慄的被俘士兵。

我們是戰俘。開始行進後，我只能全神貫注於自己的肩膀。我那皮包骨的肩膀若是遭到木杖一打肯定當場斷裂，同時我的哀號將響徹天際。

我的眼睛保持警覺，專注觀察整體情勢的演變，忽視那些手持木製武器的男人，不過對肩膀的關注也未曾鬆懈。

人的眼睛無法同時看兩個相反方向，人不可能同時注意馬路的兩邊。我一下子把目光投向馬路左邊，一下子迅速轉移到馬路右邊，忙得彷彿有四隻眼。

巴布不時猛力棒打幾個人的腰和背。受罰的被囚者大概是違反了命令。我聽見棒打聲，聽見自己砰砰的腳步聲，行軍的聲音。我沒察覺自己竟踩著有節奏的步伐前進。我下意識在與巴布溝通，用行軍式的節奏告訴他們我確實遵守命令，我是順從的。傻瓜才會將自己的性命置於不必要的險境。此起彼落的棒打聲讓我分了神，心裡忍不住忐忑不安，憂心我的腳，我的腰，我的骨頭。

不過我的視線依舊清晰，關注著場面的動靜。我的雙眼完全醒覺，澈底專注敏銳。

我繼續前進，加快腳步，中間絆了幾次，最後比預期還早到達路的盡頭。其實不是路的盡頭，因為路繼續延伸到黑暗中。幾名澳洲獄警要我們報上號碼，然後隊伍左轉繼續往足球場前進。

走了幾小時，我想坐下來時發現地是溼的。不過許多人顧不了這麼多，一屁股坐下。到處充斥著震耳欲聾的騷動聲。這裡有數百人，心驚膽顫，身軀交纏，猶如冬季遭到野狼攻擊的牛群。

而獄警是牧人，他們用木製武器狠狠杖打牲口的尾部，以盡保護的職責。所有人都得聚在一處。所有人都得接受必須待在那裡，一起擠在同一個地方。我們聽見遠處的尖叫和嘶吼。我們聽見戰場上驚恐的聲音，而那戰場不久前還是監獄。

路的另一側，有些貌似救護車的車輛正快速駛離，或許在送走傷患。車輛的目的地很明顯，是一艘充作獄警宿舍的船。那艘船或許是長官們專屬的，不過如今已變成流動醫院。一間船上醫院，海上醫院。

四座監獄
四場逃亡
四座淨空的監獄
四座監獄移至潮溼的草地
四座監獄在曠野並肩從軍
抱歉
更正
是三座監獄
因為邁克監獄的被囚者身在別處，下落不明。

暴動的中心是邁克監獄。即使到處一片混亂，淹沒在人群的騷動中，有時你可以從一些句子解讀出最新的情勢。

「我親眼目睹的。他們砍了他的頭。每個人都看到了。就發生在門前。兩個巴布和兩個澳洲警衛，他們就在門前將他斬首。我確定他死了。」

「邁克至少死了十個人。」

「沒錯，基本上整場暴動是從邁克引爆的。他們已經交戰三天了。我們營的小夥子也拆了圍欄過去支援。」

「木棍？你們幾個小鬼在講啥？沒聽到槍聲嗎？他們肯定也有木棍沒錯，但我說的是槍！你們擔心木棍？」

這是被囚者之間僅有的交流。放眼望去盡是瘋狂、混亂的景象。人們彷彿接二連三盲了眼，嗅覺也失靈，沒人認得出彼此是誰。我們只有一個身分——我們都是被囚者。

人群中有些人在流淚。其中一位是濃鬍子男。他坐在溼草地上，焦慮不安，雙腿不停顫抖。有人按摩他的肩膀。有人命令另一個人想盡辦法弄瓶水來。那個人走了幾公尺，又把命令丟給下一個人。最後，這些被吩咐的人全都來到帶著一箱瓶裝水走進人群的巴布跟前。水一瓶瓶瞬間消失。周圍聚攏的人大口灌下水，瓶口都沒碰到嘴唇就一飲而盡。

巴布沒辦法，只好回去拿更多箱水。這場戰爭破壞、切斷了一切原有的關係；**君尊體系**強制造就了暴力與敵對。但現在是巴布展露自己另一面的好機會。被囚者當然憎恨巴布，然而更關鍵的是被囚者對他們的恐懼。

巴布對此非常瞭解。他們一邊發送瓶裝水，一邊說：「對不起，這不是我們造成的。」或者：「這不是我們的錯。我沒有參與攻擊。」或者：「我沒打人。我們沒有一個人動手。全都是澳洲人幹的。」巴布真心誠意嘗試和解，並對事態演變至此深感遺憾。這非他們所能掌控，一切受到**君尊體系**的全面宰制。

然而巴布文化有個重要面向：儀式是真誠而有意義的，有其必須遵守的榮譽準則。對他們而言，建立友誼的方式之一便是互相交戰。雙方戰到彷彿至死方休，然而一旦戰鬥結束，就成了朋友。

這體制的壓迫力量實在太強勢。毫無疑問，每位自稱無辜、受澳洲人指使的巴布實際上都參與了最惡劣的鎮壓及毆打，都脫不了施暴的罪名。戰爭期間，尤其在這場戰鬥的體制壓力下，你很難區分他們溫和友善或殘暴攻擊的臉孔。巴布試圖恢復與被囚者的關係。他們努力展開和解，與此同時我們仍能聽見監獄傳來的叫喊與呻吟，尖銳地穿透空氣。

濃鬍子男的哭泣更像是激烈的啜泣。

昨晚他還在福斯監獄的M走廊盡頭撿拾石塊，將石塊用力丟向電話室旁邊的大門。他使盡肌肉的全副力量，以復仇的恨意丟擲石塊。

從我們所在的福斯監獄可以清楚得知邁克監獄的情況。邁克是主戰場。他們和平抗議了兩週，最終爆發流血衝突。想到一群被囚難民在偏遠小島上嘗試呼喊口號表達反抗，那場景簡直荒謬不堪。黃昏時，被囚者聚集在大門前高喊「自由！自由！」抗議**君尊體系**。他們當真認為自己在發起一場革命。然而，這場抗議與其說在挑戰**君尊體系**或監獄長官，更像是對環繞一切的宏偉生態系發出微不足道的訕笑。反抗隨即淹沒在大自然的壯闊之中。

島嶼
監獄
叢林
海洋
飛鳥中隊
螃蟹演員
青蛙大軍
蟋蟀樂團
從沒遭遇過人類的呼喊

政治口號
原始大自然
悖論
充滿矛盾的地景。

§

花了兩星期的時間。經過兩星期的努力，被囚者終於得出結論，要不保持緘默、屈服於監獄的權威，要不發起暴動挑戰體制。

呼喊簡潔口號表達的暴力
憤怒不平，咬牙切齒，透過質問傳達的暴力
「我犯了什麼罪？」
「我為什麼被監禁？」
以及近乎請求的問題
「可不可以把船還我，讓我從海上回去？」
「可不可以讓我回印尼？」

也有其他人，直截了當的要求
「在法庭審判我。」

傍晚，大門口聚集的群眾置身於一種恐怖的氛圍。正是在這裡，他們意識到恐怖，他們與自身的恐懼、與君尊體系正面對峙。恐懼甦醒，他們開始墜入恐怖的渦漩。

幾個人上前齊聲呼喊：「自由！自由！」這舉動激勵了其他人加入行列。然而，恐懼似乎從一開始便滲透進來。

行動染上一抹恐懼
人們的眼珠變成恐懼的顏色
臉孔塗上那種恐怖色調的
戰鬥油彩
甚至唱誦的旋律也映現同樣色彩
同一種恐怖的色調
戰爭的顏色。

也許他們還不相信……不相信他們真的能反抗君尊體系。
英雄也在那裡。他一如往常的勇敢，一如往常的散發一種特殊的熱情，這是只有他這種性格的人才具備的特質。
有人站在隔了幾公尺遠的地方，瞥看其他更害怕的人。有人在數十公尺之外觀看抗議的進行。還有人躲在自己的房間裡。

各形各色的性格
各種各樣的勇氣
體會自由的美妙
感受自由的燦爛
一個全新的卓然不凡的身分在抗議中誕生
被囚者大聲唱和
喉嚨因激動而嘶啞
高呼口號：自由！自由！
反叛
反抗

反對被簡化為數字
奧斯卡監獄裡響起口號
德爾塔監獄裡響起口號
邁克監獄裡響起口號
呼喚與應和
所有人都在互相呼喚
所有人都在互相回應
美妙的交流形式
和諧的交響樂演奏。

這是第一次，相鄰監獄的被囚者之間能建立起情感連結。不過與此同時，某種愚蠢也在這些情緒中蕩漾擴散。聲音的氣勢與力道展現變成一種競賽。各監獄的難民莫不使出渾身解數，希望證明自己是多麼激烈的革命者。

想像這幾座相鄰監獄裡有幾位具有某種個人特質的人，像是英雄。對他而言，最重要的就是福斯監獄傳出的呼喊聲要比其他監獄更有力、更令人震懾。有時他甚至鼓動其他人一同讓聲音響徹全島。

有時他像一名指揮官大喊：「聽懂了嗎？島上的每個角落都要聽到我們的聲音！」在號召之下，越來越多人加入抗爭行動。等到一星期過去，抗議行動已搖身一變成為一個團結聯盟。

現在該是權力展現的時刻。然而君尊體系及長官們受到的挑戰非同小可。規範管制的力量削弱，體制無法執行壓迫。相對的，被囚者感到力量在握。這太驚人了。他們更加受到鼓舞，叫喊得更賣力、更憤怒。到了抗議的最後幾天，被囚者開始用力踏地，跺腳表達忿恨怒火。

奧斯卡監獄的呼喊聲似乎從島嶼的另一頭迴盪過來，聲勢如此浩大，連英雄都不禁為之震顫，不難想像依然躲在房裡的那些人有何反應。

奧斯卡監獄發出的聲音是對德爾塔的呼喊聲的回應。而福斯監獄送出的共鳴甚至震得椰子樹頻頻顫抖。這是力量的聲音，擁有力量的被監禁人民的聲音。各個監獄彷彿融合為一體，其中再無分別，成為團結一致的生命力。整個監獄營區同時高喊，聲音的震動搖撼了整片土地。

獄警逃了，他們不再是監獄的一部分。這地方徒剩一個籠子，裡面的被囚者猛力衝撞圍欄。每個人都呼吸到自由的空氣，體會到自由的感官刺激。

逃離監獄前的最後兩晚，福斯的被囚者因為監獄地處中央位置，莫不感受到高漲的權力感。他們不止呼喊口號，還覺得自己是這場革命的中心，甚至是領導者。他們在靠近奧斯卡和德爾塔監獄的大門口呼喊口號，接著緊握拳頭，走向靠近邁克監獄的側門。

天哪，成群男人憤怒跺地的聲音多麼雄壯。這聲音的壯闊可以令人極其悲痛，也可極其激動。

聚積的巨大能量令被囚者沖昏了頭。英雄發出獅吼。這位有勇無謀的領導者著迷於眼前的形勢，失去了理智。他其實心底害怕，但仍逞強繼續往前。他如此著迷，如此沉醉，甚至踏出幾步走到群眾前面，扯破喉嚨嘶吼，最後嗓子完全啞了。即使他再也發不出聲，卻更加渾身是勁，拳頭捶胸，有如準備上場戰鬥的摔角手。

人群到達靠近邁克監獄的側門時，似乎又重新恢復活力。他們繼續高喊：「自由！自由！」一邊用力踏地，一邊走向監獄門口。陣陣聲浪是威脅，是宣戰。

§

這情況持續了幾晚，直到一位身材圓胖的魯莽中年人開始踢起圍欄。

踢向圍欄的第一腳，戰爭引爆

巨大慘烈的戰爭

暴力肆虐的戰爭

因一個再簡單不過的動作爆發。

從遠處俯視可以清楚看見，奧斯卡監獄裡，白色的塑膠折疊椅飛掠空中，砸向帳篷頂端。床架從頭頂上飛過。無法辨識的較輕物品從頭頂上飛過。數十顆枕頭從頭頂上飛過。最後，傳來堅硬金屬撞擊更堅硬的圍欄的轟然巨響。

這宣告了戰爭開始，點燃奧斯卡監獄的戰火。奧斯卡監獄的戰爭與福斯監獄同時爆發，就在那名被囚者猛踢圍欄之時。戰爭也同時在邁克監獄和達爾塔監獄爆發。戰爭全面引爆。

數十個憤怒的被囚者模仿這位魯莽胖子的舉動，開始攻擊大門。他們沿路盡可能收集拿得到的東西，砸向鐵門表面。這是一種從實在的物質與生命經歷召喚出的力量，與堅硬的金屬碰撞。塑膠椅是第一個可以撿起砸向大門的東西，最後被他們砸成碎片。被囚者對這些椅子的厭惡早已根植靈魂深處。把椅子砸爛，就等於將**君尊體系**的一部分摧毀。

第一次攻擊行動中，人稱**諧星**的一位矮個子黎巴嫩人設法爬上大門。那時門已經稍微傾斜彎曲。現場一片喧鬧混亂，諧星大聲鼓吹其他人翻越大門攻向電話室。諧星拆掉所有電話，將電話所有零件都丟出隔間，甚至拔下插座上的電話線。他用蠻力將一臺電話的基座摔到水泥地上，然後在幾公尺遠的地方把它撿起，舉高，用盡全身力量砸向貨櫃屋的金屬牆，澈底摧毀。

諧星是個可愛的年輕人，在福斯監獄很受歡迎。他有時會在排隊時逗弄獄警，或者扮出最怪最滑稽的鬼臉。他會幽默自嘲，讓被囚者聚在一起，逗大家笑。如今他成了力量不可小覷的戰爭武器。他男子氣概十足的站上前線，決心推倒監獄大門。

即使身陷暴亂戰場，他逗人發笑的功力依然不減，還有空拿電話開玩笑。在他扯掉電話線、將一臺電話拉出隔間砸爛之前，他拿起聽筒放到耳邊，語氣惱怒反覆說：「喂？喂？」然後瞥瞥話筒的收音孔，聳聳肩，把那東西狠狠砸到地上。

獄警都跑了。他們站在監獄外的另一邊及監獄後方的泥土路上。站定，準備就緒。巴布們也站在那裡。對講機的聲音未曾停歇。有些獄警跑來跑去，從監獄的一頭奔到另一頭，持續用對講機通話。

漸漸有一群當地居民陸續出現在監獄外的泥土路上。當地人與澳洲人形成合作聯盟，這簡直不可思議。混蛋澳洲人。即使在這種情況下，他們依然掌控局面，他們依然是統治者。由於從我們所在的位置可以確知一切動靜，我們目睹澳洲人如何說服巴布倒戈對付我們。沒多久，福斯監獄與邁克監獄之間相隔的圍欄被完全破壞，兩座監獄合而為一。

英雄立刻到了現場。他身後跟著另一群福斯監獄的人，還加入了怒不可遏的邁克監獄被囚者。馬路上的人正在裝配武器備戰。監獄完全由被囚者控制。幾十個憤怒的被囚者駐紮在監獄裡，有如駐守陣地的士兵。

與此同時，大量石塊如傾盆大雨般落下。不知從哪冒出的石塊急速砸在作戰的被囚者身上。為了抵禦落石，被囚者果斷地更換了盔甲。空戰攻擊的火力漸弱，大概是彈藥不足的緣故。戰場邊有幾十名被囚者正在準備，他們在走廊區內打掉磁磚，將一塊塊磁磚運送到泥土路邊，朝獄警和巴布扔擲攻擊。然而另一邊的巴布挾更強火力迎擊。他們向被囚者投射更大的石塊，更大的衝擊力道造成多人負傷。但在狂暴的激烈交戰中很難有餘力注意傷者、瞭解他們的傷勢嚴重度。

此處儼然是鬥雞場。被囚者腦中唯一的念頭就是破壞君尊體系這個有機體，對監禁他們的人還以痛擊。

空氣中迴盪著德爾塔和奧斯卡監獄的騷亂聲。那是地獄的聲音——那是地獄。邁克監獄則在落石攻擊下奮力掙扎。然而面臨這可怕的處境，置身於這駭人的戰場，被囚者卻感到自由。腳底下的監獄和監獄威權顯得渺小，在他們的用力踩踏之下變得謙卑。這是被囚者第一次感受不到圍欄的壓迫。所有的規範第一次變得毫無意義，因為壓迫體制已被打破。一種革命情感在這場激烈的行動中油然而生，在這齣戰爭戲劇裡公然展演。

這是一幅描繪戰爭榮耀的畫面。面對暴行的壓迫，被囚者間的兄弟情義戰勝了一切。這情感也許顯得突兀，卻是真真切切的。

被囚者完全掌控監獄
占了上風
他們如今可以表達勝利的喜悅
可以相視而笑
可以對規範管制

壓迫的治理體制一笑置之
戰爭彷彿戛然而止
石塊不再從頭頂飛過
監獄靜寂
氣氛進入不同階段
顏色改變了。

路上的巴布從視線中消失，澳洲獄警的人數也減少了。諧星笑著，靠著金屬杆抽菸。諧星看起來就像喜劇片裡的演員。他擺好姿勢，笑看人群。

英雄比以往都感到更有力量。他以一種宣示主權的姿態環視四周。他讓自己登上了征服者的位置。他微微一笑，彷彿革命的指揮官，彷彿到達勝利的頂峰。他是對的。持續多夜的全力吶喊讓他嗓子嘶啞，但他的革命呼聲激勵了被囚者發起暴動反抗一切規定與控制，反抗君尊體系。

戰爭是如此反常的現象
如此無可預測

意外爆發
意外平息
這片可怕的寂靜
有如暴風雨前的安寧
有如臨終的返照迴光
被囚者也覺安靜異常
他們依然熱血沸騰
血管起伏蕩漾
滾燙鮮血自額頭流倘而下。

安靜並未持續太久。監獄門口出現一隊約十二人的鎮暴警察，有如一隊鋼鐵人，每位都戴著驕傲的鐵頭盔，身穿鐵鎧甲，手持盾牌，像是出外尋捕獵物的動物。他們手勾手，在面前舉起盾牌備戰。

他們往前走了幾步
驟然止住。

零星的石塊如雨點般朝他們落下，撞上盾牌堅硬的表面。

他們原地站定幾分鐘

然後又往前走了幾步。

此刻鋼鐵人成為全場焦點，所有只能眼巴巴望著的人都將目光集中到他們身上，同時有各式各樣的東西朝他們扔去。泥土路上再次出現澳洲獄警和巴布的身影。他們直盯著我們。其他人則注視著鋼鐵人。鋼鐵人如同預先設定好的機器人，此刻正透過遠端操作，從某個遠離監獄的控制中心遙控。控制中心也許位於泥土路上，或在樹上的小控制站裡。

管理鋼鐵人需要一名指揮官完全掌控局面、評估被囚者的人數及位置，據此對鋼鐵人下達命令。

鋼鐵人屹立不搖

他們的腿如鐵塔強壯

他們頂住了石塊

雜亂物體的擊打

炮彈落在鋼鐵之鏈上
鐵鍊似乎隨時可能斷裂
但他們持續推進向前。

約莫半小時後，他們搗入邁克監獄的中心。此時他們基本上已將被囚者團團圍住。雙方人馬靠得很近……非常之近，近到英雄能將一塊磁磚直接丟到鋼鐵人鏈周圍的力場。他從距離僅半公尺處拋出磁磚，然而這一記非但沒有切斷鍊結，鋼鐵人還又往前邁進兩步。英雄的攻擊如此有力，製造的聲響在四周擴大迴盪，增強了其他攻擊與叫喊的聲音。在福斯監獄目睹此場景的被囚者們本能地吹口哨和歡呼，鼓勵英雄的行動。英雄從熱烈鼓舞中獲得新的能量。他後退幾公尺，尋找更堅硬的炮彈。

這次英雄拿到一根金屬杆。他走近鋼鐵人，使出拔山之力朝盾牌力場猛攻痛擊。其他被囚者如發狂的蜜蜂般一擁而上，組成一支作戰部隊。沒過多久，又有幾人加入英雄的行列，試圖將鋼鐵人澈底擊潰。突然間，他們的攻勢斷開了鏈結。鋼鐵人以驚人的速度作鳥獸散，逃得如此之快，實在令人難以相信他們是之前每十分鐘只走兩步的那群人。

鋼鐵人逃跑之際，被囚者在勝利的光輝中沉醉了片刻。他們歡呼、吹口哨，慶祝奪回監獄的掌控權。英雄一路追趕鋼鐵人到圍欄邊，最後扔出手中的杆子。他感受到完全的勝利。他握緊拳頭，捶胸怒吼，不過聲音聽起來一點也不像獅子，更像野驢。

那段時間，諧星始終維持同樣的逗趣姿勢，此時卻突然跑去追鋼鐵人，像是小跳步那樣的跑，跑著跑著，返回人群時又繼續蹦蹦跳跳。最後，他向觀眾要了一根菸。

諧星化身舞臺上的演員
諧星化身詩人
諧星演出戰爭的劇場
贏得勝仗。

不過，獲勝之後，正值眾人歡欣鼓舞、享受勝利果實的最高潮……發電機突然停了。

四下漆黑
諧星……與他的嘻笑
英雄……與他的咆哮
數十被囚者……與他們的歡慶

全都沒入黑暗的熔爐
黑暗的顏色，然後是槍聲
槍聲……那是，死亡之聲
死亡之聲……戰爭之聲
戰爭之聲……另一戰場的聲音
片刻之後……只聽見呻吟聲
只聽見叫喊聲
堅實物體衝撞監獄金屬表面的聲音
巨大飛彈撞擊骨頭的聲音
聲音都來自邁克監獄和福斯監獄
聲音穿透黑暗
嘈雜喧鬧中
傳來一個聲音……一個熟悉的聲音
從荒僻角落傳來的熟悉聲音
風一樣刺穿我的耳朵

棲上我的心頭
那是有人用庫德語說：「德蕾嘉！」[23]
那是有人大喊：「媽媽！」

§

幽深夜色中，數十個驚恐不已的影子開始逃亡。福斯監獄的被囚者從邁克監獄那一側的門逃脫，朝位在奧斯卡監獄附近的門口移動。這全是幾分鐘內發生的事，其間伴隨著呻吟及語無倫次的叫喊。很快地，驚恐的人群聚集在門前，他們的身體扭曲交纏，聽覺變得格外敏銳。他們仔細聆聽呻吟聲，聽著從邁克監獄傳來的微弱哭泣。

有幾個人成功逃離邁克監獄，過到福斯監獄這邊。他們抬著某個人，把他放在門口前人群聚集處旁的地面上。

四下漆黑。

23—Dälega，庫德語；法伊里（Feyli）庫德人方言中「母親」的意思。法伊里庫德人分布在伊朗與伊拉克邊境一帶，其中大量的人沒有國籍，就這樣生活在各自的社會中。伊朗和伊拉克政府均不承認他們為公民，儘管他們已在該地生活了數千年，他們的文化傳統亦與庫德族地區緊密相連。貝魯斯曾於報導指出，拘留在馬努斯島監獄營的難民包含無國籍的庫德人。

很難分辨發生了什麼事。但所有人一聽到這些話都陷入幾秒鐘的沉默，震懾不已：「他中彈了。快讓開。他們朝他開了一槍。」

是英雄的聲音。他逃出邁克監獄，還扛了一名傷者。再度展現英勇的他依然神采奕奕，陶醉於自己成功逃離主戰場，脫離戰爭劇場的事實。

每位被囚者的臉上都充滿激情，因憤怒與恐懼漲紅。某種程度上，這些鼓譟也不過是種表演，毫無意義，毫無目的。

§

那個呼喚母親的人是誰？我對庫德族知根知底，庫德族的母子關係不同於其他地方與文化，那關係既深刻而複雜，甚至庫德族人自己都很難理解，遑論非庫德族人。

兒子呼喚母親的時候，必然是經歷了重要的生存時刻。這關係與庫德族的母女關係又全然不同，連我也無法清楚明白。但我感覺得到與母親的連結，就如同我感覺到血液在血管中流動。我認為，這情感在庫德族的兒子與母親之間建立了深刻的連結，無論一個人是否意識到，此種情感連結的確存在。我相信這神奇的連繫受到戰爭因素的影響。乍似不可思議，但我也確知其原因：戰爭無疑在母子關係上留下了不可磨滅的痕跡。

是誰，從這遙遠的監獄呼喚他的母親？

從島上呼喚

從叢林裡呼喚

在這樣的夜裡呼喊她？

§

不久，澳洲人露面了。大批澳洲人出現在靠近奧斯卡監獄的那道門口。在那之前，不論在監獄或島上，我們從未見過這麼多澳洲人。也許他們是部分澳洲駐軍。也許他們是一支在幕後為長官們運作的部隊，專門服務那些我想像中在監獄後方的大樓辦公的長官。一位澳洲人用將軍般的口吻要求現場安靜。他的聲音沙啞。也許他就是指揮鋼鐵人的人——從控制站遠端導引鋼鐵人和他們的盾牌——此刻扮演另一個角色。

「你們必須和我們一起逃。要非常安靜、冷靜，沿著我們指示的路徑前進，逃出去。保持安靜，冷靜向前走，不能有半點差錯，不許偏離路線。一直走就對了，澈底安靜。」

那個當下，邁克監獄傳來的吼叫與呻吟聲持續在耳邊震盪，這個撤離的提議似乎好得讓人難以拒絕。我們別無選擇，只能逃跑。

門突然間開啟。我們踏上一條通往足球場草地區的小徑。

現在可以看出被囚者有多害怕
比被巴布攻擊時更害怕
比被鋼鐵人攻擊時更害怕
這是戰爭的一種顏色
離得越遠，就越害怕
在遠離戰場之處
鬆開恐懼
獲得新的恐懼。

我們背對監獄，後面沒傳來任何聲音。景象一片靜謐，非常平靜。然而有種共通的情緒滲透了被囚者群體，框限我們簡短的對話。有幾個人被殺了，我們深信不疑。那些像是救護車的車輛不再來回往返。萬籟俱寂。

我們在草地上坐了好幾小時，一直待到警察命令所有人回到監獄為止。他們大聲吼叫發號施令。

我們的心情蒙上暗影
監獄成了荒涼的墓地
彷彿從來沒人經過
全無人類的氣息
椰子樹葉蔫垂
星星不見蹤影
地平線上的月亮漸漸消逝沒入虛空
海洋死寂
叢林了無生氣
孩子的嗚咽聲從林中傳來
在哀號
在啜泣
士兵的遺體在盛大的軍隊葬列中前進
槍枝已經卸下
然而

槍管繼續飄出炙熱的煙霧
繚繞空中
竄入叢林
尋找那個悲泣的孩子
孩子是人性的痕跡
煙霧瀰漫整座島嶼
有些駐守的人肩頭覆滿火藥粉塵
鞋子都丟了
有一位長鬚及膝的老人
他抽著菸斗，枯瘦的身軀倚著樹幹
他偶爾笑，偶爾哭
又笑，又哭
我看見他一口黃牙，嘴裡滿是汙泥
老人的頭髮隨風飄揚
突然間容貌宛若天使

臉頰紅潤，牙齒皓白
煥發年輕
叢林生氣盎然，青翠蓊鬱
大海仁愛又恩慈。

§

那些混蛋獄警掃視整個地方。他們的凝視無所不在。監獄再度將數百人吞進肚腹，控制他們沉重的腳步和低垂的肩膀。這裡有如一片幽靈之地，一塊被遺棄的領土，一個昔日戰場。從前從前，這裡發生了一場戰爭。

被囚者是溫馴的綿羊。他們再次進入監獄，安靜得彷彿又聾又啞。獄警也神色疲憊。他們不出聲，只用手勢指示沿路的被囚者。或許被囚者太順從太聽話，獄警引導他們返回監獄時也沒有理由大呼小叫。

但是那些混蛋總要證明自己的厲害。我們再次進入監獄時，他們沒有陪同福斯監獄的被囚者回房間，而是將我們帶到叫做「查理」的大帳篷。

數十人躺在地上
到處血跡斑斑
到處是遍體鱗傷的人
臉部裂開的人
腿骨斷裂的人
手臂折斷的人
揍爛的臉
破裂的唇
一名年輕人的臉被割破
彷彿他們犁過他的皮膚，鮮血噴湧而出。

除了被囚難民，沒有其他人在裡面。我們要目睹的場面將確保沒人敢再冒險挑戰君尊體系，連想都不敢想。

沿著帳篷圍起的邊緣

交疊的身體
混合的血液
不同的血液相互交融
匯成一股血流
呻吟聲
漸強音
不同音調，不同風格，不同嗓音
譜成一曲戰爭歌謠
一張滿口鮮血的嘴唱起
另一張滿口鮮血的嘴接續。

過了半晌，這些人的樣貌越來越熟悉。帳篷角落有一個肚子鼓脹的胖子。他躺在帳篷的木地板上，雙臂在身側朝相反方向張開。他凝視天花板，呼吸與呻吟混合為一。他的臉上滿是凝固的血液，使我無法看清；然而那雙大而長的杏眼透漏了他的身分。他是大牛。他的眼睛還是很餓。

另一邊躺著一名年輕小夥子，他的眼睛很痛，呼喚著母親。是妓女梅薩姆。他所有的歡快、所有孩子氣的調皮，似乎永遠從臉上消失了。他變成一個截然不同的人，恐懼不安，完全被擊潰、被摧毀。

數月大孩子的父親也在那裡，待在帳篷的角落。他盡可能遠離其他痛苦扭動、盡力治療傷口的人。他靠著帳篷的牆面，雙手抱膝，臉擱在二頭肌上。他的眼睛是整張臉最亮的地方。他的眼睛似乎即將爆發反抗，瀕臨反抗邊緣，然而反抗早已夭折。他的眼裡含著一場遭到鎮壓的叛變。

重新聚首的這些人，成了陌生人
他們是遙遠荒僻的
孤獨的島嶼。

§

查卡鳥在吟唱，旋律繚繞
查卡鳥在尖叫
牠尖叫
牠吟唱

嗚啼混雜尖叫與吟唱
查卡鳥沉寂半晌
再度尖啼
一片由尖叫串連的和聲
鎖鏈般延伸至叢林的最深處
直抵最漆黑的洞窟
馬努斯島的所有鳥兒扯起喉嚨尖啼迴盪
馬努斯島的所有鳥兒齊聲鳴唱
一切都在查卡鳥的啼叫聲中到達最高潮。
我們聽到英雄
他的聲音在遠處迴響
他在哭泣
他的悲傷淹沒監獄，投下重重打擊
查卡鳥停止啼叫
只聽見英雄的聲音
整個帳篷陷入靜寂

所有人暫時噤聲
英雄孤零零的
獨自一人
哀嘆
號泣。
查卡鳥從監獄最高聳的椰子樹頂飛下，加入英雄的行列
查卡鳥慟哭
英雄慟哭
鳥與人的哀歌
合而為一
這是自然的哀歌
這是人類的哀歌。

消息傳來。
他們殺了雷札。他們殺了溫柔巨人。

後記

二〇一六年，巴布亞紐幾內亞政府宣布馬努斯島區域離岸受理中心違法，並於二〇一七年十月強制關閉。本書在拘留中心關閉之後幾週完成，期間作者遭到巴布亞紐幾內亞準軍事部隊逮捕，最後不起訴獲釋。當時在該地拘留的數百名男性已被轉移至島上他處安置。貝魯斯作為政治犯被澳洲政府監禁於巴布亞紐幾內亞近七年，後於二〇一九年十一月成功逃亡至紐西蘭，目前居住在基督城，並正式獲得紐西蘭政府的政治庇護。

沒朋友，只有山：英譯者的省思

寂靜的汪洋中有一座孤島，島上囚禁著一群人。人們無法接觸島外的世界。他們連監獄外頭緊鄰的社會都看不到，遑論得知世界其他地方發生的事。他們只看得見彼此，只聽得到彼此訴說的故事。這是他們的現實。他們因監禁的孤絕而無奈沮喪，但也學會接受逆境。

不知何故，另一座島嶼的消息進入了監獄，聽說那裡的人可以自由獲取知識、自由創造。囚犯對另一座島的生活有大致概念，但他們沒有足夠的能力或經驗完全理解。另一座島的人擁有特殊的見識：他們洞察囚犯們看不見的事物，他們創造囚犯們無法創造的東西，當然他們也知道囚犯們聞所未聞的事情。有些囚犯討厭另一座島的人。有些人根本不瞭解那裡的人，甚或試圖詆毀他們。有些人對另外的社會毫不關心。有些囚犯對他們感到同情，因為囚犯相信自己的環境正在改善進步，並且最終將享有更大的自由。

兩座島嶼南轅北轍。一座島嶼扼殺視野、創造力與知識——它禁錮思想。另一座島嶼則培養視野、創造力與知識——是思想自由的土地。

第一座島嶼是被稱為澳洲的移住民殖民國家，囚犯是移住民。

第二座島嶼是馬努斯監獄所在之地，知識存在於那裡，屬於被監禁的難民。

§

貝魯斯：「能請問你是哪個學科領域的嗎？……我是政治學。我目前在研究系統性折磨的問題。我樂見有更多研究探討馬努斯監獄這個題目……但我認為透過藝術與文學的語言更能呈現這個地方的現實處境。

過去幾天我的狀況不甚理想。我被移出之前的關押處，需要一點時間適應新環境。我甚至不能聽音樂。但我會設法寄一些作品、過去的文章給你。有篇文章我很希望你能一讀，很可惜先前幾家媒體認為它太學術，因此拒絕刊登。

這星期我必須搬遷，他們把我們從一個監獄轉移到另一個監獄。對於被監禁的人來說，被迫轉換監獄格外辛苦難熬。

新環境
新建築
新的人
無法忍受監獄有任何新來者的人

這有如遭到絕望痛擊。

但至少有一點我很慶幸，我的新房間靠近與叢林相隔的圍欄，房間後方幾公尺還有一個小花園，園子裡生長著熱帶特有的繽紛花朵。這些花平衡了監獄的暴戾之氣。

這幾天，我在花園與房間牆壁之間的一個偏僻角落擺了一張白色塑膠椅。我坐在那裡抽菸，觀察監獄另一邊鳥兒的生活，看鳥兒棲在高大的椰子樹上或振翅慢慢遠去。

我喜歡這個新環境，但在這種情況下很難寫作，很難寫出高水準並獲得讀者尊重的東西。

而且同時間，有兩位紀錄片製作人在等我寄發一系列的照片過去。事實上，這幾天我完全沒有機會寫作。我就像一個流浪漢，剛在陌生城市的不知名地方租了房間。」

§

本文將闡述作者與譯者的哲學觀點、論證主張以及共同形成的詮釋，並進一步說明本書背後的新興理論架構及分析方法論。本文以譯者附註中提出的諸多主題和議題為基礎，期望有助於閱讀與詮釋本書內容，繼而瞭解澳洲的邊境工業集團（border-industrial complex；事實上，這些主題和議題與所有民族國家的邊境制度皆息息相關）。這也開啟了另一個更深入、多重面向的計畫，我們稱之為馬努斯監獄理論。

在此概述所選的主題及概念至為重要，因其深刻反映了貝魯斯．布加尼的學術訓練、思想寫作與願景。我將指出他的寫作與學者身分如何同時觸及學術論述與社會運動，此外又如何挑戰了對於難民狀態的普遍認知，特別是難民被監禁的現象。

貝魯斯極為重視讀者的反應，以及可用於評價及理解本書的詮釋架構與標準。因此，我將於本文提出解讀本書的可能路徑，這些取徑皆本於貝魯斯自己的思想、文化與生活經歷。

馬努斯監獄理論：一個賦權的知識生態

馬努斯監獄與其多管齊下的實務措施可視為更廣泛的澳洲邊境工業集團的一部分。而我們的馬努斯監獄理論關注的核心問題之一便在探究馬努斯監獄是如何建構組織起來，以扼殺對於真相與理解的追求。換言之，馬努斯監獄是一種阻礙、消弭知的機會的意識形態，使外界無法更細緻、多面向地暸解殘酷的暴行與被囚者獨特的經歷。貝魯斯相信，大眾還未充分認識到拘留制度中固有的系統性折磨的恐怖，本書的主要目的即是揭露與傳達這個事實真相。

馬努斯監獄的難民未經任何指控便遭到無限期關押。同時他們也在多方面被剝奪了參與知識社群及策劃者的權利，在爭取自由之路上僅能發揮有限的作用。

在合作策略與倡議行動方面，存在著某種形式的不對稱。知識與文化的巨大鴻溝導致詮釋與認知大打折扣。被拘留難民擁有的權威可在分析邊境政治邏輯及其更廣泛的社會文化影響時，提供關鍵的見解及批判工具。然而，擁有公民特權者由於經驗及社會政治想像力的限制，並受邊境政治影響，有時會扭曲與被囚者之間有意義並能提供有效證明的對話。此根本上的斷裂使得政府及非政府組織之內屢屢發生不公義的狀況。

貝魯斯：「這太不可思議了。這件事需要從認識論的角度去看……你懂我的意思嗎？這裡的情況確實如此，你看，關押在馬努斯監獄的難民修改了他們對人生的看法和理解，改變了他們對存在的解釋，並形成更成熟的自由概念。他們簡直改頭換面，變成不同的人……這發生在每個人身上，過程令人焦慮不安，有些人對世界和人生變得完全憤世嫉俗和悲觀。但無論如何，他們各有自己獨特的歷程和樣貌；他們變得極富創意，擁有前所未有的創造能力。我認為這是非常驚人的現象。」

支持難民／反難民的傾向

若要察覺並理解本文所描述的個別與結構性歧視，首先必須承認並改正我們稱之為「支持難民／反難民的傾向」。這種矛盾的姿態涉及了廣泛多元的角色與實務作為——當難民援助相關組織及行動在道德層面上未能考量到合作不對等、交叉歧視（intersectional discrimination）、知識性破壞（intellectual undermining）等因素，就會形成此立場並任其發展。創造此矛盾立場及其各種表現的，正是產生馬努斯監獄的體制；因此，在多數情況下，以不同方式既支持難民又反難民變成是可能的、可接受的，這樣的衝突更藉由制度與社會的邏輯得到合理化。

不同類型的傷害比比皆是。馬努斯島的難民不論在提供證詞或進行其他協議上，都備受輕忽或遭到誤解；他們無法參與許多重要概念、主題、批判性辯論的建構與實踐，然而這些卻左右了社會大眾對馬努斯監獄現象的看法，有時甚至影響了他們的自我觀感和自我理解。此外，由於社會文化與知識的差距以及能力不足的緣故，目標目的不一致的機構和實務措施可能以各種各樣的方式拒絕、曲解、傷害難民。隨後，等問題浮上檯面，人們共謀串通、推諉責任，又使機構實務、組織網絡及個人行動未能受到批判並獲得改善。

特定的難民群體——此情況為馬努斯監獄的難民——被排除在與他們自身相關的對話之外時，就會衍生這樣的困境。另一個困境關於強勢且往往不合理的正當性文化，該文化要求多種形式的正當性證明，以滿足一套與自由的目標相矛盾的標準（這些標準永遠不意在賦予難民權力或解放難民，反而令邊緣化與汙名化更為根深柢固）。主導論述多著墨於「傳統」或錯用的觀念、理論、期望的侷限，並過分強調合法性、真實性及行為的重要。如此一來，根植於保守及殖民思維的主流規範獲得延續與維護，常態化的主流態度則編排了充滿限制性與本質主義式的難民演示。

邊境工業集團的運作如此幽微陰險，範圍無遠弗屆，所有公民都在不同程度上成為共謀。因此，運動若要成功，必須納入以直接破除該體系為目標的策略，並且避免讓運動本身成為目的。

下列譬喻經常用來形容難民的身分，卻往往弱化了他們的經驗和能力，導致他們被排除在論述及尋求正義的運動之外。這種比喻以不足／剩餘的二元對立為基礎，將難民與公民對比：

被監禁者——逃往西方

絕望的懇求者

奮鬥的勝利者——戰鬥者

悲慘不幸的受害者

身心殘破不堪的人類

神祕的聖人——古怪神祕，騙子。

此類譬喻的用法不一而足，有時還相互結合，每一種譬喻都可能將難民簡化，成為本質主義、窺癖式的、帶有居高臨下視角並削弱難民權力的敘事（此列舉並非窮盡，可繼續擴充修改）。

賦權的語言

貝魯斯：「看完巴曼．戈巴第（Bahman Ghobadi）的《醉馬時刻》（*A Time for Drunken Horses*, 2000）後，我對自己說，如果我能拍一部電影，就該是這樣的電影。」

貝魯斯的書是對庫德文學傳統與庫德族抵抗運動的貢獻，一切詮釋則必須置於以下的脈絡之中思考：庫德族幾世紀來的創作風格與結構、對於歷史不公與庫德族政治史的集體記憶，以及與土地密不可分的存在（being）與生成（becoming）的關係性概念。本書也是澳洲與波斯文學的重要著作，但最突顯的元素依然是庫德族原住民（Indigenous Kurdish）的生存、認知與行為方式。為了在解讀本書時更貼近作者的觀點、計畫和願景，需要從這些元素、技巧和交互關係中抽煉出一個概要架構。下列引導要點有助於形成這種脈絡化的閱讀架構：

庫德族原住民的存在

召喚（evocation）
民族自決
監護權（custodianship）
去殖民化與解放
交叉（intersectional）與跨國（transnational）的語彙修辭
恐怖超現實主義
新知識。

我在譯者附註中將貝魯斯的風格形容為「恐怖超現實主義」。現實融合了夢境以及對自然環境、恐怖事件、建築進行的創造性再想像。現實也以一種自由的潛意識經驗的形式呈現，指向包括他自己在內的多個個體。

潛意識在貝魯斯的作品中扮演核心要角，筆法呈現出一種意識流——或者更貼切地說，是被打亂的、片斷化的意識流。他的文字帶有濃厚的詩意和超現實風格，往往構築出一個戲劇舞台，讓多種世俗神聖兼具的敘事與儀式在其上改編搬演。此特點尤其彰顯出貝魯斯如何援引、恢復庫德族的口述歷史及文學史，將其與抵抗行動、政治抱負與迫害的現代描述並置——此庫德文學慣用手法可追溯至著名詩人阿布杜拉·戈倫（Abdullah Goran）。本書不少段落流露恐怖、黑暗與悲觀的氣息則是考量到賦權與權威的要素。就這方面而言，貝魯斯的風格與方法與謝札・哈桑（Sherzad Hassan）的作品有異曲同工之妙，某方面都展現了自然主義的特徵。

本書多處帶有神話和史詩的影子，這一點不僅是對政治意識形態和殖民性／現代性[24]提出批判，同時也召喚出庫德族反抗侵略者和占領者的艱難歷史。貝魯斯將傳說和神話巧妙交織於自己想像的故事、對他人進行精神分析形成的故事，以及對大自然和人造環境的個人回應之間。他在作品中對於靈視和夢境的運用，部分是受到詩人暨作家夏戈・貝卡斯（Sherko Bekas）的影響，此外也有成長過程中聽母親講述神話寓言和民間傳說、吟唱民謠受到的耳濡目染。貝卡斯更明顯具政治性的作品也影響了貝魯斯的思想及創作，兩位作家的作品都瀰漫著幽微細膩而多層次的恐怖元素。

貝魯斯的書也可與詩人、畫家暨學者秋曼・哈蒂（Choman Hardi）的作品加以關聯對照。在文學作品反映政治異議及自我省思方面，則令人聯想到阿布杜拉・帕休（Abdulla Pashew）的詩歌。貝魯斯作品中強烈的超現實主義和內省意識，亦可與德拉瓦・奎拉達奇（Dlawar Qaradaghi）的詩以及賈瑪爾・哈米德・亞敏（Jamal Hamed Ameen）和阿里・巴班（Ari Baban）的繪畫相比擬。

貝魯斯的超現實主義探索以及他對家鄉、家園自然環境的渴望，亦可在卡潔・阿莫（Kajal

24 殖民性／現代性（Coloniality/modernity），秘魯學者奎哈諾（Aníbal Quijano）提出的概念，後由其他去殖民思想家進一步發展。此概念描述現代性如何與西方的殖民擴張、剝削與控制相互交織密不可分。

Ahmad）的詩歌中發現相似的庫德參照。她的詩深深扎根於庫德族的傳統與土地，描繪流亡和矛盾衝突的情感為其特色。如同戈倫、哈蒂、貝卡斯的作品，所有敏感的物體、動物、自然環境無不充斥著政治與恐怖的色彩。貝魯斯和阿莫皆為致力於庫德解放與文化保護的記者，貝卡斯在世時也是如此。性別平等在貝魯斯的作品中是必要條件，他在此議題的立場延續了庫德文學，尤其從戈倫到哈蒂、阿莫、貝卡斯等人的傳統。

小說家巴赫蒂亞·阿里（Bachtyar Ali）和政治學者馬里萬·維拉·卡內（Mariwan Wyra Kanie）的著作也必須特別一提，他們為貝魯斯書中發展的主題思想以及庫德族原住民的細節描繪提供了相關資料。貝魯斯透過保留了庫德民間傳說的豐富口述歷史與文學史，建構發展了自己的史詩式紀錄。他將此傳統與新聞、自傳、哲學、政治評論、證詞、精神分析研究等不同的體裁結合，創造出完全獨樹一格的類型：恐怖超現實主義。

「君尊結構」（kyriarchy）的概念在本書及其哲學基礎上扮演了關鍵角色。貝魯斯藉由命名技巧創造出一個新的抽象體，這個他以學術術語指涉的存在體代表了澳洲邊境工業集團的多重結構性質，並建制了在馬努斯監獄實施的系統性折磨，那就是：君尊體系。

貝魯斯：「政府建構了這個體系，並為了樹立、強化自身權力，創造了像是『澳洲邊境部隊』、『離岸受理中心』等詞彙。我撰寫新聞時盡量避免使用它們的語言，在文學中更可以隨心所欲。我創造自己的話語，不屈服於壓迫勢力的語言。我創造自己的語言，藉以批判性地分析馬努斯監獄的現象。」

對貝魯斯而言，最重要的一點莫過於馬努斯島區域離岸受理中心毫無疑問就是一種監獄（巴布亞紐幾內亞最高法院於二〇一六年四月裁定這個由澳洲運管的拘留設施屬於違法，因此被監禁難民得以離開拘留中心並經常接觸馬努斯社會，此後貝魯斯開始使用「監獄營」一詞）。「馬努斯監獄」這個名稱乃自波斯語直譯，背後具有多種目的，其一是喚起大眾關注並深入檢視澳洲在馬努斯島上對申請庇護者的處置措施帶有的監禁性質（事實上，這也是對普遍邊境政治的陳述與批判）。

如前所述，我們在翻譯上選用「君尊結構」一詞代表生產和治理馬努斯監獄的多重權力統治結構（「君尊體系」並非單一的上層結構）。君尊結構這個新詞在一九九二年由基進女性主義神學家費歐倫薩（Elisabeth Schüssler Fiorenza）首度提出，用來描述交叉互聯的宰制和壓迫社會體制。此術語的使用讓貝魯斯的思想和經歷獲得更真實的再現，因其刻意涵括多種相互關聯的汙名化和壓迫型態，包括種族主義、異性戀常規性、經濟歧視、基於階級的暴力、基於信仰的歧視、殖民性、原住民種族滅絕、反黑人、軍國主義和排外心理。該詞也捕捉到錯綜交織的體系是如何持續被強化和複製。此重要面向遂將馬努斯監獄與澳洲殖民歷史及危害當代澳洲社會、文化與政治的沉痾連結起來。

結語

在我寫作的此時，貝魯斯依然在馬努斯島度日，但他的作品持續觸及新的觀眾、影響新的論述。二〇一七年，史蝶飛（Stephanie Hemelryk Donald）促成貝魯斯的作品在新南威爾斯大學（UNSW）的學術研討會發表，會議期間貝魯斯透過Whatsapp與現場與會者交流互動。在她的持續支持下，貝魯斯和我的作品很快將於各學術論壇發表。不久之後，蘇珊．班奇（Susan Banki）為貝魯斯在雪梨大學安排了一場演講，並向聯合國提出一份聯合意見書（由蘇珊和我共同撰寫）。在此也要向馬娜．艾利瑪丹妮（Mahnaz Alimardanian）特別致意，她與貝魯斯就最後幾章的內容在知識與文化上有過交流，並將貝魯斯的寫作和反抗行動融入她的人類學研究；她始終積極地喚起學界的關注，提出馬努斯監獄的議題。

二〇一八年初，雪梨大學雪梨亞太移民中心主任尼可拉．派柏（Nicola Piper）聘任貝魯斯為非駐校訪問學者。本書準備付梓出版之時，開羅美國大學翻譯研究中心的薩米亞．梅雷茲（Samia Mehrez）邀請我和貝魯斯在自由廣場校區演講（貝魯斯一樣使用通訊科技參與）。這場「翻譯講座系列」的演講述說了貝魯斯在獄中的寫作經歷、我們的互動和翻譯過程，以及本書背後的哲學思想。此外，梅鐸大學（Murdoch University）的安妮．蘇瑪（Anne Surma）在《連續體：媒體與文化研究期刊》（*Continuum: Journal of Media and Cultural Studies*）發表對貝魯斯的〈來自馬努斯島的一封信〉的迴響，期刊總編輯提姆西・勞瑞（Timothy Laurie）邀請貝魯斯回覆，同一卷亦刊登了我撰寫的關於《沒朋友，只有山》的文章。新南威爾斯大學的布麗姬塔・歐露芭（Brigitta Olubas）和蘇・高費雪（Su Goldfish）與校內的《*Live Crossings*》期刊、UNSWriting 計畫和藝術與媒體學院合作，規劃了本書的首場新書發表會。貝魯斯將透過通訊科技參與活動，當天還將舉行一場穆內絲・曼蘇比、珍妮・蓋布瑞斯和我的對談，以及馬婷・安特（Martine Antle）以藝術與流放為題的演講。

本書準備出版之時，傳來麥可・戈登（Michael Gordon）逝世的消息。貝魯斯希望向這位記者同事的成就和奉獻致敬，並感謝為他付出的友誼。戈登與貝魯斯定期保持聯絡，並經常詢問本書的出版近況。貝魯斯在他的朋友從新聞業退休時表達了遺憾之情，隨後收到這則訊息：

> **麥可：「謝謝貝魯斯。我依然與你並肩作戰……我希望稍作休息後，在不同的平臺再報導馬努斯的情況。祝平安順利。」**

二〇一七年，原住民研究學者維多莉亞・格芮芙（Victoria Grieves）擔任《*9th Annual Maroon Conference Magazine*》（彙整自牙買加查爾斯鎮莫戎委員會〔Charles Town Maroon Council〕於查爾斯鎮舉辦的研討會議）的編輯，在其中刊登貝魯斯的一篇文章，題名為〈君尊體系：新殖民實驗／新去殖民抵抗〉（A Kyriarchal System: New Colonial Experiments/New Decolonial Resistance）。她在該刊編輯序中讚賞貝魯斯提出的庫德族原住民的生存與認知方式（Indigenous Kurdish way of being and knowing），特別是與他合作執導的電影《望眼欲穿的難民營》（*Chauka, Please Tell Us the Time*, 2017）相互參照。事實上，針對原住民驅離和壓迫的主題，貝魯斯最有力的交流合作計畫才要展開——我指的是與澳洲原住民和托雷斯海峽群島島民（Aboriginals and Torres Strait islander）各民族的對話與分享。

貝魯斯的書最好從我在本文中提出的多重脈絡架構中進行解讀。與其將他的寫作歸類為「難民敘事」或「難民回憶錄」，本書更適合置於其他傳統中閱讀，像是：地下哲學（clandestine philosophical）文學、監獄敘事、哲學小說、澳洲異議者書寫、伊朗政治藝術、跨國文學、去殖民化寫作、庫德文學傳統等等。

當前正興的「難民產業」提倡藉由故事來提供更多曝光和訊息，並試圖創造同理心（如果真的可能的話）。與此相對，貝魯斯講述故事的目的在於生產新的知識，構建一種哲學理論來揭露、拆解系統性折磨及邊境工業集團。他的目標始終是反映這個體制、摧毀這個體制，同時寫下紀錄，紀念那些遭到殺害以及仍在受苦的人。他的書也將啟發後代的心靈與視野。

貝魯斯：「這段時間，許多不同組織機構的倡議者和記者對我伸出援手。整體而言，我獲得許多人的鼎力支持；我有機會與世界最大的幾家媒體網合作了將近五年的時間。但有時我做了記者要求的所有工作，供他們寫稿，卻未得到應有的尊重。我感受不到對於我作為個人的認可。我從中學到記者必須尊重他人，必須尊重他們報導的對象，必須尊重他們寫的人。

我深信，假如馬努斯監獄的難民有機會形成並提出不同的觀點，來呈現自己的本色，我們會能更深刻地挑戰這個體制，我們可以更有餘裕地挑戰這個體制。但現實是，澳洲竭盡全力確保我們不被視為這種人，不被視為專業人士，不被視為有價值、有見解的論述貢獻者。政府持續打壓我們，因為他們知道如果我們被如此正視，事態發展會全然不同。想想我們在過去兩週獲得的名聲（二〇一七年十月三十一日起為期三週的封困結束後）；我們的抵抗更堅強，我們的奮戰更猛烈。政府完全曉得我們的能耐——這就是打壓我們的原因。尊重是一切的核心。我們需要那份尊重來繼續抵抗，我們需要尊重來變得更堅強、更奮勇。

這需要時間，但我會繼續挑戰體制，並且終將獲得勝利。路很漫長，我會堅持走下去。」

沒朋友，只有山
No Friend but the Mountains

南方家園出版 Homeward Publishing
書　系　觀望
書　號　HW 041

NANFAN CHIAYUAN CO. LTD
南方家園文化事業有限公司

作　者　貝魯斯‧布加尼 Behrouz Boochani
翻　譯　李珮華
主　編　鄭又瑜
行銷企劃　黃琪樺
裝幀設計　廖韡
排　版　鄭芸茜
發行人　劉子華
出版者　南方家園文化事業有限公司

地址　臺北市松山區八德路三段 12 巷 66 弄 22 號
電話　02-25705215　24 小時傳真服務　02-25705217
劃撥帳號　50009398　戶名：南方家園文化事業有限公司
讀者服務信箱 E-mail　nanfan.chiayuan@gmail.com

總經銷　聯合發行股份有限公司
電話　02-29178022
傳真　02-29156275
印刷　約書亞創藝有限公司
初版一刷　2021 年 01 月
定價　450 元
ISBN　978-986-98885-3-0

國家圖書館出版品預行編目 (CIP) 資料

沒有朋友,只有山 / 貝魯斯.布加尼（Behrouz Boochani）
著; 李珮華譯. -- 初版 . -- 臺北市:南方家園文化, 2021.01
　　面；　公分. --（觀望；HW041）
譯自 : No Friend but the mountains
ISBN 978-986-98885-3-0（平裝）

866.55　　　　　　　　　　109015413